Maria Rusp • Aufgewirbelt wie Blätter im Wind

Maria Rusp

Aufgewirbelt wie Blätter im Wind

Roman aus dem Milieu der Straßenkinder

FRIELING

Die Deutsche Bibliothek – CIP-Einheitsaufnahme
Rusp, Maria:
Aufgewirbelt wie Blätter im Wind : Roman aus dem Milieu der Straßenkinder /
Maria Rusp. – Orig.-Ausg., 1. Aufl. – Berlin : Frieling, anno 2000
ISBN 3-8280-1164-0

Hünefeldzeile 18, D-12247 Berlin-Steglitz
Telefon: 0 30 / 76 69 99-0

ISBN 3-8280-1164-0
1. Auflage anno 2000
Umschlaggestaltung: Graphiti
Bildnachweis U4: Archiv der Autorin

Printed in Germany

1. Kapitel

„Selig sind die Toten, die im Herrn sterben. Von nun an, spricht der Geist, sollen sie ausruhen von ihren Mühen, denn ihre Werke folgen ihnen nach.“ In der klaren Luft des Herbstmorgens hallte die Stimme des Priesters weit über den Friedhof. Von der anderen Seite der Mauer hörte man die Geräusche der Stadt. Glockengeläute, Autos, die um eine Ecke quietschten, ein Flugzeug. „Herr, gib deinem Diener Alexander die ewige Ruhe, und das ewige Licht leuchte ihm.“

Die Trauergäste drängten sich auf dem Hauptweg, in den Seitenwegen und zwischen den Gräbern, denn einer der bekanntesten Männer der Stadt wurde begraben. Alexander Waletzki, Chef und Alleininhaber des Al-Wa-Möbelhauses, das Wohneinrichtungen aller Stilarten verkaufte und eine eigene Werkstatt hatte, in der Möbelstücke nach den individuellen Wünschen der Kunden angefertigt wurden. Am Rande des offenen Grabes stand die Witwe Irene Waletzki neben ihrem Sohn Alex. Sie sah und hörte nichts von dem, was um sie herum vorging, und allmählich glitten ihre Gedanken in die Vergangenheit zurück, zu dem Tag, an dem sie ihren Mann kennengelernt hatte.

Das Bankhaus Mack hatte sein 100jähriges Jubiläum gefeiert, und der Chef des Hauses hatte seine Kunden zu einem festlichem Abend im Hotel Graf Zeppelin eingeladen. Der Saal strahlte im Glanze der hundert Kerzen in den Kronleuchtern. Betörend dufteten bunte Blumenarrangements. Hinter Lorbeerbäumen spielte ein kleines Orchester. Im ersten Stock bogen sich die Tische unter der Last des kalten und warmen Buffets.

Irene Mack stand neben ihren Eltern und begrüßte die Gäste. Mit ihrem fließenden langen Abendkleid, von dem gleichen Grün wie ihre Augen, dem blassen Gesicht, gekrönt von einer Fülle tizianroter Haare, war sie eine auffällige Erscheinung, die die Blicke der Männer anzog. So auch die des jungen Mannes, der soeben in Begleitung eines älteren Herrn hereintrat.

„Die Waletzkis", flüsterte Herr Mack seiner Tochter zu. „Kümmere dich um den Sohn."

Mit ihrem charmantesten Lächeln begrüßte sie den jungen Mann. Galant küßte er ihre Hand.

„Alexander Waletzki", stellte er sich vor.

„Ich weiß es zu schätzen, daß Sie sich von Ihrer Arbeit losreißen konnten, um hierher zu kommen", erwiderte sie mit einem Lächeln.

„Wenn ich geahnt hätte, daß das Bankhaus Mack so eine reizende Vertreterin hat, wäre ich früher gekommen."

Angeregt plauderten sie, tanzten sie bis in den Morgen. Danach sah man sie auf dem Tennisplatz, im Reiterhof, abends in der Oper. Als der Frühling kam, fuhren sie an den Wochenenden in die Schweiz. Bei einem Ausflug zum Genfer See hielt er um ihre Hand an. Irene glaubte sich am Ziel ihrer Träume. Auch ihre Eltern begrüßten die Verlobung, da sie in ihr die Verbindung von Macht und Geld sahen. Jahrelang sprach man in der Stadt über die Hochzeit, in der alles, was Rang und Namen hatte, eingeladen wurde.

In den Flitterwochen flogen sie in die Karibik. Am Strand und abends auf dem Balkon ihres Appartements erzählte Alexander seiner jungen Frau die Geschichte seiner Familie.

„Mein Großvater Andrej wanderte als junger Mann von Polen nach S. aus, seine ganze Habe in einem kleinen Koffer verstaut."

Wohlig rekelte sich Alexander in der Sonne und beobachtete die Segelboote, die auf dem Meer kreuzten.

„Ich kann mich noch gut erinnern, ich war fünf oder sechs Jahre alt, als Großvater mir den alten Koffer zeigte. Du wirst ihn auch noch sehen. Er wird in unserer Familie in Ehren gehalten, denn er soll uns jeden Tag von neuem daran erinnern, daß jeder Mensch vorwärtskommen kann, wenn er nur will."

Nachdenklich griff er nach seinem Gin-Orange.

„Er fand Arbeit in der kleinen Schreinerei Häberle. Ein armseliger Familienbetrieb! Hilde Häberle wurde meine Großmutter", fügte er beiläufig hinzu.

Andrej war fleißig und sparsam. Er machte eine Schreinerlehre, wurde Geselle, später Meister. Als sein Schwiegervater starb, übernahm er die Schreinerei. Er hatte da schon so viel gespart, daß er den Betrieb vergrößern und ein altes Nachbargebäude dazukaufen konnte. Dort verkaufte er einfache Möbel, die er selbst angefertigt hatte.

„Großvater muß unter einem guten Stern geboren worden sein. Denn trotz aller politischen und wirtschaftlichen Umwälzungen ging es mit dem Betrieb immer wieder aufwärts. Großvater und Vater haben dafür hart arbeiten müssen."

Auch Alexander, in der Familientradition aufgewachsen, wurde in dem Bewußtsein erzogen, einmal das Möbelhaus übernehmen und es weiterführen zu müssen.

In dem Jahr, in dem die beiden heirateten, war das Möbelhaus eines der bekanntesten Unternehmen der Stadt, das stolz die Abkürzung des Familiennamens trug, Al-Wa-Haus.

Nach der Hochzeitsreise trug Alexander seine Frau über die Schwelle des Stammhauses der Waletzkis am Rande der Stadt. Da Alexanders Mutter früh gestorben war, wollte Irene den Haushalt führen, doch ihr Schwiegervater bat sie, in der Firma mitzuarbeiten. Geschäftlich vollkommen unbegabt, setzte sie ihren Charme, ihre Intelligenz und ihre Anmut für Public Relations ein und warb auf Gesellschaften und Partys für die Firma. Sie hielt Vorträge vor Presse und Rundfunk, und bald wurde sie die rechte Hand ihres Mannes.

Von Anfang an führten sie eine Vernunftehe, in der beide ihren Pflichten nachgingen. Solange Alexanders Vater lebte, bewahrten sie eine „Heile Welt"-Fassade, die nach dem Tod des alten Waletzki zusammenbrach.

Als nach vier Jahren der ersehnte Sohn Alex kam, waren Irene und Alexander eine kurze Zeitlang glücklich. Bald aber nahm Irene ihre gesellschaftlichen Pflichten wieder auf und erweiterte diese durch ehrenamtliche Aufgaben in Wohltätigkeitsvereinen.

Der kleine Alex wurde von Frau Mohn, Haushälterin bei den Waletzkis, erzogen. Alex war ein Einzelgänger, der seine eigenen Wege ging. Ohne gleichaltrige Freunde aufgewachsen, fing er früh an, seine Umgebung zu beobachten, und er lernte die Menschen richtig einzuschätzen. Ehrgeizig wie sein Vater, hatte er in der Schule keinerlei Probleme und schaffte das Abitur mit Auszeichnung. Als er 16 Jahre alt wurde, fing er in den Ferien an, im Al-Wa-Haus zu jobben.

Sein Vater hatte ihm befohlen, bis zum Abitur in sämtlichen Abteilungen mit Hand anzulegen, damit er die verschiedenen Arbeiten des Betriebes kennenlerne, um sich auf seine Aufgabe als künftiger Chef des Hauses vorbereiten zu können. Alex packte kräftig zu. Zusammen mit den Arbeitern fuhr er in Häusern und Wohnungen und schleppte schwere Möbelstücke endlose Treppen hoch. Er arbeitete in der Werkstatt und versuchte sich als Verkäufer. Redegewandt konnte er den Kunden überzeugen, daß nur dieser Tisch, dieses Bett, dieser Schrank, diese Wohnzimmereinrichtung für ihn in Frage käme. Auch in der Buchhaltung schaute er sich um.

Alex' Vater war in all den Jahren mit der Firma so eingespannt gewesen, daß er keine Zeit für den Sohn hatte, und als dieser anfing, in der Firma zu jobben, nahm er Alex zum ersten Mal bewußt wahr.

Alex war ein ruhiger, besinnlicher Junge. Mit seinem wachen Verstand und seiner Intelligenz konnte er seinen Vater für sich gewinnen. Der Vater war stolz auf ihn gewesen, und seine Mutter hatte angefangen, sich nach einer geeigneten Schwiegertochter umzuschauen.

Um so entsetzter waren seine Eltern, als Alex mit 17 Jahren einen gleichaltrigen Jungen mit nach Hause brachte. Sein einziger Kommentar: „Das ist mein Freund Mirko."

‚Das darf doch nicht wahr sein! Ist unser Sohn womöglich schwul?' war ihr erster Gedanke. In ihrer Ratlosigkeit besuchten sie am nächsten Tag ihren Hausarzt, Dr. Fischer, und baten ihm um Rat.

„Überbewerten Sie das nicht allzusehr, und vor allem machen Sie sich keine Sorgen. In den Entwicklungsjahren interessieren sich Jungen und Mädchen zuweilen für das gleiche Geschlecht. Bei Alex geht das bestimmt vorüber."

„Wieso Entwicklungsjahre? Alex ist 17!"

„Alex ist ein Spätentwickler, das wissen Sie ja. Wenn ich Ihnen einen Rat geben darf, achten Sie einfach nicht darauf. Es wird sich schon wieder einrenken."

Alexander und Irene hatten den Eindruck, Dr. Fischer verschwiege ihnen die Wahrheit. So fingen sie an, Alex auf Partys und Gesellschaften mitzunehmen, wo er die schönsten und reichsten Frauen der Stadt kennenlernte, doch Alex hatte keinen Blick für sie. Er hatte sich nie für Frauen interessiert, die nach seiner Meinung oberflächlich und geistlos waren und wie die Hühner gackerten.

Herr Waletzki stellte Mirko, auf dessen Wunsch, in die Versandabteilung des Al-Wa-Hauses ein, und empfahl Herrn Sander, Mirko solle die schwersten Arbeiten verrichten. Seinem Sohn schlug er vor, nach dem Abitur in eine andere Stadt, in ein anderes Möbelhaus zu gehen, um seine Kenntnisse zu erweitern.

‚Kommt Zeit, kommt Rat', dachte Herr Waletzki. ‚Bald wird Mirko die Arbeit so stinken, daß er alles hinwerfen und abhauen wird. Und wenn Alex erst mal anfängt zu studieren, wird er anderes im Kopf haben und Mirko vergessen.'

Das war vor zwei Jahren, und es kam alles anders, als Herr Waletzki erhofft hatte.

„Asche zu Asche, Staub zu Staub", rezitierte der Priester. Frau Waletzki schreckte aus ihren Gedanken hoch. Sah die Trauergäste, die sich fröstelnd in ihre Mäntel hüllten. Sah ihren Sohn, der sich gerade zu seinem Freund umdrehte, der wie ein Schatten hinter ihm stand, und Haß erfüllte sie.

‚Warum bist du so früh gestorben, Alexander? Jetzt bin ich allein. Unser Sohn ist mir von keinem Nutzen. Ich verstehe ihn nicht und will ihn auch nicht verstehen.'

Und im gleichen Augenblick mußte sie erkennen, daß auch ihr Mann sie nie geliebt hatte, daß er nur die Firma im Kopf gehabt und sie für seine Zwecke ausgenutzt hatte.

Jetzt kamen die Trauergäste nach vorne, um der Witwe und ihrem Sohn ihr Beileid auszusprechen.

„Kommen Sie bitte zu einem kleinen lmbiß zu uns nach Hause."

Wie eine Formel wiederholte Frau Waletzki diese Worte, und in ihrem Unterbewußtsein sah sie klar und deutlich ihre und die Zukunft des Al-Wa-Hauses voraus. Solange sie lebte, durfte Alex nie und nimmer in die Firma hinein, womöglich mit dem Freund an seiner Seite. ‚Ich werde die Firma weiterleiten, und wenn ich mich dafür in Abendkursen weiterbilden müßte.' Während sie mit ihren Gästen zu den Wagen ging, hatte sie ihren Sohn schon wieder vergessen.

2. Kapitel
Erinnerungen

Langsam stieg Alex die Treppe hoch. Seitdem der Vater begraben wurde, waren vier Tage vergangen, und der Schmerz schnürte ihm das Herz zusammen. In den drei Jahren, in denen er in den Ferienwochen in der Firma gejobbt hatte, waren sich Vater und Sohn nähergekommen, waren sie doch aus dem gleichen Holz geschnitzt. Abends vor dem Kamin oder auf der Terrasse hinter dem Haus hatten sie stundenlang über Gott und die Welt diskutiert, vor allem über die Zukunft der Firma. Alex war einverstanden gewesen, sich zwischen Abitur und Studium in einer anderen Stadt weiterzubilden. Die einzige Bedingung, die er stellte, war, daß Mirko weiter bei den Eltern wohnen und im Al-Wa-Haus arbeiten konnte.

Und nun, kurz nach Alex' Abitur, war der Vater an einem Herzinfarkt gestorben, und für Alex brach eine Welt zusammen. Er wußte, solange Mirko im Hause weilte, konnte er nicht fortgehen. Seine Mutter haßte Mirko – warum, war Alex immer noch nicht klar –, und sie würde ihn sofort hinauswerfen.

Er ging ins Bad, zog sich aus und betrachtete sich im Spiegel. Das abgezehrte Gesicht mit den dunkelgrauen Augen und dem sinnlichen Mund. Fuhr sich mit den Händen über den schlanken, geschmeidigen Körper, und zufrieden mit dem, was er gesehen hatte, ließ er sich in das heiße Wasser gleiten. Er wußte, heute abend würden so oder so die Würfel für seine Zukunft fallen, denn seine Mutter hatte die Abteilungsleiter der Firma zum Abendessen eingeladen, um über die Zukunft des Betriebes zu sprechen, und er ahnte, daß sie nicht begeistert sein würde, ihn in der Firma zu sehen.

Er hörte Mirko im Nebenraum rumoren und rief ihn. Dieser kam mit zwei Martinis herein und setzte sich auf den Rand der Badewanne. Er wußte, auch für ihn würde sich so manches ändern.

„Was sollen wir tun?“

„Ich weiß es nicht.“

„Wenn du meinst, daß es für dich besser ist, wenn ich gehe …“

„Und wo willst du hin?“ Der Gedanke, Mirko zu verlieren, war ihm unerträglich.

„Weiß nicht, wieder auf die Straße?“ Resigniert zuckte Mirko mit den Schultern.

„Ich habe gerade meinen Vater verloren, und nun willst auch du gehen?“

„Ich will ja nicht. Aber frag deine Mutter …“

Derweil hatte sich Alex die Haare gewaschen und stieg aus der Wanne.

„Geh zu Frau Mohn in die Küche. Ich werde sehen, wie die Gespräche während der Mahlzeit verlaufen, dann sehen wir weiter.“

Matt schimmerte das schwarzweiße Eßzimmer im Schein der Kerzen, die in Leuchtern auf dem ovalen Tisch standen. Leise knisterte das Feuer im Kamin, und die Flammen zeichneten Arabesken an der Wand. Geräuschlos servierte Frau Mohn das Essen: Lammbraten mit Prinzeßbohnen und Salzkartoffeln, dazu einen Beaujolais. Unauffällig beobachtete Frau Waletzki ihre Gäste. Den ersten Abteilungsleiter, Herrn Schmittchen, dem ihr Mann stets vertraut hatte. Herrn Pohl, den Personalchef, einen stillen Mann mit einem offenen, ehrlichen Gesicht. Herrn Sander, der die Versandabteilung leitete, für Frau Waletzki ein unbeschriebenes Blatt. Frau Peritz, jahrelang Privatsekretärin des Chefs, stets loyal der Familie Waletzki gegenüber. Frau Waletzki wußte, daß Frau Peritz auch mit ihr zusammenarbeiten würde und ihr mit ihrer Erfahrung eine große Stütze sein würde.

Bald liefen die Geschäftsgespräche auf Hochtouren.

„Ich möchte die Aufgaben meines Mannes übernehmen, und mit Ihrer Hilfe, meine Herren, werden wir es erreichen, die Firma in der Tradition des Hauses weiterzuführen und die Qualität ihrer Produkte sowie ihre Beliebtheit aufrechtzuerhalten.“

Alle stimmten ihr zu und versicherten ihr, ihre Arbeit erledigen zu wollen wie bisher.

„Und wie ist es mit Ihnen, Herr Waletzki?“

„Sie wissen ganz genau, daß ich mit meiner Lehre noch nicht fertig bin“, antwortete dieser patzig. Und zu seiner Mutter gewandt: „Du weißt, daß ich für zwei Jahre fortgehen will. Gib derweil Mirko die Möglichkeit, in der Firma weiterzuarbeiten. Vater wollte es so.“

„Aber ich will es nicht. Und dein sauberer Freund muß verschwinden. Nur er ist schuld, daß du schwul bist. Und solange ich den Betrieb leite, dulde ich keine Homosexuellen in der Firma.“

„Was hat Mirko dir je getan, daß du ihn so haßt. Zu Hause kommt er dir nicht in die Quere, nicht einmal bei den Mahlzeiten siehst du ihn, da er in der Küche ißt. Für mich aber bedeutet Mirko viel. Er ist der einzige Mensch, der mich gern hat, der mich versteht. Oder habe ich je etwas von euch gehabt?“ fügte er bitter hinzu.

„Und Mirko ist nicht schuld, daß ich schwul bin, das bin ich schon immer gewesen. Und wenn du Schwule nicht leiden kannst, gehen wir.“ Erneut packte ihn die Wut: „Es ist uns scheißegal, ob wir in der Firma arbeiten oder nicht, und du, ihr alle“, funkelte er die anderen an, „ihr könnt mich mal, mitsamt dem Betrieb.“

„Alex, ich bitte dich.“ Seine Mutter versuchte an sein Selbstbewußtsein zu appellieren. „Mirko ist ja ganz nett, aber er weiß ja nicht einmal, wer seine Eltern sind, und du, wir sind in der Stadt bekannt. Du wirst einmal die Firma übernehmen wollen. Was willst du dann mit dieser Niete – Alex!“ schrie sie auf.

Da war er schon an der Tür. Fast körperlich spürte man die Spannung im Raum. „Spar dir deine Worte. Mirko und ich gehören zusammen, also gehen wir beide. Aber vergiß nie, auch ich bin ein Waletzki. Irgendwann werde ich zurückkommen, dann Gnade dir Gott, ich werde dich zugrunde richten.“

Alex stürmte die Treppe hoch in sein Zimmer, warf sich auf das Bett, und seine Wut, sein Haß und seine Trauer lösten sich in krampfhaftes Schluchzen auf. Behutsam nahm Mirko ihn in seine Arme, küßte seine Tränen weg, tröstete ihn. Engumschlungen saßen sie später auf dem Boden, und Alex erzählte ihm über den Verlauf des Abendessens.

„Es ist alles meine Schuld. Das Beste wird sein, ich gehe, gleich morgen.“

„Ich komme mit.“

„Nein, Alex, du mußt hierbleiben, du gehörst hierher. Denk an die Firma.“

„Wir gehören zusammen, egal wo wir sind. Und die Firma? Die hat sich meine Mutter unter den Nagel gerissen, obwohl sie keine Ahnung vom Geschäft hat. Da ist für uns kein Platz mehr.“

Still saßen sie da, ein jeder in seine eigenen Gedanken versponnen, und nicht zum ersten Mal fragte sich Mirko, welche Götter mit welchen Würfeln gespielt, sie beide zusammengeworfen hatten und was sie wohl weiter mit ihnen vorhatten. Er kuschelte sich noch enger an Alex.

„Weiß du noch, wie wir uns kennengelernt haben?“

Jetzt noch kam es Mirko wie ein Wunder vor, das ein Waletzki ihn angesprochen hatte, ihn, den Straßenjungen.

„Als ich dich damals sah, wußte ich gleich, der oder keiner“, lachte Alex.

In seiner Freizeit hatte Alex Kneipen und Discos besucht und hatte sich von deren Atmosphäre einfangen lassen.

An einem Freitag in November hatte er ihn gesehen. Er saß neben der Tür einer Kneipe, die Hände um die Knie gefaltet, den Kopf darübergebeugt. Alex wollte ihm eine Mark geben, da schaute der andere auf, und zwei hungrige Augen sahen ihn an. Impulsiv hatte Alex ihn angesprochen.

„Wie heißt du denn?"

„Mirko."

„Ich bin der Alex. Komm mit herein, ich lade dich ein."

Sie nahmen an einem Tisch im Hintergrund Platz, und Alex bestellte Wurst mit Pommes und ein Glas Bier. Während sie aßen, beobachtete Alex Mirko. Das von Entbehrungen gezeichnete Gesicht mit den hohen Backenknochen, den zerrissenen, einigermaßen sauberen Pullover, die verschlissenen Jeans.

„Warum treibst du dich auf der Straße herum?"

Mirko hob die Schultern. „Kein Zuhause, keine Arbeit, null Bock auf irgend etwas."

Er setzte sein Glas ab und streifte dabei Alex' Arm. Bei dieser Berührung stieg heiße Begierde in Alex auf.

„Meine Eltern sind über das Wochenende verreist", sagte er schnell. „Komm derweil zu mir nach Hause. Frau Mohn hat bestimmt nichts dagegen."

„Warum soll ich mit dir kommen?" wunderte sich Mirko.

„Weil ich dich mag."

„Und wer ist Frau Mohn?"

„Unsere Haushälterin."

„Eine Haushälterin habt ihr? Ihr müßt aber reich sein?"

„Nicht der Rede wert. Komm."

Die Uhr schlug die erste Stunde, als sie leise die Treppe in Alex' Zimmer hinaufschlichen. Mirko blieb mitten im Raum stehen. Mit einem Blick umfaßte er die Stereoanlage, den Computer, die Unordnung.

„So ein großes Zimmer. Für dich allein?" Er konnte es nicht fassen.

„Ja. Aber jetzt geh erst mal ins Bad."

Alex öffnete eine Tür, die sich in der Holztäfelung verbarg.

„Mann, sag bloß, das Bad gehört dir allein."

Alex lachte und kam mit einem Schlafanzug zurück.

Mirko aalte sich im heißen Wasser, spielte mit dem Schaum und wollte nicht mehr aus der Wanne. So stieg Alex zu ihm ins Wasser. Später trockneten sie sich gegenseitig ab und gingen ins Bett.

Der Regen, der auf das Dachfenster prasselte, weckte sie auf. Verschlafen, muffig blinzelten sie sich erstaunt an. Wer liegt denn da neben mir im Bett? Im gleichen Augenblick fingen sie an zu lachen und lachten immer noch, als sie die Treppe hinunterrannten, direkt in die Arme von Frau Mohn.

„Es ist Mittag. Ich wollte gerade nach dir schauen“, begrüßte sie Alex. „Wann bist du gestern nach Hause gekommen? Ich habe bis elf Uhr auf dich gewartet.“

„Wie oft habe ich dir gesagt, daß du nicht auf mich warten sollst. Mir passiert schon nichts.“

Stürmisch nahm Alex Frau Mohn in die Arme und tanzte mit ihr Richtung Küche. Sie lachte und drohte ihm mit dem Finger.

„Du weißt, solange deine Eltern nicht da sind, bin ich für dich verantwortlich“, und sie löste sich aus seiner Umarmung. Da sah sie Mirko, der schüchtern am Fuße der Treppe stehengeblieben war.

„Wen hast du da mitgebracht?“

„Meinen Freund Mirko.“

„Soso, deinen Freund. Na, dann kommt mal in die Küche. Ich habe einen Brunch vorbereitet“, war ihr einziger Kommentar.

Nach dem Essen blieben sie in der Küche, und während Frau Mohn den Sonntagskuchen rührte, erzählte Mirko aus seinem Leben.

„Da ist nicht viel zu sagen. Ich bin in einem Waisenhaus aufgewachsen und dort zur Schule gegangen.“

Das Waisenhaus war in einem alten, heruntergekommenen Schloß am Rande der Stadt untergebracht. Es hatte einen großen Park besessen, der mit der Zeit in einen landwirtschaftlichem Betrieb umgewandelt wurde. Kartoffeln und Kohl, mehr wurde nicht angebaut, dazu wurden ein paar Kühe und Schweine gehalten.

Im großen Schlafraum weinte immer wieder eines der Kinder. Jedesmal stand dann Mirko auf, um es zu trösten. Manchmal legte er sich auch neben dem Kind hin und umarmte es. Wenn er Zeit hatte, kümmerte er sich auch tagsüber um die Kleineren.

Dann waren da noch die Onkel und Tanten, die ein Kind adoptieren oder in Pflege nehmen wollten. Auch Mirko wurde ab und zu in das Büro der Leiterin gerufen, wo zwei Erwachsene saßen. „Ach ist der niedlich, dieser schwarze Wuschelkopf und diese blauen Augen. Wie ein raffaelitischer Engel.“ Wenn sie hörten, es ist ein Findling, wurde ein anderes Kind genommen. Mirko wurde immer stiller und unscheinbarer, ja nicht anecken. Mit gesenktem Blick schlich er durch die Flure. Um diese Zeit fing er, jedes Mal, wenn er sich aufregte, zu stottern an.

Mehr schlecht als recht beendete Mirko mit 16 Jahren die Hauptschule und fing eine Lehre an.

„Ich möchte einen B-Beruf erlernen, in dem ich mit K-Kindern a-arbeiten kann."

Umsonst. Waisenkinder haben nicht zu wollen, sondern müssen tun, was ihre Vormünder sagen. So kam er mit seinen zwei linken Händen in eine Flaschnerei.

Es war ein mittlerer Betrieb mit zehn Gesellen und zwei Lehrlingen. Vom ersten Tag an wurde Mirko ausgelacht. Er konnte einfach nicht begreifen, wie die verschiedenen Rohre und Dichtungen zusammenpaßten. Als er dann noch versuchte, eine Dusche verkehrt herum zu montieren, mußte er den Handlanger spielen. Schließlich hatte er es nicht mehr ausgehalten und war abgehauen. Er hatte sich in eine andere Stadt durchgeschlagen und unter Brücken, in Ladenpassagen und im Park geschlafen.

Lautstarke Rockmusik dröhnte aus Alex' Zimmer. Er und Mirko saßen auf dem Boden, wählten weitere CDs aus und hatten sich eine Menge zu erzählen. Später bat Mirko, noch einmal ein Bad nehmen zu dürfen. Er wollte alle Annehmlichkeiten ausnutzen, solange er hier war. Als er nach einer Stunde aus dem Bad kam, lag Alex nackt auf dem Bett.

„Ich habe auf dich gewartet."

Mirko verhielt den Schritt: „Bist du schwul?"

„Ja, stört dich das?"

Mirko kam zögernd näher, legte sich neben Alex hin. Dieser fing an, den Freund zu streicheln. Mirko zuckte zusammen.

„Hast du Angst?"

„Nein … ja, weiß nicht. So hat mich noch keiner geliebt. Ich … weiß nicht einmal, wie ich mich verhalten soll, tut mir leid", fügte er mit einem zaghaften Lächeln hinzu.

Zärtlich, einfühlsam umarmte Alex ihn, zog ihm den Schlafanzug aus. Seine Hände glitten über Mirkos Körper, suchten seine erogenen Zonen. Starr lag Mirko da, wußte nicht, ob er Angst oder Lust empfinden sollte. Allmählich lockerte er sich, er fand Gefallen daran, es wurde ihm warm. Ein nie gekanntes Glücksgefühl überschwemmte ihn, und er fing an zu lachen.

Bis Weihnachten kam Mirko noch zweimal in das Haus der Waletzkis.

Saß in der Küche, aß sich satt, lag stundenlang in der Badewanne, schlief sich aus. Zwar ging er mit Alex ins Bett, doch wenn dieser ihn nehmen wollte, spürte er, wie Mirko sich ihm entzog.

„Was ist, magst mich nimmer?"

Mirko schüttelte den Kopf, drehte sich auf die andere Seite und rührte sich nicht mehr. In der Nacht hörte Alex ihn weinen.

Vom ersten Schultag an war Alex in letzter Minute aus dem Haus gelaufen, gefolgt von Frau Mohn und ihre Ermahnungen: „Alex, vergiß deine Brote nicht", „Hast du den warmen Pullover angezogen?", „Vergiß nicht …" Da war er schon um die nächste Ecke geflitzt. Nach der Schule war er gleich nach Hause gekommen, in die warme, gemütliche Küche zu Frau Mohn. Und diese Nachmittage bei ihr waren Alex' schönste Erinnerungen. Nicht seinen Eltern, die ihn kaum beachteten, sondern Frau Mohn erzählte er von seinen großen und kleinen Kümmernissen. Sie freute sich mit ihm, wenn er glücklich war, trocknete seine Tränen, wenn er Kummer hatte, heilte seine aufgeschürften Knie. Sie war seine Freundin, seine Vertraute, sein ‚Möhnchen', wie er sie nannte.

Und so erfuhr sie auch von den Nächten, die Alex mit Mirko verbracht hatte.

„Ich habe ihm doch nichts getan! Warum weint er denn?" Unlustig stocherte er in den Kartoffeln herum.

„Ach, Alex, was bist du doch für ein Kindskopf! Mirko ist doch kein Spielzeug, das man je nach Lust und Laune aufnimmt und wieder fallenläßt."

„Aber er kommt doch gern hierher, oder was meinst du?"

Frau Mohn deckte den Tisch ab und räumte das Geschirr in die Spülmaschine ein.

„Natürlich kommt er gern hierher. Bei uns findet er Freundschaft, Anerkennung und vor allem Geborgenheit. Aber du kannst von ihm nicht verlangen, daß er mit dir schläft."

„Aber ich hab' ihn doch gern und will ihm helfen!"

Trotzig hatte er sich auf der Eckbank eingeigelt. So schnell wollte er nicht aufgeben.

„Sprich mit deinem Vater, wenn du Mirko helfen willst."

Bitter lachte Alex auf: „Mein Vater wird ihm nie helfen."

„Oh, Alex, kennst du deinen Vater so schlecht? Hast du dir nie überlegt, daß er als Chef des Al-Wa-Hauses für ungefähr 100 Menschen verantwortlich ist? Glaubst du, er würde nur einen, der in Not geraten ist, im Stich lassen? Dazu hat er viel zu viel Ehrgefühl. Glaub mir, er wird Mirko helfen, wenn du es willst."

Jeden Tag Punkt 18 Uhr betrat Herr Waletzki das Haus, hängte seinen Mantel auf einen Bügel, strich sich mit der Hand über die Haare und begrüßte Frau Mohn, die aus der Küche kam.

„Guten Abend, Frau Mohn, ist meine Frau zu Hause?"

„Nein, soviel ich weiß, ist sie zu den Schmitts gegangen. Sie konnte mir nicht sagen, ob sie bis zum Abendessen zu Hause sein würde."

„Dann warten Sie mit dem Essen nicht auf meine Frau." Und er ging in sein Arbeitszimmer.

Alex hatte oben auf der Treppe gewartet. Nun kam er herunter und klopfte an die Tür.

„Ja?"

Alex trat herein und blieb stehen. Er liebte das Arbeitszimmer seines Vaters. Den alten, dunklen Tisch aus Palisander, die Regale voller Bücher, die schwere Portiere. Das Ölgemälde seines Urgroßvaters über dem Schreibtisch. Schätzte die Bequemlichkeit der Ledersessel. Gern schnupperte er den Geruch von Wachs, Staub und Tabak.

Der Vater schaute überrascht auf, als sein Sohn hereintrat.

„Ich muß mit dir sprechen, Vater."

„Fasse dich bitte kurz, ich habe nicht viel Zeit."

„Ich habe einen gleichaltrigen Jungen kennengelernt, er ist intelligent und hat so manche guten Eigenschaften. Deswegen bin ich der Meinung, wir sollten ihm eine Chance geben, weiterzukommen. Alleine schafft er es nicht."

Mit knappen Worten erzählte Alex seinem Vater, was er über Mirko wußte. Herr Waletzki staunte. Sein Sohn, dieser Einzelgänger, setzte sich so vehement für einen anderen Menschen ein. Dieser Mirko muß ja etwas ganz Besonderes sein.

„Wenn dir soviel daran liegt, werde ich mit deinem Freund sprechen. Sag ihm das." Er klappte eine Mappe auf, in Gedanken wieder bei seiner Arbeit.

„Wir treffen uns immer Samstag vormittags."

„Bring ihn dann her", murmelte Herr Waletzki und vertiefte sich in ein Schriftstück.

„Dein Vater? Wieso dein Vater?"

Alex und Mirko standen in einem Winkel der Unterführung. Menschen fluteten an ihnen vorbei, ein Stockwerk tiefer rollten die Straßenbahnen herein, bremsten, spuckten ihre Ladung aus, fuhren geräuschlos weiter.

„Er will dich kennenlernen, dir vielleicht eine Arbeit geben."

Mirko lachte: „Was für 'ne Arbeit? Ich kann doch nichts."

„Mensch, Mirko, dann lern was, oder willst auf der Straße verkommen?"

Mirko blieb skeptisch. Ein neuer Anfang? Erinnerte er sich doch noch allzugut an die Pleite in der Flaschnerei. Dies wollte er nicht noch einmal erleben. Lieber verkam er auf der Straße. Was soll's! Und doch – wie war das mit den kalten Nächten, dem Hunger, dem Durst? Die Anmache der alten Männer mit ihren Schmerbäuchen, dem falschen Lächeln, den gierigen Augen? Dann doch lieber eine anständige Arbeit.

„Gut, ich komme mit. Will mich aber nicht festlegen."

„Natürlich nicht. Wir zwingen dich zu gar nichts."

Herr Waletzki hatte am Abend vorher seiner Frau über Alex' Freund sowie das Treffen am nächsten Tag erzählt. Er hatte sie darauf aufmerksam gemacht, daß sie den Jungen bei sich aufnehmen müßten, wenigstens so lange, bis dieser eine eigene Bleibe gefunden hätte.

„Erzähl das lieber der Frau Mohn, die dadurch noch mehr Arbeit haben wird. Ich kümmere mich nicht darum. Macht, was ihr wollt."

Sie blieb an diesem Vormittag in ihrem Zimmer, sollten die Männer doch alles unter sich ausmachen.

Herr Waletzki wartete in seinem Arbeitszimmer auf die beiden. Als er sie kommen hörte, ging er in die Halle. Alex und Mirko kamen gerade durch die gläserne Verbindungstür herein. ‚Wie schön er ist', dachte Herr Waletzki. ‚Zu schön, um ein Mann zu sein.'

Alex stellte Mirko vor.

„Nehmen Sie Platz, oder kann ich du zu dir sagen?"

„Ja."

Schüchtern setzte sich Mirko auf die Kante eines Stuhles.

„Hat Alex dir gesagt, warum ich dich habe kommen lassen?"

Mirko nickte, schaute Alex an. Dieser lächelte ihm aufmunternd zu.

„Wie stellst du dir deine Zukunft vor? Hattest du Pläne, Träume?" Herr Waletzki zeigte auf die Bar: „Willst du was trinken?"

Ohne eine Antwort abzuwarten, ging Alex zur Bar, nahm eine Flasche und Eiswürfel heraus, mixte für alle drei einen Martini. Gedankenverloren nahm Mirko sein Glas und spielte damit. O ja, er hatte einmal geträumt, Pläne gemacht. Er seufzte und zuckte resigniert mit den Schultern.

„Erzähl uns aus deinem Leben."

Mit von Stottern unterbrochenen Sätzen berichtete Mirko aus dem Waisenhaus und der Flaschnerei.

„Ich konnte es nicht mehr ertragen, die Häme, das Ausgelachtwerden. Bin einfach abgehauen. K-kann ich w-was dafür, daß ich zwei linke Hände h-habe?"

„Weiß das Waisenhaus, wo du bist?"

„Was geht mich das Waisenhaus a-an?"

„Willst du überhaupt arbeiten, von der Straße wegkommen?"

Mirko blieb stumm, trank seinen Martini aus, sackte zusammen. Ihm war alles so egal.

„Ich mache dir einen Vorschlag. Du weißt, ich bin der Chef des Al-Wa-Hauses. Hast sicher schon davon gehört."

Mirko nickte.

„Wir suchen immer wieder Arbeiter. Du kannst jederzeit in der Versandabteilung anfangen. Es ist nicht gerade der beste Job im Betrieb, aber wenn du fleißig bist, kannst du vorwärtskommen. Später, wenn du etwas Geld gespart hast, kannst du immer noch etwas anderes lernen. Wohnen kannst du hier, vorläufig wenigstens."

Mirko sah ihn entgeistert an. Auch Alex schluckte ein paarmal. Kannte er seinen Vater so schlecht?

„In der Versandabteilung – was muß ich da alles machen?"

„Möbel auseinandernehmen, sie zu den Kunden fahren, in die Wohnungen schleppen, sie dort wieder zusammensetzen."

„Also Schwerarbeit."

„Wie man's nimmt. Alex hat in den Sommerferien voriges Jahr auch kräftig zugepackt."

Mirko überlegte. Die Waletzkis wollten ihm helfen, und er war dankbar dafür. Aber er kannte seinen Wert und wollte keine, wie er meinte, niedrige Arbeit annehmen. Dies erklärte er auch den beiden, stand auf und wollte gehen.

„Danke für alles."

Alex war die ganze Zeit an der Bar stehengeblieben. Als Mirko aufstand, ging er zur Tür und versperrte ihm den Weg.

„Zwölf Wochen Probezeit, Mirko. Wenn du willst, kannst du dich testen lassen, herausfinden, was du kannst. Du kannst dich auch in den anderen Abteilungen umschauen. Natürlich, soviel verdienen wie in der Versandabteilung wirst du dann nicht."

„Es geht mir nicht ums Geld, es geht mir um die Arbeit. Nur weil ich auf der Straße bin, kann man mich nicht zwingen, jede x-beliebige Arbeit anzunehmen."

Die zwei Jungen sahen Herrn Waletzki an. Dieser war über die Entscheidung seines Sohnes angenehm überrascht. ‚Er wird mal ein guter Chef werden, das Zeug hat er dazu', dachte er.

„Einverstanden."

Mirko ging wieder an seinen Platz zurück.

Da hörte man im Hintergrund einen Gong. Zeit für das Mittagessen.

„Bleib hier und iß mit uns."

„Nein danke. Sie wollen sicher unter sich bleiben wollen. Ich komme Montag wieder."

„Bring deine Papiere mit."

„Was für Papiere?"

Mirko drehte sich an der Tür um, in den Augen Angst und Ratlosigkeit.

„Nun, deine Papiere." Herr Waletzki wurde ungeduldig. „Deine Geburtsurkunde, deine Schulzeugnisse."

„Die sind alle noch im Waisenhaus, und dort gehe ich nicht mehr hin."

Sprach's und rannte davon. Alex und sein Vater wußten, freiwillig würde er nicht mehr zurückkommen.

Der nächste Tag, ein Sonntag, war kalt und windig. Graue Wolken hingen wie nasse Putzlumpen am tiefen Himmel. Seit drei Stunden suchte Alex nach Mirko. In sämtlichen Unterführungen, im Schloßpark, in der Altstadt. Er überwand seine Scheu und seinen Widerwillen und fragte Junkies, Punker und andere Jugendliche nach Mirko. In der Nähe der Olgastraße traf er einen Jungen, der Mirko kannte.

„Um diese Zeit ist er in der Tagesstätte. Dort gibt's 'ne warme Mahlzeit. Komm mal mit, ich geh' gerade hin."

Es war eine große, armselige Stube, mit Tischen und Stühlen eingerichtet. Obdachlose saßen über ihre Teller mit Eintopf gebeugt. Voller Neid und Gier schielten sie zu dem Nachbarteller. Alex entdeckte Mirko am äußersten Rand eines langen Tisches. Er neigte sich zu ihm hinunter.

„Hast du wenigstens einen Personalausweis oder so was ähnliches?"

Mirko nickte und löffelte stur weiter.

„Gut, iß auf und komm mit. Vater will wissen, wo das Waisenhaus ist. Morgen fährt er allein dorthin. Du brauchst nun mal Papiere, wenn du arbeiten willst."

Das Waisenhaus stand mitten in einer lieblichen Landschaft. Ein rechteckiger Kasten, die Wände fleckig, wie von Motten zerfressen. Die Auffahrt voller Schlaglöcher schlängelte sich durch ungepflegte Beete dem Haupteingang zu. Neben der morschen Tür hing an einem Draht eine alte Glocke. Sie schepperte, als Herr Waletzki daran zog, und ihr Echo verschwand im Inneren des Hauses. Knarrend wurde die Tür geöffnet. Eine alte Frau in einer schmuddeligen Schürze, das Haar zu einem Knoten oben auf dem Kopf zusammengerafft, stand vor ihm. Sie führte ihn in das Büro der Heimleiterin, Frau Kramer. Es war ein heller, freundlicher Raum. Frau Kramer, groß und schlank, im undefinierbarem Alter zwischen 30 und 50 Jahren, kam ihm entgegen.

„Herr Waletzki? Wir haben miteinander telefoniert. Bitte nehmen Sie Platz. Wundern Sie sich nicht über den Zustand des Hauses. Als Heim für Kinder ist es aufgegeben worden. Nur ein halbes Dutzend sind noch hier, die woanders untergebracht werden müssen." Sie sprach in kurzen, abgehackten Sätzen. Mit ausgreifenden Schritten ging sie zu einem Schrank und öffnete ihn. „Tee oder Kaffee?"

„Kaffee bitte."

Der Schrank verbarg eine komplette Teeküche. Geschäftig ging die Frau hin und her, stellte zwei Tassen und Teller auf einen kleinen Tisch, brühte Kaffee auf, öffnete eine Dose mit Gebäck.

„So wie ich Sie verstanden habe, kommen Sie wegen Mirko Bosch."

„Bosch heißt er? Können Sie mir etwas über seinen Charakter sagen? Mein Sohn hat ihn vor kurzem kennengelernt. Er hat uns auch einiges über sein Leben erzählt. Nur, schlau sind wir nicht aus ihm geworden."

„Er war ein schwieriges und doch folgsames Kind." Sie lachte. „Ich weiß, normalerweise passen diese zwei Eigenschaften nicht zusammen. Bei Mirko schon."

Herr Waletzki trank einen Schluck: „Wie meinen Sie das?" fragte er erstaunt.

„Mirko hat immer darunter gelitten, nicht zu wissen, wer seine Eltern waren, nicht angenommen worden zu sein. So schuf er sich seine eigene Welt und ließ niemanden an sich heran. Still und unauffällig ging er seiner Wege, und in der Schule lernte er nur das Notwendigste, um durchzukommen. Es war seine Art zu protestieren. Denn er ist intelligent und weiß, was er will." Nachdenklich strich sie ihren langen Wollrock glatt. „Wie haben Sie ihn kennengelernt?"

Mit wenigen Worten berichtete Herr Waletzki, wie er Mirko kennengelernt hatte und warum er ihm eine Arbeit geben wollte.

„Wenn Sie Mirko eine Arbeit geben, hören Sie bitte auch mal auf ihn und enttäuschen Sie ihn nicht. Er wird es Ihnen mit Fleiß danken."

Herr Waletzki lachte: „Ob Sie es glauben oder nicht, er hört auf meinen Sohn, und dieser wird einmal die Firma übernehmen. Da die beiden gut miteinander auskommen, wird es da kaum Schwierigkeiten geben." Er trank seinen Kaffee aus. „Wie war das mit der Flaschnerei?"

„Ein Reinfall. Schuld war sein Vormund. Selbst Handwerker, meinte er, jedes Kind müßte glücklich sein, ein Handwerk zu erlernen. Daß er von dort abgehauen ist, wundert mich nicht."

„Bis Mirko nächstes Jahr volljährig wird, möchte ich die Vormundschaft übernehmen. Geht das?"

„Kein Problem. Als Mirko nicht mehr gekommen ist, hat sein Vormund hier seine Pflichten abgegeben."

„Und seine Papiere?"

„Habe alles vorbereitet."

Frau Kramer stand auf, nahm eine Mappe aus einem Regal und gab sie ihm. Vom Geburtsschein bis zum Zeugnis der Flaschnerei Ratgeb war alles vorhanden.

„Dann habe ich noch seine persönliche Habe hier. Viel ist es nicht."

Sie gab ihm einen Karton, mit einer Schnur zugebunden. Herr Waletzki nahm die Kleider heraus, sah sie durch. Zwei Jeans, drei Pullover, Unterwäsche, ein paar gute Schuhe, ein paar Hausschuhe.

„Die Kleider passen ihm bestimmt nicht mehr. Kann ich sie hierlassen?"

„Tut mir leid. Unsere Vorschriften verbieten uns das. Wenn sie ihm nicht mehr passen sollten, kann er die Kleider einer Organisation geben."

Herr Waletzki wollte die Kleider wieder einräumen, da sah er unten am Boden des Kartons eine kleine Schatulle. Er öffnete sie. Auf rotem Samt schimmerte ein schönes Medaillon. In seiner Mitte die Buchstaben M & B in kleinen Glassplittern. Betroffen sah er die Leiterin an.

„Das Medaillon haben wir in seinen Windeln gefunden. Den Buchstaben darauf verdankt er seinen Namen."

„Sieht wie ein Firmenzeichen aus“, murmelte Herr Waletzki. „Haben Sie nie herausbekommen wollen, wer seine Eltern waren?“

„Sicher. Auch ich bin eine alte, neugierige Frau. Aber die Anonymität der Eltern wird respektiert.“

„Ich werde das Medaillon meiner Frau zeigen, die kennt sich mit solchen Schmuckstücken aus. Vielleicht kann sie es unterbringen.“ Er stand auf. „Ich glaube, das wäre alles. Vielen Dank für Ihre Mühe.“

„Ich danke Ihnen.“ Frau Kramer reichte ihm eine Visitenkarte mit ihrer Privatnummer. „Falls Sie noch Fragen haben, ich stehe jederzeit zu Ihrer Verfügung.“

„Was wird aus Ihnen, wenn das Haus hier aufgelöst wird?“

„Ich bin Lehrerin. Werde wieder in meinem alten Beruf arbeiten.“

Sie reichte ihm die Hand: „Grüßen Sie Mirko von mir. Sagen Sie ihm, er hätte ruhig selber kommen können. Es sind nur noch die alte Nanni und ich hier. Er wird sich noch gut an seine Nanni erinnern.“

„Ich werde es ihm ausrichten. Auf Wiedersehen.“

Herr Waletzki schritt den Flur hinunter, dem Ausgang zu. Kein Laut drang aus den angrenzenden Räumen. Mit einem endgültigen Knall fiel die Tür hinter ihm zu. Da sah er die alte Frau in der Nähe seines Wagens stehen. Sie lächelte und zeigte eine Reihe schadhafter Zähne.

„Ich habe gehört, Sie sind wegen Mirko gekommen?“

„Ja. Und Sie sind die alte Nanni?“

Glucksend lachte sie: „Wie geht es meinem Baby?“

Herr Waletzki zuckte zusammen. Ist das eine Verrückte? Langsam ging er zu seinem Mercedes, schloß die Tür auf und stieg ein. Die Frau kam ganz nah an den Wagen heran und schaute hinein.

„Was macht mein Baby?“

„Wenn sie Mirko meinen, dem geht es gut.“

Er drehte den Zündschlüssel herum und startete. Nichts wie weg. Vor der ersten Kurve riskierte er einen Blick zurück und sah die Heimleiterin herauskommen und die alte Frau mit ins Haus nehmen.

„Doch eine alte, arme Irre“, dachte Herr Waletzki.

Als er nach Hause kam, sahen ihm vier Augenpaare voller Neugierde entgegen. Er überreichte Mirko den Karton und die Aktenmappe und berichtete über die Unterredung mit Frau Kramer.

„Also die verrückte Alte, die hat mich geschafft."

„Ach, das ist nur die alte Nanni", beruhigte ihn Mirko. „Sie ist harmlos, tut keinem was zuleide."

„Wie kam es, daß sie so geworden ist?"

„Das war vor meiner Zeit. So wie ich gehört habe, stand sie eines Tages vor der Tür mit einem Baby im Arm. Sie wollte es nur abgeben, ist dann selber geblieben. Sie hat in der Säuglingsabteilung gearbeitet. Zwei oder drei Jahre später brach eine Epidemie aus, was für eine Krankheit es war, weiß ich nicht mehr. Auf jeden Fall starben etliche Kinder, auch ihres. Sie hat's nie überwunden. Danach hat sie in der Küche gearbeitet, und alle Kinder wurden ihre Babys, und hat sie alle liebgehabt. Was wohl aus ihr werden wird?" fügte er gleichgültig hinzu und packte den Karton aus, legte die Kleider zur Seite. Da sah er die Schatulle und öffnete sie. „Was ist das?"

Herr Waletzki fing an zu erklären, da berührte Mirko eine Feder, und das Medaillon schnappte auf. Eine blonde Haarlocke, alt und spröde, kam zum Vorschein.

„Blond? Ich bin schwarzhaarig."

„Das ist ein Frauenhaar." Frau Waletzki saß die ganze Zeit neben ihm. „Kann ich das Medaillon mal sehen?"

Mirko gab es ihr. Sie prüfte es genau, grübelte.

„M & B, die Buchstaben habe ich schon mal gesehen. Nur wo?" Ratlos drehte sie das Medaillon um. „Auf jeden Fall ist es ein Firmenzeichen, und so wie es aussieht, wurde es von einer Frau entworfen", fügte sie mit Kennerblick hinzu.

„Ich werde das Handelsregister zu Rate ziehen", mischte sich ihr Mann ein.

„Nein, bitte nicht. Ich will nicht wissen, von wem es ist. Noch nicht. Später vielleicht."

Die Aussicht, etwas über seine Eltern zu erfahren, jetzt am Beginn eines neuen Lebensabschnittes, war für Mirko einfach zuviel. Sie mußte reich sein, die Frau, die ihn wie ein Paket einfach abgegeben hatte. Warum hatte sie nicht für ihn gesorgt? Ihm einen Namen gegeben? Er wäre vielleicht adoptiert worden, hätte eine Familie gehabt. Nein, er wollte sie nicht kennenlernen, nicht von ihrem Reichtum profitieren. Er wollte Mirko bleiben, allein vorwärtskommen, allein etwas werden.

„Wenn du willst, hebe ich es auf, du verlierst es vielleicht. Irgendwann werden wir seinem Ursprung nachgehen."

Herr Waletzki nahm das Schmuckstück und deponierte es in seinem Safe. Nie wieder sprachen sie darüber.

Herr Waletzki hatte sein Versprechen gehalten, und Mirko durfte ein Vierteljahr in sämtlichen Abteilungen des Al-Wa-Hauses mit Hand anlegen.

Zur allgemeinen Überraschung ging er danach in die Versandabteilung zurück und arbeitete sich dort so gut ein, daß er nach einem weiteren Jahr im Büro des Abteilungsleiters Herrn Sander saß. Abends schmiedeten Mirko und Alex Pläne, um in Zukunft die Arbeit in der Firma effektiver zu gestalten. Sie lernten zusammen, verbrachten gemeinsam ihre Freizeit. Gingen in Discos, ins Schwimmbad, verreisten gemeinsam. Sie wurden unzertrennlich.

Mit gemischten Gefühlen sahen Alex' Eltern die Freundschaft der beiden, kannten sie doch die Veranlagung ihres Sohnes. Wohl bemerkte Herr Waletzki die positive Veränderung in Alex' Charakter, sah den Lerneifer und den guten Willen Mirkos, trotzdem bereute er es, ihn aufgenommen zu haben. Der Gedanke, Alex könnte sich in Mirko verlieben, den, wie Herr Waletzki meinte, normalen gesellschaftlichen Weg verlassen, wurde ihm unerträglich, und er versuchte die beiden zu trennen. Bei seiner Frau fand er keinerlei Unterstützung.

„Ich war von Anfang an dagegen, daß dieser Bankert ins Haus kommt. Schau zu, wie du damit fertig wirst."

Mirko war für sie nicht vorhanden. Nur Frau Mohn war begeistert, ihn im Hause zu haben, hatte sie doch jetzt zwei Jungs in ihrer Küche sitzen, die sie verwöhnen konnte.

Herr Waletzki wurde mit Alex und Mirko nicht fertig. Beide spürten die Aversion der Erwachsenen, und drehten – jedes Mal, wenn der Vater was sagen wollte – den Spieß um.

„Habe ich euch gebeten, mich aufzunehmen?" moserte Mirko.

„Hättest nein sagen können, als ich dich bat, Mirko zu helfen", konterte Alex.

Herr Waletzki suchte eine Wohnung für Mirko, doch dieser stellte sich quer. Er war mittlerweile volljährig geworden und meinte, sämtliche Rechte auf seiner Seite zu haben, zumal Alex voll hinter ihm stand. Mit der Zeit arrangierten sich die zwei Parteien, und ein jeder lebte sein eigenes Leben.

Mirko hatte ein kleines Zimmer neben dem von Alex bekommen, das er mit persönlichen Gegenständen liebevoll einrichtete. Eine kleine gemütliche Sitzekke, Poster von Popstars an der Wand, Fotos glücklicher Stunden auf einem Regal. Über dem Bett eine bunte Patchworkdecke. Er genoß die Freundschaft mit Alex, nachts aber sperrte er seine Tür zu: „Nicht mit mir." Er spürte Alex' Begierde, sah, wie dieser um ihn warb. Stetig, unermüdlich, zurückhaltend, so lange, bis Mirko schwach wurde und doch noch zu ihm ins Bett schlüpfte. Alex ließ ihn drei Nächte in Ruhe, einen Kuß, eine Umarmung, mehr nicht. Bis Mirko meinte, vor Verlangen zu vergehen. Da nahm ihn Alex und verbarg sein Gesicht in Mirkos Haar, um den Triumph in seinen Augen zu verbergen. Er wußte, er würde Mirko nie wieder loslassen, wußte aber auch, daß er alles für ihn tun würde.

Das Geschäft im Al-Wa-Haus boomte. Auf Anraten des Abteilungsleiters Herrn Schmittchen wurden neue Verkaufsräume eröffnet, in denen billige Möbel verkauft wurden, die die Kunden – meist junge Leute – selbst mitnehmen konnten. Handwerksbetriebe schlossen sich dem Al-Wa-Haus an, das die Bestellungen der Kunden entgegennahm und die Angebote der Handwerker weiterleitete. Junge Familien sowie Besitzer von Eigenheimen begrüßten diesen Service, da sie vom Rohbau bis zur fertigen Ausstattung alles aus einer Hand erledigen konnten.

Herr Waletzki war mit dem Verlauf der Arbeit mehr als zufrieden, und er wäre glücklich gewesen, wären da nicht die verdeckten Anspielungen seiner Angestellten gewesen.

„Ihr Sohn wird 19. Hat er immer noch keine Freundin?"

„Er wird doch mal heiraten, die Familientradition weiterführen wollen? Hat er sich da noch keine Gedanken gemacht?"

Und alle sahen Mirko an, wußten sie doch, daß er mit Alex zusammenlebte. „Ob sie miteinander schlafen?" raunte es durch das Haus.

Mirko sah und hörte nichts. Er arbeitete gern in der Versandabteilung, und sein Privatleben ging niemanden was an.

Eines Abends, als Herr Waletzki früher nach Hause kam, wartete seine Frau auf ihn. Sie saß vor dem Kamin, hatte noch ihr Kostüm an, neben sich ihre Handtasche und ihre Handschuhe. Ihr Gesicht war umwölkt, die Augen dunkel vor Wut.

„Was hast du?" Ihr Mann mixte für beide einen Gin-Orange und setzte sich zu ihr.

„Man spricht in der Stadt über Alex. Sie sagen, daß er mit einen Mann zusammenlebt. Schließen Wetten ab, ob und wann sich die beiden trauen, zusammen zu einer Party oder Gesellschaft zu gehen. Ich weiß, es sind Vorurteile von gestern, aber … wir sind nun mal bekannt, die Leute schauen auf uns. Es ist so erniedrigend, so peinlich … Tu doch endlich was", funkelte sie ihren Mann an.

„Beruhige dich, sie werden bestimmt nicht ausgehen wollen. Alex haßt Gesellschaften."

„Aber die Firma? Was wird aus ihr?"

„Er wird ein guter Chef werden.“ Ob der Logik seiner Frau schüttelte Herr Waletzki den Kopf..

„Wirf Mirko hinaus, ein für allemal.“

„Wir können es nicht mehr. Alex könnte mitgehen.“

„Und eine andere Wohnung?“

„Würde auch nichts nützen, da beide umziehen würden. Hier habe ich sie wenigstens im Auge.“

„Was sollen wir tun?“ Sie merkte nicht, wie ihre Hände die Handschuhe zusammenknüllten.

„Wenn Alex mit der Schule fertig ist, schicke ich ihn nach X, damit er dort seine Lehre beenden kann.“

„Wird er gehen?“

„Ich werde es ihm schmackhaft machen.“

Ruhelos schritt Herr Waletzki im Raum auf und ab, griff immer wieder nach seinem Glas. Widerwillig sah seine Frau diesem Treiben zu.

„Was gedenkst du danach zu tun?“

„Er muß heiraten, es ist die beste Lösung. Kennst du keine Frau in deinem Bekanntenkreis, die für ihn geeignet ist? Sie muß vor allem intelligent sein“, fügte er hinzu. „Alex hat kein Auge für weibliche Schönheit. Leider.“

„Was ist das für eine Ehe ohne Liebe?“

„Haben wir aus Liebe geheiratet?“ fragte er bitter. Seine Frau war nicht fähig zu lieben.

„Ich weiß nicht“, resignierte Frau Waletzki. „Alex ist ein Gefühlsmensch, mehr als wir beide. Ohne Liebe wird er mit keiner Frau zusammenleben wollen.“

Sie hatte recht. Alex wehrte sich mit Händen und Füßen.

„Ich bitte dich, Alex, du mußt irgendwann heiraten, die Firma braucht einen Erben. Du findest bestimmt eine Frau, die nicht scharf auf Sex ist.“

„Du hast Sorgen. Ich bin noch nicht 19, und du machst dir schon Gedanken über meine Erben. Nein, ich will nicht heiraten, und damit basta. Ich will keine Ehe mit einer Lüge beginnen.“

„Denk an unsere Kunden. Man redet über dich, du mußt die Form wahren“, beschwor ihn sein Vater.

„Was die Leute reden, interessiert mich nicht. Und mit wem ich zusammenlebe, ist meine Privatsache. Tut mir leid, Vater, ihr müßt euch daran gewöhnen, daß Mirko und ich zusammengehören.“

Sie konnten und wollten sich nicht daran gewöhnen. Frau Waletzki verleugnete ihren Sohn und wollte nichts mehr von ihm wissen. Herr Waletzki sah das Werk dreier Generationen zusammenbrechen und mußte ohnmächtig zusehen, daß er nichts entgegenhalten konnte. Er fraß seine Wut und seinen Ärger in sich hinein. Vergrub sich immer mehr in seine Arbeit, kam immer seltener nach Hause.

Tagelang hatte er den Schmerz in der Brust gespürt, hatte ihn ignoriert. Eines Morgens, kurz nach Alex' Abitur, fand Frau Waletzki ihren Mann tot im Bett.

Betroffenes Schweigen herrschte im Raum, nachdem Alex wutentbrannt das Eßzimmer verlassen hatte. Die Gäste starrten ins Leere. Schmittchen peinlich berührt, Pohl besorgt, Sander ärgerlich – wußte er doch, daß er in Mirko einen guten Mitarbeiter verlieren würde –, Frau Peritz herausfordernd. Frau Waletzki war blaß geworden, ihre zitternden Hände verrieten ihre Wut. Sie ahnte, nach dieser Szene würde sie sich nicht lange im Al-Wa-Haus halten können. Krampfhaft schluckte sie, versuchte zu sprechen. Ihre Stimme klang spröde.

„Entschuldigen Sie das Benehmen meines Sohnes. Er ist jung und unbeherrscht. Vergessen Sie es einfach." Sie atmete tief durch: „Wo waren wir stehengeblieben?"

Herr Sander räusperte sich.

„Ich schlage vor, wir beenden den Abend. Über die Zukunft der Firma können wir morgen eine Sitzung einberufen, an der auch ein Teil der Belegschaft teilnehmen soll."

Ein erleichtertes Aufatmen ging durch den Raum. Die Gäste erhoben sich, froh, das Haus verlassen zu können.

„Vielen Dank für die Einladung."

„Es hat uns gut geschmeckt."

„Auf eine gute Zusammenarbeit."

„Bis morgen."

Die milden Strahlen der Herbstsonne weckten Frau Waletzki auf. Sie drehte sich zur Seite, sah das leere Bett neben ihr, und die Erinnerungen der letzten Tage trafen sie mit voller Wucht. Nie wieder würde sie die Stimme Alexanders hören, seine Umarmungen genießen, das humorvolle Blitzen in seinen Augen sehen. Aber auch nie wieder seine Überlegenheit, seine Autorität spüren, und ein Gefühl der Freiheit erfaßte sie. Endlich würde sie schalten und walten können, wie sie wollte, ohne sein mokantes Lächeln im Nacken zu fühlen.

Schwungvoll stand sie auf, betrachtete sich im Schrankspiegel. Ihren schlanken, biegsamen Körper, ihr volles Haar, ihren glatten Teint. „Hast dich gut gehalten, Irene, mit deinen 48 Jahren“, lächelte sie ihrem Spiegelbild zu. Ausgiebig badete sie, zog sich ihre beste Unterwäsche, ihr schönstes Kleid an und lächelte wieder. ‚Die Zukunft gehört mir‘, dachte sie.

Leichtfüßig lief sie die Treppe hinunter. Unter der Küchentüre stand Frau Mohn mit verkniffenem Mund.

„Frau Mohn, ab heute werde ich die Arbeit meines Mannes im Al-Wa-Haus weiterführen. Wenn ich heute abend nach Hause komme, will ich Mirko nicht mehr hier sehen. Und sagen Sie meinem Sohn, er soll sich bemühen, die Lehrstelle in X zu bekommen, so wie mein Mann es wollte. Vielleicht gefällt es ihm dort so gut, daß er sich um eine Dauerstellung bewirbt.“

„Das alles ist nicht mehr nötig, gnädige Frau, die beiden haben heute früh das Haus verlassen.“

3. Kapitel

Auf der Straße

Es war ein heißer Sommer gewesen, und der kühle Herbstwind hatte leichtes Spiel mit den bunten Blättern, die von den Bäumen fielen, unter den Füßen der Spaziergänger raschelten, sich in windstillen Ecken niederließen.

In ihrer Mittagspause schlenderten die Menschen durch den Park, saßen auf Bänken und genossen die letzten Tage des Altweibersommers. Vom Pavillon am Rande der Anlage hämmerte laute Rockmusik über den Platz. Hunde bellten. Alex saß an die Mauer des Pavillons gelehnt, blinzelte in die Sonne und freute sich des Lebens.

Mit zwei vollen Rucksäcken und dem Geld, das sie zu Hause gefunden hatten, waren sie vor einem Monat abgehauen. In der Altstadt, in einer kleinen Nebenstraße, hatten sie eine billige Pension gefunden. Es war ein dreistöckiges, schmales, graues Gebäude, das nicht zum Verweilen einlud.

Tagsüber schlenderten sie durch die Stadt, bummelten durch Einkaufspassagen, saßen stundenlang in der Sonne. Ernährten sich von Hamburgern und Döner Kebab. Mirko zeigte Alex seine Stadt, die Stadt der Obdachlosen, Straßenkinder, Drogenabhängigen. Stumm, mit weit aufgerissenen Augen, schaute Alex in deren Gesichter. Er glaubte zu träumen, erwartete, jeden Augenblick in seinem Zimmer, in seiner Welt aufzuwachen. Mirko zeigte ihm auch die Altstadt mit ihrer eigenen Szene und ihrer eigenen Subkultur. Abends kamen sie in ihr karges Zimmer mit Blick auf den Hinterhof zurück. Auf dem kleinen Tisch stand eine Blumenvase, die Patchworkdecke, die Mirko mitgenommen hatte, lag über dem Bett. Flecken an der Wand hatten sie mit Bildern aus Zeitungen kaschiert. Mit einem Tauchsieder brühten sie sich morgens und abends einen dünnen Tee und aßen Brote mit Marmelade dazu. Geschirr hatten sie sich billig auf dem Flohmarkt gekauft.

Alex rutschte etwas zur Seite, der Sonne nach. Da sah er Mirko über den Platz kommen, eine Zeitung in der Hand. Er winkte ihm zu, und zu zweit beugten sie sich über die Stellenangebote.

Vom ersten Tag an hatten sie Arbeit gesucht, irgendeine. Bis jetzt vergeblich. Entweder waren sie für eine Lehre zu alt, oder sie hatten keine feste Bleibe, oder die Stelle war schon vergeben.

Unwillig warf Mirko die Zeitung weg. „Hat ja doch keinen Zweck, wir finden eh keine."

„So schnell gebe ich nicht auf."

Alex sammelte die Blätter wieder ein, verscheuchte einen Hund, der daran schnupperte, und las weiter. Mirko war aufgestanden. Die Daumen im Hosenbund eingehakt, fixierte er einen Punkt zwischen Schloß und Kunstgebäude.

„Geh nach Hause."

„Wie bitte?"

„Du sollst nach Hause gehen, da wo du hingehörst", zischte Mirko.

„Und du?"

„Ich komm' allein zurecht."

„Du weißt, daß ich nicht nach Hause zu meiner Mutter kann. Wir würden uns zerfleischen."

„Dann geh doch nach X und mach deine Lehre fertig, so wie dein Vater es wollte."

„Vater ist nicht mehr da", preßte Alex hervor.

Er stand auf, stellte sich neben Mirko und schaute in die gleiche Richtung, konnte aber nichts Besonderes erblicken.

„Was guckst du denn so? Ist dort was?"

Mirko zuckte mit den Schultern. „Ich habe Freunde von früher getroffen. Sie hätten einen Job für mich."

„Was für einen Job?"

„Alex, ich bitte dich. Geh nach Hause zurück, die St-Straße ist n-nichts für dich."

Aufgeregt fing Mirko an zu stottern, ungehalten zertrat er den Kies unter seine Füßen.

‚Das werden wir mal sehen', dachte Alex und setzte sich wieder hin. ‚Oder glaubt der, daß ich so verweichlicht bin, daß mich die erste eisige Brise umhaut?'

„Wo trefft ihr euch?"

„Morgen im Sonnenwinkel."

„Ich komme mit, will auch hören, was das für ein Job ist."

Ungeduldig drehte sich Mirko um, wollte etwas sagen.

„Gib mir eine Chance, mich auf der Straße zu behaupten."

Mit einem halb ironischen, halb verzweifelten Blick streckte Alex zwei Finger hoch.

„Ich schwör' dir, sollte ich scheitern, gehe ich nach Hause zurück."

Da lachte Mirko und stimmte dem zu.

Am nächsten Tag gingen sie mit einem Rucksack voll schmutziger Wäsche zum Sonnenwinkel. Mit einer Küche, Duschen und einem Kaffeeraum eingerichtet, war er Kontaktstelle und Treffpunkt für Kinder und Jugendliche auf der Straße. Dort trafen sie ihre Freunde, lernten sie neue kennen.

Während Alex sich duschte, stopfte Mirko die Waschmaschine voll und suchte seine Freunde Mike Konrad und Frank Abel. Er fand sie beim Frühstück im Kaffeeraum. Mirko schenkte sich einen Kaffee ein und setzte sich zu ihnen.

Als Mirko nach S. kam, waren Mike und Frank die ersten, die er traf und die ihm geholfen hatten. In den zwei Jahren, in denen Mirko bei den Waletzkis war, hatten sie sich aus den Augen verloren. Zufällig trafen sie sich am Bahnhof wieder, und es sah so aus, als ob sie ihm wieder helfen könnten.

Mike wollte gleich zur Sache kommen. „Warte mal, mein Freund duscht sich gerade."

Mikes Augenbrauen schnellten in die Höhe: „Du hast doch gesagt, daß er nach Haus zurückgeht?"

„Dachte ich. Doch er will sich auf der Straße behaupten, aber …"

Mirko zuckte mit den Schultern, Mike nickte weise, Frank lachte nervös. Sie kannten die Straße.

Als Alex den Kaffeeraum betrat, sahen ihm zwei Augenpaare kritisch entgegen. Er lächelte scheu, die dunkelgrauen Augen blickten verlegen. Mike und Frank nickten sich zu, was bei ihnen soviel wie „in Ordnung" hieß. Alex setzte sich zu ihnen, und alle vier steckten die Köpfe zusammen.

„Also, was ist das für ein Job?"

„Im Park, Geld machen."

Mirko war sofort im Bilde. „Und, wie läuft es?"

„Gut, manchmal haben wir zwei bis drei pro Tag. Die Kohle stimmt auch."

Alex verstand nur Bahnhof: „Von was redet ihr überhaupt?"

Bevor sie antworten konnten, entstand Unruhe im Flur, ein Hund bellte. Ein Jugendlicher kam herein, beruhigte den Hund und setzte sich an einen Tisch in der Ecke. Er grinste dreckig, als er Mike und Frank erkannte.

„Wir müssen gehen. Es ist spät geworden."

Abrupt stand Mike auf, Frank fing an, das Geschirr abzuräumen.

„Laßt nur, das machen wir schon."

„Wir kommen euch besuchen."

Alex fing an, das Geschirr abzuwaschen, und Mirko sah nach seiner Wäsche.

Auf dem Flur hörte man eine ärgerliche Stimme: „Habe ich euch nicht gesagt, ihr sollt nicht so oft herkommen? Ihr habt doch jetzt eine Wohnung."

„Wir haben nur nachgeschaut, ob Post für uns da ist."

‚Auch hier Vorurteile', dachte Alex, und schlagartig wurde ihm klar, was für ein Job gemeint war. Hatte er doch so manches Mal die Jugendlichen gesehen, die an einer bestimmten Stelle des Parks herumstanden.

„Du wirst doch nicht in den Park gehen wollen?"

Alex drehte sich um, doch Mirko war nicht mehr im Raum.

Schwungvoll spannte sich die Hängebrücke über die Verkehrsstraße, die den Park in zwei Teile trennte. Alex und Mirko standen in ihrer Mitte und hielten Ausschau nach Mike und Frank. Sie wollten sich gerade trennen, um jeder für sich weiterzusuchen, als die beiden daherkamen, der schlaksige Frank und der pummelige Mike, in Jeans und modische Jacke gekleidet, die Haare im Techno-Style frisiert.

„Nun, habt ihr es euch überlegt?"

„Wir sind noch dabei."

„Ich lad' euch zu einem Kaffee ein, da können wir über alles reden."

Alex fühlte unter dem Pullover nach seinem Geldbeutel, der mit einem Haken an seinem Gürtel befestigt war. Mike hatte das beobachtet, sah die zerrissenen Jeans und die alte Parka von Alex und grinste.

„Er kann es bezahlen. Alex kommt aus einer reichen Familie", verteidigte Mirko seinen Freund.

„Ach, und was sucht er da? Die Straßenromantik?"

„Und was macht ihr hier?" konterte Alex.

„Lad uns zum Essen ein, dann erfährst du es."

„Gebongt."

In der Bahnhofspassage fanden sie eine kleine Gaststätte, setzten sich an einen Tisch im Hintergrund, bestellten Wiener Schnitzel, Pommes und Salat. Nach dem Essen erzählten Mike und Frank bei einem Glas Bier.

Sie waren zusammen nach S. gekommen.

In der Kleinstadt, im gleichen Milieu aufgewachsen, waren sie von der ersten Schulklasse an Freunde.

Franks Eltern waren geschieden, und der Junge blieb bei der Mutter. Als Frank 13 Jahre alt wurde, heiratete die Frau wieder. Gewohnt, die Mutter für sich allein zu haben, wurde Frank auf seinen Stiefvater eifersüchtig. Der Mann bemühte sich um den Jungen, Frank aber mied ihn, zeigte ihm die kalte Schulter. In seiner Wut packte der Mann Frank eines Tages und mißbrauchte ihn im Affekt, was für den Jungen fatale Folgen hatte. Denn nach diesem einen Mal verlor der Mann jegliche Hemmungen und vergriff sich immer wieder an dem Kind. Frank wurde immer ängstlicher und verstörter. Kam immer später von der Schule nach Hause, nach etlichen Monaten überhaupt nicht mehr. Versteckte sich in einer Gartenlaube, lebte vom Schnorren und Stehlen.

Mike war der Sohn einer alleinerziehenden Mutter. Er lernte früh, auf sich aufzupassen und selbständige Entscheidungen zu treffen. Als er 14 Jahre alt wurde, lernte die Mutter einen Mann kennen und lieben. Sie traf sich mit ihm, brachte ihn immer öfters nach Hause. Zum Schluß blieb der Mann bei ihnen. Da die Mutter sich weiterhin um Mike kümmerte, wurde ihr Freund eifersüchtig auf den Jungen. Eines Tages ließ Mike beim Tischabräumen zwei Teller fallen. Der Mann gab ihm eine Ohrfeige. Die Mutter, die danebenstand, war damit einverstanden. Von diesem Tag an ließ der Mann seinen Unmut an dem Jungen aus und schlug ihn immer wieder. Mike ließ sich das nicht lange gefallen und haute ab. Er rannte zu der Laube, in der Frank hauste, und pfiff. Frank kam heraus.

„Kann ich bei dir übernachten? Der Alte von meiner Mutter verdrischt mich."

„Komm rein."

Nun trieben sie sich zu zweit herum, bettelten und stahlen. Gemeinsam fühlten sie sich stark. Sie fielen unangenehm auf. Nach einem anonymen Anruf bei der Polizei wurden sie von dieser aufgegriffen und nach Hause gebracht. Etliche Wochen lang blieben sie zu Hause, gingen wieder zur Schule. In der großen Pause steckten sie die Köpfe zusammen. Sie wollten wieder abhauen.

„Das Gefummel von meinem Stiefvater geht mir auf den letzten Nerv", jammerte Frank. „Wir müssen woanders hin. Hier werden wir wieder aufgegriffen."

Sie sahen sich an. Jeder wußte, was der andere dachte.

„Wann?"

„Am 1. Mai sind fast alle auf dem Rummelplatz."

„Wir müssen auch hin."

„Von dort ist es leichter abzuhauen."

„Gut. Wir treffen uns vor … vor dem …" überlegte Mike.

„Vor der Achterbahn?"

„Gute Idee. Wir werden einmal mit ihr fahren, um nicht aufzufallen."

Sie schlenderten an den Buden vorbei, kauften Popcorn, versuchten ihr Glück in der Schießbude. Am Rande des Platzes schlugen sie sich in die Büsche, rannten in einem Bogen nach Hause, nahmen den Rucksack, den sie am Abend zuvor gepackt hatten, und liefen zum Bahnhof. Sie stiegen in den ersten Zug, der hielt, ein und versteckten sich im WC.

Sie tauchten in der Anonymität der Großstadt unter, fanden Anschluß bei anderen Straßenkindern und fühlten sich wohl. Jeden Tag lernten sie neue Tricks, um den Leuten Geld aus den Taschen zu ziehen. Mit vier anderen übernachteten sie in einem leeren Haus, bis dieses abgerissen wurde, danach bei Bekannten oder Freunden, im Sommer in den Parkanlagen. Sie hörten vom Sonnenwinkel, gingen hin und schauten sich um. Von da an traf man sie täglich im Winkel. Sie frühstückten und duschten sich dort, machten bei den Spielen mit.

Nach mehreren Monate fanden sie den Mut, zu Hause anzurufen. Sie gaben den Sonnenwinkel als Post- und Telefonadresse an und beschworen ihre Mütter, niemandem zu verraten, wo sie waren, denn sie wollten nie wieder nach Hause zurückkehren.

In ihrem zweiten Winter auf der Straße hatten sie einen ganzen Tag im Bahnhofsgebäude verbracht. Abends suchten sie einen Pennplatz, fragten jeden, den sie kannten, erhielten aber nur negative Antworten. Deprimiert gingen sie zum Bahnhof zurück, versuchten im Warteraum zu übernachten. Reisende murrten und drohten mit der Polizei. Da näherte sich ihnen ein Mann.

„Ich beobachte euch schon eine ganze Weile. In solch einer Nacht könnt ihr kaum irgendwo anders unterkommen. Kommt zu mir. Ich gebe euch ein warmes Essen und ein Bett."

Sie lachten: „Einfach so?"

„Nun ja …"

Sein Blick glitt über den Körper der Jungen. Frank kannte diesen Blick. Abrupt drehte er sich um und rannte davon. Am Ausgang schlug ihm eisige Kälte entgegen. Schnee knirschte unter seinen Füßen. Er konnte sich nicht mehr erinnern, wann er zuletzt in einem richtigen Bett geschlafen hatte.

‚Nur das eine Mal', dachte er und ging zurück.

Betroffen hatten Alex und Mirko zugehört.

„Ich … wir können verstehen, warum du zurückgegangen bist. Aber warum bist du dabei geblieben?"

„Haß auf meinen Stiefvater. Die Freier sollen für das büßen, was er mir angetan hat.“

Es war aber kein Haß in seinen Augen, nur Trauer und Verzweiflung.

„Und du?“ fragten sie Mike.

„Ich helfe ihm dabei.“

„Und was haben wir damit zu tun?“

„Wir haben mehr an Mirko gedacht.“

„Aber wenn du auch mitmachen willst …“

„Wir wollen da raus, Schulabschluß machen, 'ne Lehre, 'ne andere Arbeit.“

„Und je mehr wir sind, desto eher gelingt uns das.“

„Glauben wir.“

„Bernd ist auch dabei.“

„Und warum wir?“

„Ihr lebt zusammen, schlaft miteinander.“

„Seid es gewohnt.“

Beim Versuch, sie zu überzeugen, überschlugen sich ihre Stimmen, verhaspelten sich. Alex sah sie entgeistert an. Doch in ihren Augen war weder Zynismus noch Spott.

‚Sie glauben tatsächlich, was sie sagen‘, dachte er.

„Ihr seid verrückt.“ Abrupt stand Alex auf, warf das Glas, das er in der Hand hielt, auf den Tisch und ging. An der Tür drehte er sich um. Sie hatten sich nicht gerührt, und er sah, wie Mirko auf die beiden einredete.

Das Haus erwachte – Wasser rauschte, Radiomusik dröhnte, die Treppe knarrte, auf dem Hof schepperte ein Mülleimer. Alex wachte von dem Lärm auf, seine Nerven fingen an zu flattern. Er war an einem Tiefpunkt angelangt und wußte nicht weiter. Wochenlang hatte er nach Arbeit gesucht, hatte aber keine gefunden. Er war zermürbt und ausgelaugt. Von hier wegziehen? Machte keinen Sinn. Wohin auch? Nach Hause zurückgehen konnte er nicht. Als Gescheiterter wollte er nicht vor seine Mutter treten. Unruhig drehte er sich zur Seite. Fest schlief Mirko neben ihm, den Kopf in der Armbeuge, die Hände zu Fäusten geballt.

Vor zwei Wochen hatte Mirko Mike und Frank in den Park begleitet und war dortgeblieben. Um Mitternacht war er in die Pension zurückgekommen und hatte Alex geweckt. Er war wie aufgedreht.

Er hatte einen Freier angesprochen, war mit ihm gegangen. Nun wollte er nur noch so Geld verdienen. Er war glücklich und zufrieden, machte sich keinerlei Sorgen um den nächsten Tag. Alex beneidete ihn deswegen. Trotzdem machte er ihm Vorwürfe.

„Wie kannst du nur deinen Körper verkaufen?"

„Das macht mir nichts aus. Außerdem will ich Mike und Frank helfen. Jede Mark, die wir erübrigen können, kommt in eine gemeinsame Teetasse."

„Ach nee, 'ne Teetasse," lachte Alex.

„Du hast gut lachen. Du hast ja Geld, du kannst jederzeit anfangen zu studieren. Und was hindert dich, nach Hause zurückzugehen? Doch nur dein verletzter Stolz. Aber wir müssen sehen, wie wir zurechtkommen, wie wir Geld verdienen können."

Bei diesen Worten zuckte Alex zusammen. Er erinnerte sich an seinen leeren Geldbeutel. An einem anderen Tag beim Frühstück.

„Du sprichst immer von wir. Wer ist noch dabei außer Mike und Frank?"

„Bernd."

„Und wie ist der?"

Mirko verdrehte die Augen, und mit den Fingerspitzen deutete er einen Kuß an.

Mit einem tiefen Seufzer stand Alex auf, fing an, das Frühstück vorzubereiten. Er tauchte den Sieder ins Wasser, holte aus einem versteckten Fach im Schrank Brot, Marmelade und Margarine. Als er anfangen wollte, die Brote zu streichen, sah er, daß der Becher leer war. Mit einem Fluch nahm er etwas Geld und eilte zum Lebensmittelhändler um die Ecke. Im Laden warteten etliche Leute, und es dauerte länger, als ihm lieb war. Er raste zurück. Vor ihm stapfte die Wirtin die Treppe hoch.

Als sie ihn sah, fauchte sie ihn an: „Wo kommst du her? Was war in eurem Zimmer los?"

Alex sah sie verständnislos an, ahnte Schlimmes und hastete die Treppe hoch. Fassungslos blieb er an der Türe stehen. Der Raum war voller Dampf, und Mirko saß leichenblaß im Bett. Der Topf mit dem kochenden Wasser war zersprungen, und die glühenden Drähte des Tauchsieders hatten braune Ringe in die Plastikplatte des Tisches gebrannt. Mit einem Satz war Alex im Zimmer und riß den Stecker aus der Wand.

„Hab' ich euch erwischt!" keifte die Wirtin. „Habe ich euch nicht verboten, im Zimmer zu kochen? Und wie sieht der Tisch aus! Das müßt ihr mir bezahlen. 200

DM mindestens. Und du", sie drehte sich zu Mirko um, „von wo kommst du jede Nacht so spät? Glaubst du, ich hör' dich nicht? So was gibt's hier nicht. Wir sind ein anständiges Haus. Und wenn ihr so weitermacht, ist es besser, ihr verschwindet hier."

Alex kochte vor Wut, trotzdem versuchte er, ruhig zu bleiben.

„Wir kochen nicht im Zimmer, wir machen nur Wasser heiß. Das mit dem Tisch tut uns leid, und wir werden ihn bezahlen. Aber mehr als 50 DM ist er nicht wert. Rauswerfen können Sie uns nicht, das Zimmer ist bis zum Monatsende bezahlt. Und was meinen Freund anbelangt, wir können kommen und gehen, wann wir wollen."

Im letzten Moment verkniff er sich eine Bemerkung über das ehrenwerte Haus.

Die Wirtin fühlte sich Alex nicht gewachsen: „Denken Sie bitte an die anderen Gäste." Dann besann sie sich wieder auf ihre Rechte als Eigentümerin der Pension. „Aber für den Tisch müssen Sie 200 DM bezahlen, oder ich hole die Polizei", polterte sie wieder los.

„Mirko, zieh dich an, wir gehen."

„Nichts da, erst wird bezahlt."

„Wir wollen nur zu meiner Bank gehen, Geld holen. Aber wenn es Ihnen lieber ist, lasse ich Ihnen meinen Freund als Geisel da."

Er zwinkerte Mirko zu und war verschwunden, ließ eine total verwirrte Wirtin zurück.

„Der und eine Bank! So ein Unsinn."

„Er nicht, aber sein Großvater", lachte Mirko.

Er hatte sich von seinem Schock erholt, stand auf und zog sich an. Fluchtartig verließ die Wirtin den Raum.

Alex stand halb versteckt in einer Einkaufspassage und beobachtete den Eingang der Mack-Bank.

Der alte Mack hatte sich nach einem Schlaganfall aus dem Geschäftsleben zurückgezogen. Da Irene sein einziges Kind war, hatte er die Geschäftsführung seinem langjährigen Mitarbeiter Fabius übertragen. Herr Mack kam nur ab und zu vorbei, um über die neuen Ereignisse und Transaktionen der Bank zu sprechen.

Alex verstand sich nicht gut mit seinem Großvater – war er doch ein Mack wie seine Mutter –, und außer Weihnachten und Geburtstagen sah er ihn nie. Mit Fabius war es anders. Selbst Vater von drei Rabauken, konnte er Alex gut verstehen. Seine Einsamkeit und Verlorensein in dem großen Haus. Er konnte auch verstehen, warum Alex Mirko mit nach Hause gebracht hatte. ‚Das Haus ist groß genug für viele Kinder', hatte Fabius damals gedacht.

Und so wartete Alex in der Passage, bis er sicher war, weder seinem Großvater noch seiner Mutter in die Quere zu kommen. Freundlich grüßte er den Kassierer und betrat das Büro von Fabius.

„Störe ich?"

„Nein, komm nur herein, Alex. Was führt dich zu mir?"

„Ich brauche Ihre Hilfe. Wissen Sie, daß wir von zu Hause abgehauen sind?" fügte er hinzu.

„Ja." Auch das konnte er verstehen. „Wo wohnt ihr denn?"

„In einer Pension."

Er berichtete ihm über das Mißgeschick mit dem Tauchsieder.

„Und jetzt verlangt die Wirtin 200 DM für einen Tisch, der nichts wert ist. Wir müssen zahlen, sonst holt sie die Polizei, und mit der wollen wir uns nicht anlegen. Kann ich von meinem Sparbuch Geld abheben? Ich weiß, es ist gesperrt, aber …"

„Tut mir leid, Alex, dein Vater hat das Geld für dein Studium bestimmt. Aber ich kann dir das Geld leihen." Er zückte seinen Geldbeutel. „Zahl es mir irgendwann zurück."

„Vielen Dank. Wie kann ich das wieder gutmachen?"

„So wie ich dich kenne, wirst du nicht lange auf der Straße sein. Und irgendwann wird dir das alles gehören. Denk dann an mich und meine Kinder."

Verlegen lächelte Alex, stand auf und wollte gehen.

„Wo wollt ihr den hin, wenn ihr aus der Pension heraus müßt?"

„Weiß nicht. Irgendwohin", antwortete Alex munter. Nur nicht zeigen, wie drekkig es einem ging.

„Geht doch bei KIDS vorbei." Fabius gab ihm eine Visitenkarte. „Es ist eine Stelle, die sich um Kinder und Jugendliche wie euch kümmert."

„Davon haben wir nie was gehört." Sie lebten ja so zurückgezogen.

„Sagt, daß ich euch schicke. Die kennen mich dort. Vielleicht bekommt ihr eine Wohnung."

Es war ein kleines, karg eingerichtetes Büro in einem alten, grauen Gebäude der Jahrhundertwende. Eine ältere, müde aussehende Frau hörte ihnen geduldig zu.

Sie sah sich die Visitenkarte genau an und nickte: „Von Fabius“, und fing an, in ihren Unterlagen zu suchen.

„Ihr habt Glück, in der X-Straße ist eine Wohnung frei geworden. Es sind Sozialwohnungen, die vor etlichen Jahren von der Mack-Bank im Auftrag der Stadt gebaut wurden.“

Alex grinste ironisch, als er den Namen hörte. Er konnte sich seinen Großvater als Wohltäter einfach nicht vorstellen.

Die Frau reichte ihnen eine Genehmigung: „Gehen Sie zuerst zum Sozialamt, damit Sie das Wohngeld bekommen, das Ihnen zusteht. Wenden Sie sich danach an den Hausmeister, der für die Wohnungen zuständig ist. Er wohnt in einem der Häuser.“

Gemütlich schlenderten sie zur Pension zurück und konnten ihr Glück kaum fassen.

„So schnell“, wunderte sich Mirko. „Dabei warten so viele Leute auf eine Wohnung.“

„Beziehungen“, erwiderte Alex. „Ich möchte wissen, was Fabius da für eine Rolle spielt.“

Am nächsten Tag gingen Alex und Mirko zu der angegebenen Adresse. Es waren vier Häuserblocks im Norden der Stadt. Zwischen zwei Häusern ein kleiner Kinderspielplatz, Wäsche auf einer Leine, ein ungepflegter Rasen. An den Wänden blätterte die Farbe ab, Blumen vegetierten in Kästen auf Fenstersimsen. Ein trostloser Anblick.

Sie fanden eine offene Haustüre und gingen hinein. Im Treppenhaus standen Kinderwagen, Fahrräder, lagen Spielsachen herum. Mit gemischten Gefühlen standen sie da und wußten nicht wohin.

„Komm, schauen wir uns erst in den anderen Häusern um.“

Die nächste Haustür war zu. Unentschlossen standen sie davor, da kam ein mittelgroßer, blonder junger Mann heraus.

„Können Sie uns sagen, wo der Hausmeister wohnt?“

„Im ersten Haus, Erdgeschoß, linke Tür, Herr Lehmann. Warum?“

„Wir bekommen eine Wohnung.“

„Aha, Sie ziehen hier ein. Na, dann kommen Sie mal, ich zeige Ihnen den Weg.“

„Was sind das für Leute, die hier wohnen?“ fragte Alex und schaute sich um.
„Och, alles mögliche. Kinderreiche Familien, Ausländer, ehemalige Obdachlose, Jugendliche von der Straße.“

Bei der letzten Bemerkung sah er sie neugierig an. Alex und Mirko taten, als bemerkten sie es nicht. Am ersten Haus angekommen, verabschiedete sich der junge Mann.

„Ich heiße Michael Lechner“, stellte er sich vor. „Über mir ist eine Wohnung frei geworden. Ich würde mich freuen, sollten Sie dort einziehen.“

Herr Lehmann, ein vom Leben gezeichneter alter Mann, zeigte ihnen die Wohnung. Es war ein großes Zimmer mit eingebauter Küchenzeile. Hinter einer Ecke stand ein altes Bett, dazu ein alter Schrank und ein Tisch mit zwei Stühlen. Das war das gesamte Mobiliar. Eine Tür mit Opakglas führte in ein dunkles Loch mit Dusche und Klo.

„Ihr könnt gleich einziehen, wenn ihr wollt.“

Im Treppenhaus standen nur Fahrräder herum. Alex warf einen Blick auf die Namensschilder.

„Wer wohnt denn sonst noch hier?“

„In diesem Haus vor allem ehemalige Straßenkinder mit ihren Betreuern und Jugendliche wie ihr. Jetzt besuchen sie eine Schule oder machen eine Lehre. Nur ein paar von den Älteren gehen noch auf den Strich, können es einfach nicht lassen. Hier sieht man es nicht gerne“, fügte er hinzu und sah die beiden kritisch an. „Mich geht es ja nichts an, aber von was lebt ihr denn?“

Sie zuckten nur mit den Schultern und sahen sich betroffen an. Mirko fluchte leise, und seine Hand umschloß den Schlüssel zur Wohnung. Von hier wollten sie sich nicht so schnell vertreiben lassen.

Zwei Tage später zogen sie ein, nachdem sie mit sanfter Gewalt das Restgeld für den Monat aus der Pensionswirtin herausgepreßt hatten.

Mirko ging weiter in den Park, kam nie vor Mitternacht nach Hause, weckte jedes Mal Alex auf und berichtete ihm von seinen Erlebnissen. Gleich in der ersten Nacht erzählte er ganz aufgeregt: „Kannst du dich an den Michael Lechner erinnern, den wir hier kennengelernt haben? Nun, ich habe ihn im Park getroffen, hat so getan, als ob er mich nicht kennen würde. Frank sagt, der ist ein Einzelgänger, weil er aus einer guten Familie kommt und nichts mit uns zu tun haben will.“ Manchmal kam er überhaupt nicht nach Hause: „War mit ’nem Freier in einer Pension“, entschuldigte er sich dann.

Alex nörgelte und schimpfte jedes Mal, wenn er geweckt wurde. Ob Mirko wohl glaubte, mit seinen Schilderungen ihm, Alex, den Job schmackhafter zu machen?

Alex erledigte den Haushalt, schlenderte durch die Stadt, verzweifelte an der Langeweile. Eines Tages wurde er von einem Regenschauer überrascht und flüchtete in das erstbeste Haus. Es war die Bibliothek. Er hielt sich stundenlang dort auf und stöberte in verschiedenen Räumen herum. Entdeckte mehrere Fachbücher über Holzarten und deren Verwendung sowie kaufmännisches Informationsmaterial. Seitdem verbrachte er so manchen Nachmittag in der Bibliothek, las viel, machte sich Notizen. Eine freundliche Bibliothekarin erlaubte ihm, das Kopiergerät zu benutzen. Er ärgerte sich, nicht früher auf die Idee, sich weiterzubilden, gekommen zu sein. Und er nahm sich vor, sich für das Sommersemester in der Universität einzutragen.

An einem kalten, trüben Nachmittag im Dezember war Alex zu Hause geblieben. Seine Euphorie hatte sich in einen absoluten Tiefpunkt verwandelt. Deprimiert saß er auf dem Boden und betrank sich. Der Krach im Haus – Radiomusik, zuschlagende Türen, Stimmen im Treppenhaus – reizte ihn bis zur Weißglut. Nie würde er hier die nötige Ruhe zum Studieren finden. Aber wohin sollte er gehen? Was anfangen? In seiner Ausweglosigkeit griff er immer wieder zur Flasche.

Da ging die Tür auf, und Mirko schleppte sich herein. Er stand unter Schock.

„Was ist denn passiert?“

Alex sprang auf und half dem Freund, sich aufs Bett zu legen. Behutsam zog er ihn aus und wusch ihn. Aus einem tiefen Schnitt in der linken Hinterbacke sickerte Blut heraus.

„Bleib ruhig liegen. Ich renn' in die Apotheke und hole Verbandszeug.“

Schon hastete er die Treppe hinunter und stieß vor der Haustür mit Michael Lechner zusammen.

„Wo brennt's?“

„Mirko hat sich verletzt. Ich such' eine Apotheke.“

„Brauchen Sie nicht. Ich habe Verbandszeug.“

Beide rannten die Treppe hoch.

„Legen Sie ihm mit irgendwas die Beine hoch. Er könnte einen Schock haben. Ich komme gleich nach“, keuchte Michael.

Er kam mit einem Metallkoffer, in dem vom Blutdruckmesser über verschiedene Medikamente bis zu Klammern und Verbandszeug alles da war. Fachmännisch säuberte er die Wunde.

„Ein sauberer Schnitt, höchstwahrscheinlich von einem Schnappmesser. Sieht schlimmer aus, als es ist.“

Mit zwei Klammern zog er die Ränder zusammen und legte einen Verband an. Mirko weinte, und Alex staunte.

„Von wo haben Sie den Koffer? Wieso können Sie das? Sind Sie Krankenpfleger?“

„Jein, mein Vater ist Arzt und hat mir so manches beigebracht“, antwortete Michael lakonisch und wusch sich die Hände. „Ihr Freund braucht eine Tetanusspritze. Ich hol' einen Arzt, den ich kenne. Keine Angst“, wehrte er ab, als Alex etwas erwidern wollte. „Es kostet Sie nichts.“

An der Tür drehte er sich noch einmal um. „Es kann sein, daß Ihr Freund Fieber bekommt. Sagen Sie mir das dann.“

Vorsichtig legte Alex eine Hand auf Mirkos Stirn. „Ich glaube, er hat kein Fieber.“

Michael erstarrte, als er das sah. Wortlos öffnete er wieder den Koffer und drückte Alex ein Thermometer in die Hand.

„Das hier ist ein Thermometer, und Fieber mißt man unter dem Arm, am besten morgens und abends.“

„Ich bin doch nicht blöd“, brauste Alex auf. „Wir haben keinen Fiebermesser, weil wir nie einen gebraucht haben.“

„Schon gut, schon gut“, beruhigte ihn Michael. „Auf jeden Fall komme ich morgen wieder vorbei und schau nach ihm.“

„Kommen Sie doch zum Mittagessen“, stimmte Alex versöhnlich zu.

Mirko verbrachte eine schlechte Nacht. Unruhig wälzte er sich hin und her und wimmerte. Alex schlief auf dem Boden und schrak jedesmal hoch, wenn Mirko ihn rief. Erst am frühen Morgen schliefen sie beide ein.

Als es an der Tür läutete, schlief Mirko immer noch, und Alex war wie gerädert. Michael kam mit einem Bündel unter dem Arm herein.

„Ich habe Ihnen einen Schlafsack mitgebracht. Dachte, Sie könnten ihn gebrauchen.“

„Oh, danke, da haben Sie richtig gedacht. Wir sind noch dabei, uns einzurichten“, fügte er verlegen hinzu. „Aber kommen Sie doch herein. Ich habe Spaghetti gekocht, mehr kann ich nicht. Essen kochen ist Mirkos Aufgabe.“

„Wie geht es ihm?“

„Gestern abend hatte er tatsächlich erhöhte Temperatur. Heute weiß ich nicht. Er schläft noch, und ich will ihn nicht wecken.“

Während des Essens taute Michael sichtlich auf, und er fing an, über sein Leben zu erzählen.

„Mein Vater hat eine gutgehende Praxis und wollte, daß ich sie einmal übernehme. Ich will aber nicht Medizin studieren, sondern mit Computern arbeiten. Das konnte er einfach nicht verstehen. Zum Schluß haben wir uns nur noch gestritten. Um ihn zu beruhigen, habe ich nach der Mittleren Reife eine Lehre als Krankenpfleger angefangen, bald aber keinen Bock mehr darauf gehabt und die Lehre abgebrochen. Da ging der Streit erst richtig los, und so bin ich abgehauen, erst ein paar Tage, dann Wochen, dann für immer. Konnte den Zoff zu Hause einfach nicht mehr ertragen."

Schweigend aßen sie weiter.

„Und Sie, darf man fragen, von wo …?"

„Ich bin ein Waletzki."

Michaels graugrüne Augen wurden kugelrund: „Ein Wa… das Möbelhaus?"

Alex nickte.

„Ich habe in der Zeitung gelesen, daß Ihr Vater gestorben ist … das war er doch?"

Alex nickte wieder. Michael legte Messer und Gabel nieder, schwieg lange.

„Ich kann Sie gut verstehen. So mancher Lebenslauf hat sich nach dem Tod eines Angehörigen verändert. War es so?" fragte er leise.

Alex schüttelte den Kopf. „Nicht ganz. Es war auch viel Gleichgültigkeit von seiten meiner Mutter dabei. Und als ich Mirko nach Hause mitbrachte, da brach die Hölle los. Meine Eltern wollten einfach nicht wahrhaben, daß ich mit einem Jungen statt einem Mädchen daherkam. Ich glaube, mein Vater hat mich eher verstanden, zumindest hat er es gebilligt. Und als er starb, verlor ich jeglichen Halt."

„Und das Möbelhaus?"

„Führt momentan meine Mutter. Aber im Gegensatz zu Ihnen will ich mein Erbe irgendwann mal übernehmen. Nur wie und wann …"

Hilflos breitete er die Arme aus. Abschätzend sahen sie sich an. Sie waren sich ja so ähnlich. Beide kamen aus dem gleichen Milieu, zwei Verstandesmenschen, die wußten, was sie wollten.

„Geben wir uns das Du, ich heiße Michael."

„Und ich Alex."

„Und dein Freund?" flüsterte Michael. Beide drehten sich zur Ecke um, hinter der das Bett stand.

„Er ist ein Waisenjunge, den ich von der Straße aufgelesen habe. Aber ich bin sicher, daß auch er aus einer guten Familie kommt. Mein Vater und ich … wir haben ihm beigebracht, wie man sich in unserer Gesellschaftsschicht benimmt. Er lernte schnell. Und wir lieben uns“, fügte Alex trotzig hinzu.

Beruhigend legte Michael die Hand auf Alex’ Schulter. „Dein Freund ist in Ordnung. Auch er wird es zu was bringen.“

„Alex, wer ist denn da?“

Beide sprangen auf. „Bist du endlich aufgewacht? Wie geht es dir? Willst du was essen?“

Teilnahmslos lag Mirko im Bett. „Bin schon lange wach und habe euch zugehört. Nein danke, hab’ keinen Appetit.“

Michael untersuchte die Wunde und wechselte den Verband. Er war zufrieden mit dem, was er sah.

„Noch ein paar Tage, und Sie können wieder arbeiten.“

Mirko weinte.

„Was ist überhaupt passiert?“ Alex setzte sich aufs Bett und tröstete ihn.

Stockend erzählte Mirko, was geschehen war: „Es war in einer Pension, ein Freier. Er wollte mehr, als wir vereinbart hatten. Ich habe mich geweigert, da stach er zu.“

Mirko konnte sich nicht beruhigen. Nie wieder würde er sich ohne Angst einem Freier nähern können. Aber wovon sollten sie leben? Betteln, klauen? Beide schüttelten sie sich.

Michael räusperte sich. „Warum kommst du nicht in den Park? Wir würden uns freuen.“

Alex zuckte zusammen.

„Ich will dich bestimmt nicht beleidigen. Aber so, wie du aussiehst, wirst du garantiert gute Geschäfte machen. Glaub mir, man gewöhnt sich daran, und dann ist es eine Arbeit wie jede andere auch. Versuch es wenigstens.“

Unentschlossen trat Alex ans Fenster. War seine Liebe zu Mirko so groß, um an seiner Statt in den Park zu gehen? Er grübelte lange, und allmählich wurde ihm bewußt, daß er gehen würde. Nicht wegen Mirko, sondern weil er neugierig war, nicht mehr abseits stehen und einer von ihnen sein wollte. Langsam drehte er sich um und nickte.

„Aber nur, wenn du mitkommst, Mirko. Du mußt lernen, deine Angst zu überwinden.“

„Wir helfen ihm dabei“, fügte Michael hinzu.

Unschlüssig stand Alex an eine Mauer gelehnt und beobachtete die Menschen, die an ihm vorbeihasteten. Ihn fror, und zitternd hüllte er sich in seinen Mantel. Was hatte Mirko ihm heute morgen alles erklärt? „Du mußt die Freier ansprechen, frag einfach, wieviel Uhr es ist, oder bitte ihn um Feuer. Wirst schon merken, wenn sich einer für dich interessiert."

Ein älterer Herr blieb in seiner Nähe stehen, beobachtete ihn. Was hatte Mirko noch gesagt? „Bevor du mit einem Freier gehst, mußt du den Preis und das, was du machen mußt, mit ihm vereinbaren. Und mach nie mehr, als ausgemacht wurde. Manche glauben, sie kriegen alles umsonst."

Voller Entsetzen hatte Alex zugehört, doch was danach kam, nahm ihm fast den Atem. „Und arbeite auf gar keinen Fall ohne Gummi. Ich will nicht krank werden."

„Du?"

„Wie … na ja, wir, wir wollen nicht krank werden", lachte Mirko.

Jetzt noch schüttelte er sich, wenn er an dieses Gespräch dachte. Er schaute sich nach Mirko um, sah ihn nirgends. Er hatte ihn gar nicht weggehen sehen. Alex fühlte sich hintergangen, er war sicher, daß das ganze Gejammer von Angst und „kann nicht mehr" nur Mache war, um ihn hierher zu locken Diese Seite von Mirko war ihm neu.

„Den Mann da drüben, den kenn' ich. Geh du zu ihm." Michael stand plötzlich neben ihm, zeigte auf einen Mann.

Alex gab sich einen Ruck und sprach ihn an. Das Ergebnis war fürchterlich. Ihm wurde übel, er meinte, sich erbrechen zu müssen. Danach eilte er nach Hause, schwor sich, nie wieder in den Park zu gehen, und betrank sich.

Im Januar hatte Frank Geburtstag und lud seine Freunde zu einer kleinen Fete ein. Jeder brachte ein kleines Geschenk sowie seinen eigenen Teller und Besteck mit.

Alex war erstaunt, auch Michael beim Fest zu sehen. „Wieso ist der da? Hast du mir nicht gesagt, daß er euch meidet?"

Mirko grinste. „Och, vorige Woche hat er uns zum Kaffee eingeladen und gefragt, ob er zu Franks Geburtstag mitkommen könnte. Er will uns was Wichtiges sagen."

Zusammen mit Bernd teilten sich Mike und Frank eine kleine Wohnung in einem alten, sanierungsbedürftigen Haus. Der Besitzer selbst erlaubte ihnen, dort zu bleiben, bis das Haus entweder renoviert oder abgerissen wurde.

„Wie nobel", hatte sich Alex gewundert.

„Der Eigentümer ist ein Kunde von Bernd."

Frank selber hatte, so weit ihm die primitive Küche das erlaubte, ein gutes Essen zubereitet. Danach saßen und lagen sie auf dem Boden, vor sich einen Plastikbecher mit Sekt, den Mike gespendet hatte. Bernd zog Alex zu sich auf seine Matraze, die in einer Ecke lag. Gespannt horchten sie auf das, was Michael ihnen zu sagen hatte.

„Wir wissen alle, daß wir durch widrige, unfreiwillige Umstände auf der Straße und, außer Alex, später im Park gelandet sind. Keiner von uns arbeitet dort aus Spaß und Freude an der Sache. Es war die nackte Not, die uns dorthin getrieben hat."

Alle stimmten ihm zu und fragten sich, worauf er mit seiner Ansprache hinaus wollte.

„Ich habe eine Idee, eine vage Idee, wie wir da herauskommen könnten, aber ich weiß nicht, ob sie was taugt."

„Schieß mal los."

„Das Schlüsselwort heißt Alex."

Als er seinen Namen hörte, tauchte Alex unter Bernd hervor, runzelte die Stirn und sah Michael erstaunt an.

„Ja, Alex, die Idee ist mir damals gekommen, als du mir von deiner Familie erzähltest. In dieser Stadt ist sie eine bekannte Familie mit einer bekannten Firma. Das heißt im Klartext: Beziehungen."

„Stimmt alles, Michael. Nur, bei deinen Überlegungen hast du eine Kleinigkeit vergessen. Diese bekannte Familie hat mich rausgeschmissen und will nichts mehr von mir wissen."

„Es war doch nur deine Mutter, oder auch die Mitarbeiter des Al-Wa-Hauses?"

Alex zuckte mit den Schultern und verkroch sich wieder unter Bernd.

„Viel hast du mir nicht von deiner Mutter erzählt." Beharrlich verfolgte Michael sein Ziel. „Aber von dem wenigen habe ich so viel mitbekommen, daß sie, sagen wir mal, im Al-Wa-Haus irgendwann mal Schwierigkeiten bekommen könnte."

„Und was hat das mit mir zu tun?"

Verwirrt saßen sie alle da, keiner konnte sich einen Reim auf das Gesagte machen.

„Eine Familienfirma steht und fällt mit der Familie, das ist eine alte Weisheit."

„Würdest du dich bitte etwas genauer ausdrücken und nicht wie ein Orakel salbadern. Wir haben keine Lust, Rätsel zu lösen."

Alle stimmten dem zu.

„Sollte die Firma einmal in Schwierigkeiten kommen, egal warum, werden dich die Mitarbeiter bestimmt zurückrufen. Und wenn du wieder Fuß gefaßt hast, kannst du auch uns aus dem Dreck ziehen."

Alle klatschten.

„Gute Idee."

„Wenn Sie eintrifft."

„Genau, ist ja nur eine Spekulation."

„Ich behaupte ja nicht, daß es unbedingt eintreten wird, aber wenn …"

Alex war aufgestanden, trat ganz nah an Michael heran.

„Was macht dich denn so sicher, daß sie mich dann zurückrufen werden?"

„Du bist ein Waletzki."

„Und was ist eure Gegenleistung?"

„Unsere Freundschaft, denn bis es soweit ist, müssen wir unbedingt zusammenhalten. Gemeinsam sind wir stark."

Alex schaute sie alle der Reihe nach an. Den zwiespältigen Frank, den phlegmatischen Mike, Michael, verschlossen wie eine Auster, den hilfsbereiten Mirko und Bernd, den Sonnyboy der Gruppe. Alle gingen sie, egal aus welchen Gründen auch immer, auf den Strich, und alle sahen ihn erwartungsvoll an. Da wurde ihm bewußt, daß das Ganze eine Verschwörung war. Sie hatten sich abgesprochen, wollten ihn in eine Falle locken.

„Nein, das könnt ihr mit mir nicht machen. Nicht wieder in den Park. Ich halte auch so zu euch."

„Wir können dich verstehen, aber …"

„Überleg mal."

„Versuch uns zu verstehen."

„Wir haben so gehofft, daß du kommst."

„Glaubst du, uns macht es Spaß?"

„Wir müssen nun mal zusammenhalten."

„Es ist die beste Lösung."

Wie Vögel schwirrten ihre Worte durcheinander.

„Wißt ihr, was ihr von mir verlangt?"

„Du hast es einfach falsch angefaßt." Bernd war hinter ihn getreten, und mit sanftem Druck kreisten seine Hände über Alex' Rücken. „Komm mal mit. Ich zeig' dir, wie du's machen mußt."

Die anderen grinsten, sahen sich an, und wie auf Kommando verließen sie den Raum.

Es war weit nach Mitternacht, als sich die drei verabschiedeten. Sie waren beschwipst und hatten leichte Kopfschmerzen, so beschlossen sie zu laufen.

„Bleiben wir morgen einfach im Bett."

„Au ja, gönnen wir uns einen Tag Urlaub."

Ernst und in sich gekehrt schritt Alex in ihrer Mitte, dachte über Michaels Worte und die Konsequenzen für ihn nach. Es waren seine Freunde, die ihn ohne Wenn und Aber aufgenommen hatten, und er fühlte sich in ihrer Mitte wohl. Und als sie erfuhren, aus welcher Familie er kam, erwarteten sie genauso selbstverständlich, daß er ihnen half. Konnte er ihnen überhaupt helfen? Verstohlen schielte er zu Michael. Seine Worte waren eine durchaus realistische Zukunftsvision. Und sollte er einmal Chef des Al-Wa-Hauses werden, hatte er in dieser Stadt durchaus was zu sagen. Und wenn alles ganz anders kam? ‚Auch gut, dann werden wir uns was anderes einfallen lassen.' Alex schmunzelte, als ihm bewußt wurde, daß er in der Mehrzahl gedacht hatte. Sie gehörten einfach zusammen. „Einer für alle, alle für einen."

„Ha", schreckte Michael aus seinen Gedanken hoch.

„Die drei Musketiere."

„Wieso drei, wir sind sechs."

Sie machten ihren Wunsch wahr und blieben den ganzen Tag im Bett. Um die Mittagszeit bereitete Mirko ein üppiges Frühstück, das sie mit Genuß aßen, danach liebten sie sich. Zärtlich schmiegte sich Mirko an Alex.

„Gestern abend, war es schön mit Bernd?"

Alex dachte an Bernd, seine Hände, seine Lippen, den Druck seiner Schenkel, die Hitze seines Körpers, und ein wonniges Gefühl überschwemmte ihn. Er zögerte mit der Antwort.

„Mhm, aber nicht so schön wie mit dir. Bernd ist so, so professionell, wenn du verstehst, was ich meine."

Mirko kicherte: „Das glaube ich gern. Er hat die Arbeit im Park zu seinem Beruf gemacht. Er ist ein Kenner seines Faches."

„Du sprichst wohl aus Erfahrung?"

„Uns anderen hat er auch so manches beigebracht. Soll ich es dir zeigen?"

Alex schüttelte den Kopf, angewidert schob er Mirko zur Seite.

„Seitdem du in den Park gehst, hast du dich verändert. Manchmal kommt es mir vor, als wärst du ein Fremder."

Mirko richtete sich auf, sein Blick schweifte in die Ferne, in eine Welt, die für Alex verschlossen blieb.

„Als wir uns kennenlernten, war ich noch auf der Suche nach mir selbst. Jetzt habe ich mich gefunden. Tut mir leid, Alex, aber ich arbeite gerne im Park. Das hat mit unserer Liebe nichts zu tun."

„Und wie lange willst du dorthin gehen? Fünf, zehn Jahre? Dann bist du kaputt, von Drogen zerfressen."

Hatte er doch so manchen gesehen, der ohne Drogen die Arbeit nicht aushalten konnte und das Geld für das Gift bei den Freiern verdienen mußte. Ein Teufelskreis.

„Es kommen andere, die keine Freunde, keinen Rückhalt haben. Sie werden unsere Hilfe brauchen."

„Unsere?"

„Bernd macht sich auch Sorgen um die Jüngeren."

Alex' Augen blickten spöttisch. „Der große Kenner."

„Bernd hat keine Schuld, daß er so geworden ist. Mit 14 ist er verführt und auf die Straße geschickt worden. Er will nicht, daß es anderen so ergeht wie ihm."

„Und was wollt ihr dagegen machen?" spöttelte Alex.

„Weiß nicht. Doch kommt Zeit, kommt Rat. Oder weißt du, wie du wieder da rauskommen kannst?" konterte Mirko, strich ihm zärtlich über den Kopf und stand auf.

Alex dachte über das Gesagte nach. Der gestrige Abend kam ihm wieder in den Sinn. Und er kam zu dem Schluß, daß er aus dem Dreck nur herauskam, wenn er sich mit den anderen treiben ließ und sie gemeinsam versuchten, festen Boden unter die Füße zu bekommen.

„Gut, ich will es noch einmal versuchen. Ein oder zwei Jahre, mehr nicht. Bis dahin haben wir Zeit, uns was anderes einfallen zu lassen. Auch du."

Seitdem ging Alex regelmäßig in den Park. Er wandte die Techniken an, die Bernd ihn gelehrt hatte, um abschalten zu können, und mit der Zeit gewöhnte er sich an die Arbeit. Mit seinem geschmeidigen Körper, seiner Intelligenz und seinem sicheren Auftreten hatte er Erfolg, und er verdiente mehr Geld als Mirko.

So beschlossen sie, sich schöner einzurichten. Wieder ging Alex zu Fabius in die Bank, zahlte seine Schulden und bat ihn erneut um Hilfe.

„Könnten Sie das im Al-Wa-Haus für mich einkaufen? In der Billigabteilung?" Er reichte ihm eine Liste. „Ich kann es bezahlen", fügte er hinzu.

„Habt ihr eine Wohnung gefunden? Das freut mich für dich."

„In der X-Straße, dank Ihnen."

„Nicht der Rede wert. Und so, wie ich dich verstanden habe, hast du auch eine Arbeit gefunden? Warum willst du nicht selbst ins Al-Wa-Haus gehen? Ist doch nichts dabei."

Alex schüttelte den Kopf. „Ich kann Ihnen keine Antwort geben. Bitte, bedrängen Sie mich nicht mit Fragen."

Fabius nahm die Liste und las: „Ein Doppelbett, einen runden Tisch mit vier Stühlen, einen kleinen Schlafzimmerschrank, einen Wohnzimmerschrank, zwei Sessel. Wenn möglich, in hellem Holz."

„Es wäre schön, wenn Sie einen kombinierten Wohn-Schlafzimmerschrank finden würden, muß aber nicht unbedingt sein."

„In Ordnung, Alex. Ich werde die Möbel persönlich in die X-Straße fahren."

„Rufen Sie mich bitte an, wenn Sie ins Al-Wa-Haus gehen. Dann kommen ein paar Freunde von mir vorbei, die Ihnen beim Möbelaufladen helfen werden." Er gab ihm eine Telefonnummer. „Ist vom Hausmeister, Herrn Lehmann. Er weiß Bescheid."

„In Ordnung, Alex, mach dir keine Sorgen."

Alex stand auf, zögernd blieb er stehen.

„Darf ich Ihnen eine Frage stellen?" Und ohne eine Antwort abzuwarten: „Die Frau bei KIDS, in dem Büro, in dem wir die Wohnung gefunden haben, kannte Sie. Haben Sie dort eine Aufgabe, vielleicht ehrenamtlich?"

„Bedränge bitte du mich nicht mit Fragen, später vielleicht." Alex lächelte und wollte den Raum verlassen. Fabius rief ihn zurück. „Und, Alex, wenn du Hilfe brauchst, du weißt, wo du mich findest."

„Danke."

Nach einem Monat kamen die Möbel. Eine Blumenvase stand wieder auf dem Tisch, Zeitungsausschnitte hingen an der Wand. Die Patchworkdecke lag über dem Bett, ein billiger Vorhang verdeckte die Küche. Mirko verstand es, dem tristem Zimmer eine gemütliche, persönliche Note zu geben.

Als das Zimmer zu ihrer Zufriedenheit eingerichtet war, luden sie die Freunde zu einem kleinen Hausfest ein, und sie waren begeistert.

„Toll."

„Geil sieht es aus."

„Super."

Die Freunde fühlten sich bei Alex und Mirko so wohl, daß sie immer, wenn es ihre Zeit erlaubte, kamen. Frank und Mirko kochten dann gemeinsam und probierten neue Rezepte aus.

Die Freundschaft der sechs vertiefte sich immer mehr, so verschieden sie auch waren. Der gemeinsame Job, das harte Leben auf der Straße schmiedete sie immer mehr zusammen. Sie versuchten, ein normales Leben zu führen, bei einer Arbeit, die sie immer wieder an den Rand der Legalität brachte.

In all den Monaten vergaß Alex seine Mutter nicht, und dieser Gedanke nährte seinen Haß, einen Haß, der bei jedem Freier kälter und tödlicher wurde.

4. Kapitel

Begegnungen

Graue Wolken verdunkelten immer wieder die Sonne, und ein kühler Herbstwind wirbelte Blätter und Staub auf. Alex und Mirko hüllten sich enger in ihre Jacken und suchten ab und zu eine windstille Ecke in der Unterführung auf, um sich aufzuwärmen. Sie waren um zwölf Uhr gekommen, und jetzt neigte sich der Tag, ohne daß sie etwas verdient hatten.

Ein kurzer Regenschauer trieb sie wieder in die Unterführung. Sie gingen bis zum Bahndamm der Straßenbahnen vor, wo sie Bernd trafen. Müde setzten sie sich auf den Boden, den leeren Blick ins Nichts gerichtet. Da näherte sich ein Mann und blieb vor ihnen stehen. Mirko stand auf, eine Zigarette in der Hand.

„Haben Sie Feuer?“

Mirko beugte sich über das Streichholz, und sein Blick streifte den Mann. Leicht wiegte er sich in den Hüften.

„Hast du Zeit? Ich lade dich zu einem Kaffee ein.“

Vorsichtig tastete der Mann das Terrain ab. Mirko lächelte, und sie entfernten sich Richtung Bahnhof.

Es regnete immer noch, als ein fremder Stricher sich zu Alex und Bernd gesellte. „He, ich bin der Detlef, und wer seid ihr?“

„Ich bin der Bernd, und der Blonde da ist Alex.“

„Seit wann macht ihr hier Geld?“

„Ein Jahr.“

„Und, wie ist es so?“

„Nicht schlecht, man weiß, daß wir hier sind, und die meisten Freier sind in Ordnung. Die nehmen einen im Wagen oder in eine Pension mit. Manche sogar zu sich nach Hause.“

„Hört sich gut an. Ich komme aus M., und dort mußten wir höllisch aufpassen, um nicht von der Polente erwischt zu werden. Wie ist es hier mit den Bullen?“

„Wenn wir einen festen Wohnsitz nachweisen können, lassen sie uns in Ruhe.“

„Verdammt, den hab’ ich nicht. Könnt ihr mich irgendwo unterbringen?“

„Tut mir leid, ich wohn’ mit zwei anderen in einer Wohngemeinschaft. Wir sind belegt.“

Detlef wandte sich an Alex: „Und bei dir?“

„Bin mit meinem Freund in einer Einzimmerwohnung. Such dir selber was, bevor die nächste Razzia kommt“, antwortete Alex einsilbig.

In letzter Zeit verschlechterte sich seine Laune immer mehr. Er hatte die Nase gestrichen voll von dem ganzen Mist hier und zermarterte sein Gehirn, wie er am besten aus dem Dreck herauskommen konnte.

Detlef beobachtete ihn heimlich. Das schmale Gesicht, das lange, gepflegte Haar, die nachlässige Haltung. Das Jahr auf der Straße war nicht spurlos an Alex vorübergegangen, und doch ...

„Habt ihr Hasch?“

Alex reichte ihm einen Joint, den sie gemeinsam rauchten. Neugierig beobachtete Detlef ihn weiter. ‚Hat was Vornehmes, Distanziertes‘, dachte er.

„Wo warst du, bevor du hierher kamst?“

„Geht dich ’nen Dreck an.“

„Laß ihn, er ist von zu Hause ausgebüchst, will nicht darüber reden.“

Da hörten sie Schritte, und Alex wollte aufstehen.

„Das ist bestimmt Mirko.“

Zusammen mit den Freunden kam dieser um die Ecke, setzte sich neben Alex hin und fing an zu erzählen.

„Der Freier von vorher, du weißt welcher, Alex, h-hat mich in seine Wohnung mitgenommen. B-bevor ich ging, h-hat er mir gesagt, daß er eine Bar hat. Hat mich g-gefragt, wenn ich w-will, kann ich bei ihm a-arbeiten. Auch ihr, hat er g-gesagt.“

„Hase, warum bist du denn so aufgeregt?“ Zur Beruhigung gab Alex ihm eine Limonade. „Du meinst, in einem Club zu arbeiten?“

„Nicht schlecht, jetzt wo der Winter kommt“, freute sich Mike und dachte an sein Zimmer ohne Heizung.

„Ihr werdet sehen, da ist bestimmt ein Haken dabei.“

Seit seinem elften Lebensjahr auf der Straße, fühlte sich Detlef in geschlossenen Räumen einfach nicht wohl. Und die Aussicht, in einem Club zu arbeiten, behagte ihm überhaupt nicht.

„Wenn schon“, Bernd konnte nichts aus der Ruhe bringen, „was faul ist überall. Was meinst du, Alex?“

„Hat dir der Mann gesagt, wann wir vorbeikommen sollen?“

„Morgen vormittag. Hat mir gezeigt, wo die Bar i-ist.“

Nichts konnte Mirko mehr beruhigen als eine Flasche Limonade.

„Was für einen Eindruck hat der Mann auf dich gemacht?“

„Einen guten. Er hat mich anständig behandelt.“

„Und, wie sieht er aus?“ bohrte Alex weiter.

„Groß, robust, schwarze Haare, ungefähr 40 Jahre alt. Hinkt mit dem linken Bein.“

„Ein Hinkebein, ein Hinkebein!“

Frank hüpfte den Bahndamm entlang und erschreckte zwei Frauen, die auf die Straßenbahn warteten.

‚Was für ein Käfig voller Narren‘, dachte Alex angewidert.

„Wir schauen uns die Bar mal an, sagen wir um zehn, sprechen mit dem Mann … Wie war doch gleich sein Name?“

„Meindl, glaube ich, ja, Meindl.“

„Komischer Name. Na ja, wir reden mit ihm über das Wie und Was, brauchen uns ja nicht festzulegen. Vor allem interessieren mich unsere Arbeitsbedingungen. Der Meindl muß uns anmelden, dann zahlen wir Steuer, sind krankenversichert und …“

Detlef sprang auf. „Jetzt weiß ich, was für ein Haken dabei ist. Die Untersuchung.“

„Was für ’ne Untersuchung?“ wunderte sich Alex.

„Na ja, die ärztliche, wenn wir dort arbeiten, sind wir gemeldet, also müssen wir uns untersuchen lassen.“

„Na und, was ist dabei?“

„Ich will die Hose nicht vor einem Arzt runterlassen.“

„Na und, tust es doch jeden Tag.“

„Das ist was anderes, dafür werde ich bezahlt.“

„So groß wird der Unterschied nicht sein. Wer dafür ist, daß wir morgen hingehen, soll Handzeichen geben.“

Sechs Hände schnellten hoch. Detlef mit verkniffenem Gesicht, denn er wollte nicht allein zurückbleiben.

„Also morgen um zehn. Wir treffen uns hier, sagen wir eine halbe Stunde früher, und fahren gemeinsam hin. Ist der Weg weit?“

„Mit der Straßenbahn zehn Minuten.“

„Okay, bis morgen dann. Ich geh’ jetzt nach Hause. Bei dem Wetter kommt ja doch keiner. Kommst du mit, Mirko?“

Hand in Hand stiegen sie die Treppe hoch.

„Was ist, sollen wir auch gehen?“ fragte Mike.

Die zwei anderen nickten, standen auf und entfernten sich. Nach wenigen Schritten drehte sich Bernd um.

„Detlef, komm mit. Für eine Nacht kannst du in der Küche schlafen. Ihr habt doch nichts dagegen?“

„Wer ist das überhaupt?“

„Der Detlef. Ist heute von M. gekommen und kennt hier niemanden. Warum soll er sich nicht uns anschließen?“

Mike und Frank zuckten die Schultern. „Na gut, von uns aus.“

Es war ein altes zweistöckiges Haus. Der Putz blätterte von den Wänden ab, und die Fenster waren blind vor Schmutz. Entsetzt blieben sie stehen. Das sollte die Bar sein? Am liebsten wären sie umgekehrt.

Wutentbrannt schnauzte Mike Mirko an: „Was hast du dir dabei gedacht, uns hierher zu locken? Du hast doch das Haus gesehen. Wie sollen wir in so 'ner Bruchbude arbeiten? Nicht mal die Straße ist so schlimm wie das hier!“

„Ein Haus kann man renovieren“, erwiderte Mirko lakonisch.

„Was du nicht sagst. Kommt, wenn wir schon da sind, schauen wir uns wenigstens die Inneneinrichtung an.“

Alex läutete, und Meindl öffnete die Tür. Sie stellten sich vor, und Meindl zeigte ihnen die Räume. Viel war nicht zu sehen, denn sie waren leer. Das Erdgeschoß, ein breiter, tiefer Saal mit einer Tür im Vordergrund, die zu einem Flur und einer Treppe führte. An der rückwärtigen Wand stand eine Theke, die die ganze Breite des Raumes einnahm.

„Ich habe das Haus billig gekauft, und jetzt wird es renoviert. Stört euch also nicht daran, wie es hier aussieht. Der Tresen z. B. wird um ein Drittel vorverlegt, dahinter ein kleiner Eßraum mit Kochplatte und Kaffeemaschine eingerichtet. Vor dem Tresen wird der Raum in geschlossene Nischen aufgeteilt, die zusammen mit den Zimmern in den Stockwerken Ihre Arbeitsplätze sein werden, sollten Sie bei mir arbeiten wollen.“

Auch die oberen Stockwerke waren leer.

„Hier werden kleine Zimmer mit Bett, Stuhl, Einbauschrank und einem Waschbecken eingerichtet. Da ich selber noch keinerlei Erfahrung mit dieser Art von Etablissements habe, müssen Sie am Anfang flexibel arbeiten. Später wird sich bestimmt alles normalisieren, so daß Sie feste Arbeits- und Freizeiten haben werden.“

Aufmerksam hatte Alex zugehört.

„Wir sind gewöhnt, selbständig zu arbeiten. Außerdem kommen wir gut miteinander aus. Da wird es keinerlei Schwierigkeiten geben.“ Er zögerte. „Doch … brauchen Sie für das hier keine Lizenz?“

„Natürlich.“

„Kann ich sie bitte sehen?“

„Schau mal an, einer, der etwas von Geschäften versteht. Wie heißen Sie?“

„Alex, Alex Waletzki.“

„Bitte, hier ist meine Lizenz.“

Er prüfte sie genau. „O.K., ich glaube, ich kann für meine Freunde mit sprechen. Was meint ihr?“

Alle stimmten zu.

„Wie ist der Arbeitsablauf, wie müssen wir vorgehen?“

„Die Kunden werden in die Nischen gehen. Ihr müßt sie ansprechen. Ob ihr mit dem Kunden in den ersten Stock hinaufgeht oder euch nur bei einem Trunk unterhaltet, ist euch bzw. dem Kunden überlassen. Auf jeden Fall verlangt ihr 300 DM die Stunde. Die Bar selber und der Eßraum sind für die Kunden Tabuzonen. Dort können Sie sich aufhalten, wenn Sie gerade nichts zu tun haben. Ah, und noch was Wichtiges, vergeßt nie, den Kunden zum Trinken zu animieren. Getränke kosten extra.“

„Und was ist mit dem Lohn?“

„Was ihr verdient. Und davon bekomme ich 30 Prozent, für eure Unterkunft, das Essen, die Räumlichkeiten hier und natürlich auch für mich.“

„Unterkunft?“ Die sieben Freunde sahen ihn skeptisch an.

„Das Haus hinter dem Club habe ich auch gekauft, falls Sie ein Dach über dem Kopf brauchen.“

Lange dachte Alex über das Für und Wider nach. Es war ihm klar, daß es nutzlos gewesen wäre, mit Meindl zu verhandeln. Wer hier nicht arbeiten wollte, blieb auf der Straße, so einfach war das. Er drehte sich zu seinen Freunden um, die ihn voller Vertrauen ansahen.

„Einverstanden. Was ist mit Versicherungen?“

„Alters- und Krankenversicherung.“

„Und haben wir auch Jahresurlaub?“

„25 Tage im Jahr.“

„O.K., momentan habe ich keine weiteren Fragen. Bevor wir hier anfangen, wollen wir alle einen schriftlichen Arbeitsvertrag.“

„Das ist Ihr gutes Recht. In 14 Tagen will ich den Club eröffnen. So haben Sie Zeit, sich das alles zu überlegen. Aber jetzt möchte ich etwas von Ihnen verlangen. Ich kenne Sie nicht und möchte nicht die Katze im Sack kaufen."

„Wie meinen Sie das?"

„Ich muß Sie testen. Ich weiß ja nicht, was Sie können, noch wie gut Sie sind."

Herr Meindl – oder einfach Meindl, wie sie ihn bald nennen würden – war von herzerfrischender Natürlichkeit. Verblüfft sahen sie ihn an, brachen dann in schallendes Gelächter aus.

„Einverstanden, auch wir sind für reelle Geschäfte. Wann fangen Sie an und mit wem?"

„Haben Sie Zeit?"

„Wir können über unsere Zeit verfügen."

„Gehen wir gleich in mein Büro hinüber. Wenn ich zufrieden bin, stelle ich Sie ein, wenn nicht, bezahle ich Sie wie jeder andere Freier." Er zögerte. „Da wäre noch was."

Detlef hob die Hand. „Ich weiß, jetzt kommt der Haken, und zwar die ärztliche Untersuchung."

„Genau, wie haben Sie das erraten? Es tut mir leid, aber die Untersuchung ist Pflicht, sonst verliere ich meine Lizenz und Sie Ihren Arbeitsplatz."

Wieder sah Alex seine Freunde an. Sie nickten, nur Detlef wäre am liebsten davongerannt. Doch die Aussicht, wieder allein zu sein, schreckte ihn noch mehr zurück.

„Wenn es sein muß. Kennen Sie einen Arzt?"

„Dr. Reb wohnt gleich um die Ecke. Nachher gebe ich Ihnen die genaue Adresse. Aber nun verlieren wir keine Zeit mehr. Gehen wir hinüber."

Sie mußten sich ausziehen und wurden von Meindl begutachtet. Auch Alex stand vor ihm.

„Eines möchte ich von vornherein klarstellen, und das gilt auch für meinen Freund Mirko. Wir machen alles außer Oralverkehr, auch wenn Sie uns dazu zwingen."

„Hier wird niemand zu irgend etwas gezwungen."

„Ich sage es nur, falls es Ärger gibt."

„Sie sind nicht allein hier. Andere haben bestimmt nichts dagegen. Und jetzt drehen Sie sich mal um und zeigen Sie mir dann, was Sie können."

Während Alex auf seine Freunde wartete, dachte er über die Unterhaltung mit Meindl nach. 300 DM die Stunde. Wer kann sich das leisten? Doch nur Männer mit Geld, und Geld bedeutet Macht. Und Macht? Zuerst undeutlich, dann immer klarer stieg eine Zukunftsvision in ihm auf. Sie würde ihm eine Chance geben, aus dem Dreck herauszukommen.

Da faßte Mirko ihn am Arm. „Was sinnierst du, Lex?“

Erschrocken fuhr Alex hoch. „Ich denke über meine Zukunft nach.“

Langsam ging Mirko zum Tresen. Auch er hatte eine Vision. Er sah den Club, wie er einmal sein würde, und er wußte: ‚Das ist mein Leben.‘ Wie lange konnten sie ihren Körper verkaufen? Mit 26, höchstens 30 Jahren waren sie zu alt dafür. Und danach? Was wird aus ihnen? Und was wird aus denen, die auf der Straße blieben? ‚Meine Freunde und ich, wir haben das große Los gezogen‘, dachte er. ‚Bald haben wir einen sicheren Arbeitsplatz und ein Dach über dem Kopf. Ja, das wäre der Anfang.‘ Er schaute sich um. Heute ist es noch zu früh, aber später wird Meindl Mitarbeiter brauchen, vielleicht einen Teilhaber. Ja, das wäre eine Zukunftsaussicht.

„Du, Lex, was, glaubst du, h-hat das a-alles g-gekostet?“ Vor Aufregung fing er an zu stottern.

„Hm, nicht viel, denke ich. Die Renovierungen werden teurer sein, warum?“

„Mir spukt was im Kopf herum, noch …“

Da kam Meindl mit der Adresse vom Arzt.

„Ich bin zufrieden mit Ihnen. Von mir aus können Sie Ihre Arbeitsverträge unterschreiben. Ich erinnere noch einmal, Sie haben 14 Tage Zeit, sich das alles zu überlegen.“

„Das werden wir. Und wann sollen wir zum Arzt gehen?“

„Ich habe mit Dr. Reb gesprochen. Sie können morgen früh zwischen sieben und acht zu ihr kommen. Nüchtern bitte.“

Sie verabschiedeten sich und wollten gehen, da blieb Detlef abrupt stehen. „Was haben Sie da gerade gesagt? Ihr? Was heißt ihr?“ schrillte er.

„Tja, der Arzt ist eine Frau.“

Entgeistert starrten sie ihn an.

„Waaas! Sollen wir uns vor einer Frau ausziehen? Niemals!“

„Was ist daran so schlimm? Sie sind ja sonst nicht so zimperlich. Auch ich bin ein Patient von Dr. Reb, und wir kommen auch privat gut miteinander aus. Sie hat mir versprochen, sich um euch zu kümmern, und das nicht nur, wenn Sie krank sind. Sie können jederzeit mit Ihren Sorgen und Problemen zu ihr gehen.“

Mit gemischten Gefühlen verließen die jungen Männer das Haus.

Nebenan lief das Radio in voller Lautstärke, und auf der Straße wurde gebohrt. Beide Geräusche vereinigten sich in Mirkos Gehirn, der zusammengekrümmt auf dem Bett lag. Der Abend brach herein, vorbeihuschende Lichter von der Schnellstraße verfingen sich im Vorhang und spielten an der Decke. Seit einer Stunde lag er da und starrte die rissige, fleckige Wand an. Im Spülbecken türmte sich schmutziges Geschirr, und die Reste vom Mittagessen vertrockneten in der Pfanne. Penetranter Geruch von Kohl und Bohnerwachs kam vom Treppenhaus herein.

Bohnerwachs und Kohl, Mirkos erste Eindrücke von dieser Welt, und immer wenn er sie roch, stiegen Erinnerungen aus seiner Kindheit in ihm auf, die einen bitteren Geschmack hinterließen.

Leise ging die Tür auf, und Alex kam mit einem Paket in der Hand herein. Vorsichtig legte er es auf den Tisch und schaltete das Licht an.

„Du kommst spät, wo warst du so lange?“ maulte Mirko übellaunig.

„Und du bist im Bett. Hast du was?“

„Nichts. Nur der Lärm, die Gerüche, alles macht mich wahnsinnig“, verzweifelte Mirko. „Lange halte ich es hier nicht mehr aus.“

„Brauchst du auch nicht, denn ich bringe gute Nachrichten“, lachte Alex. „Aber zuerst wird gegessen. Ich habe Pizza mitgebracht.“

„Hab' keinen Hunger.“

„Mirk, ich bitte dich, nimm dich zusammen. Auch ich fühl' mich alles andere als wohl hier. Aber in den nächsten Tagen kommen wir hier ganz bestimmt raus.“

Er schob die Pizza in den Ofen, und aus dem hintersten Winkel des Schrankes zauberte er eine Flasche Wein hervor.

„Unterwegs habe ich Frank und Mike getroffen. Zusammen sind wir noch einmal zu Meindl gegangen und haben nach den Wohnungen gefragt, die er uns versprochen hatte. Wir haben sie uns angeschaut, und ich habe für uns eine unter dem Dach ausgesucht. Drei Räume, große Küche, kleiner Balkon.“

Die Pizza war gar geworden, und geschickt teilte er sie in zwei Hälften. Derweil war Mirko aufgestanden und entkorkte die Flasche. Allmählich verschwand seine Niedergeschlagenheit, und er wurde umgänglicher.

„Allerdings müssen wir noch einen Dritten mit in die Wohnung nehmen. Ich habe an Michael gedacht. Ich finde, der paßt am besten zu uns. Wirst sehen, dort werden wir uns wohl fühlen. Dort ist keiner, der uns nachschielt.“

„Was ist mit den Fußböden?“

„Keine Angst, sie müssen nicht gebohnert werden.“

Viel später, als sie im Bett lagen, sprachen sie über die Ereignisse des Tages, über die Arbeit im Club, ihre Vor- und Nachteile, und sie kamen überein, daß sie sich verbessern würden. Wenn sie daran dachten, wie sie im Park beschimpft und angepöbelt wurden, kam ihnen die Nachbarschaft von Wohn- und Arbeitsbereich wie ein Segen vor. Nur Mirko, der Skeptiker mit dem Trauma seiner Kindheit, wandte ein: „Müssen wir überhaupt in diesen Club gehen, warum können wir nicht im Park bleiben?"

Hatte er doch am eigenem Leibe erfahren, daß eine Änderung nicht unbedingt positiv sein würde.

Alex wurde ärgerlich: „Gerade haben wir aufgehört, darüber zu reden. Die Arbeit ändert sich ja nicht, nur die Umgebung, und die wird besser. Der zweite Pluspunkt ist, wir sind nicht mehr allein, sind mit Gleichgesinnten zusammen, oder sollte ich besser Mitleidenden sagen? Auf jeden Fall sind wir nicht mehr allein, und wenn wir jemanden brauchen oder gar krank werden, ist einer da, der uns hilft, hoffe ich wenigstens. Auf der Straße, da kräht ja doch kein Hahn nach uns. Und bedenke den extremen Fall. Was ist, wenn wir an einen Sadisten geraten, der uns hinterher beseitigt?"

„Du meinst ermordet?" flüsterte Mirko erschrocken.

„Genau, auch das ist schon vorgekommen." Alex kaute an seine Fingernägeln. „Nein, ich glaube nicht, daß Meindl uns ausnützen wird. Bedenke, er verdient ja an uns, und es wird ihm nicht gleichgültig sein, wenn uns etwas zustößt. Und wir machen mehr Geld."

Er benötigte seine ganze Überzeugungskraft, doch Mirko ließ nicht locker.

„Und ins Al-Wa-Haus zurück, was meinst du?" seufzte er und dachte an den schönen Posten, den er dort gehabt hatte.

Alex' Gesichtsmuskeln verkrampften sich, und seine Augen wurden dunkel vor Haß. „Nein, Mirk, das geht nicht, noch nicht. Ich habe das hämische Grinsen einiger Angestellten noch nicht vergessen."

Er fing an zu grübeln, denn er wußte, irgendwann würde er zurückgehen und seine Gegner vernichten.

Nach einer Weile: „Alex, schläfst du?"

„Nein."

„Morgen die Frau Doktor, glaubst du, sie tut mir weh?"

„Was redest du da für einen Unsinn, warum sollte sie dir weh tun? Es ist eine Untersuchung wie jede andere auch."

„Aber was wird sie mir unten machen? Da k-kann ich nichts s-sehen. Wenn sie mit einem Messer k-kommt?"

Der Freund packte ihn an den Schultern und schüttelte ihn.

„Wenn du noch mehr solchen Blödsinn daherredest, weiß ich wirklich nicht mehr, was ich mit dir anfangen soll."

„Aber der Mann damals ist doch auch mit einem Messer gek-kommen", stotterte Mirko.

„Ich bitte dich, Hase, vergiß es, ist doch ewig her. Komm, versuch zu schlafen, morgen wird ein langer Tag."

Behutsam nahm Alex ihn in die Arme, und Mirko weinte sich in den Schlaf.

Mitten in der Nacht wachte Alex auf. Im ersten Augenblick wußte er nicht, wo er war. Da sah er die Lichtstreifen, die am Fenster vorbeiglitten, roch die Ausdünstungen von Armut und Verfall, und wieder einmal schüttelte er den Kopf. Was in drei Teufels Namen hatte er, einziger Sohn einer der reichsten Familien der Stadt, hier verloren? Er setzte sich auf und suchte blindlings nach Zigaretten. Mirkos Kopf lag schwer auf seinem Bauch, und er spürte, wie dieser sich rührte. ‚Der erstickt noch eines Tages da unten', dachte er und zog ihn vorsichtig hoch. Mirko brummelte, drehte sich auf die andere Seite und drückte seinen Hintern in Alex' Unterleib. Alex grinste, und wieder dachte er an den Tag, an dem er Mirko kennengelernt hatte, und was sie in diesem Jahr alles gemeinsam erlebt hatten. Keinen Tag hatte er es bereut, dem Freund zuliebe das Elternhaus verlassen zu haben. Es war ein Jahr voller Entbehrungen und Hoffnungslosigkeit gewesen. Doch aus jedem Tief war er stärker hervorgegangen. Er hatte Freunde gefunden, mit denen er durch dick und dünn gehen konnte, die auf ihn hörten und ihn respektierten. Und sie werden auch in seinem neuen Lebensabschnitt bei ihm sein.

Er war auch neugierig, was der Club ihm alles bringen würde. Er erinnerte sich an die Unterhaltung mit Meindl. Vor allem die Worte „flexible Arbeitszeiten" gingen ihm nicht mehr aus dem Kopf, und seine Zukunftsvision nahm konkrete Züge an. ‚Das bedeutet doch wohl, daß ich so viel arbeiten kann, wie ich verdienen will oder muß?' dachte er. Also nur für die Miete und das wenige, was er für sich brauchte. Das bedeutete Zeit, Zeit, die er für sein Studium benötigen würde.

Zufrieden rauchte er die Zigarette zu Ende, legte sich wieder hin, umarmte Mirko und schlief ein.

In einer kleinen Nebenstraße am Rande des Rotlichtviertels stand das alte Haus, in dem Frau Dr. Reb wohnte und ihre Praxis hatte. Auf den abgetretenen Stufen, die zu der dunklen Haustüre führten, warteten Frank, Mike, Bernd und Michael auf Alex und Mirko. Da sahen sie Detlef um die Ecke schleichen, mit einem Gesicht wie drei Tage Regenwetter.

„Nanu, wo gehst du denn hin? Wir dachten, du willst kneifen."

„Alles Scheiße. Gestern nachmittag bin ich noch mal zu Meindl gegangen. Hab' mich nach einem Zimmer in einer seiner Wohnungen erkundigt, weil ich ja kein Dach über dem Kopf hab'. Er hat versprochen, mir eins zu geben, aber nur wenn ich in der Coro-Bar arbeite."

„Coro-Bar?"

„Ja, so will er den Nobelschuppen nennen."

„Was ist denn das, Coro?"

„Es ist der Name einer alten spanischen Stadt im Norden Venezuelas, hat er mir gesagt." Entschlossen ging er zur Tür. „Es nützt alles nichts, ich muß hier durch. Also gehen wir."

„Warte, Alex und Mirko sind noch nicht da."

„Werden schon noch kommen."

Er läutete, und ein Mann Mitte Zwanzig öffnete ihnen.

Sie stellten sich vor: „Wir kommen von der Coro-Bar, wegen der Untersuchung."

„Ach ja, ich weiß Bescheid, aber Sie sind nur fünf. Sollten es nicht sieben sein?"

„Ja, die zwei kommen noch."

Als sie hineingingen, drehte Michael sich um.

„Halt, wartet mal, da kommen sie um die Ecke gerannt."

„Entschuldigt, der Nahverkehr. Sind ihm Stau steckengeblieben", keuchten sie.

Der junge Mann führte sie in einen kleinen Raum, mit einem Tisch und zwei Stühlen sowie einigen hohen Regalen eingerichtet.

„Ich bin der Sohn von Dr. Reb und arbeite mit meiner Mutter zusammen", stellte er sich vor. „Sind Sie alle nüchtern?"

Sie bejahten es.

„Ich muß Ihnen Blut abnehmen. Stellen Sie sich der Reihe nach auf und krempeln Sie einen Ärmel hoch."

Einer nach dem anderen wurde gepiekt. Die Ampullen bekamen ein Etikett mit ihren Namen. Danach mußten sie zur Urinprobe in die Toilette. Später standen sie im Warteraum, nervös und ängstlich.

„Wer soll zuerst hineingehen?“ fragte Michael.

„Ist doch egal, oder?“

Frank zappelte vor lauter Nervosität.

„Wir müssen doch eine Reihenfolge haben. Wie wär’s alphabetisch?“

„Vor- oder Nachname?“

„Wieso, haben wir auch einen Nachnamen?“ bemerkte Alex zynisch.

Da lachten und redeten sie alle auf einmal. Sie waren dermaßen in ihre Gespräche vertieft, daß sie nicht merkten, wie die Ärztin das Wartezimmer betrat.

„Guten Morgen, meine Herren, ich freue mich, Sie so gutgelaunt vorzufinden.“

Erschrocken drehten sie sich um. An der Tür stand eine Frau mit einem kantigen Gesicht, mollig und zu klein geraten. Hart und skrupellos, wie sie glaubten zu sein, konnten sie sich kaum das Lachen verbeißen, bis sie ihre Augen sahen. Große, dunkle Augen voll mütterlicher Liebe und Mitgefühl. Da wurden sie ernst und doch irgendwie froh. Frau Dr. Reb hatte sie beobachtet und ihren Wandel vom Zynischen bis zum Nachdenklichen bemerkt. Auch sie hätte am liebsten gelacht.

„Wie ich sehe, sind Sie alle miteinander gekommen. Das ist gut, denn so brauche ich nur einmal zu erklären, was ich Ihnen zu sagen habe. Herr Meindl hat Ihnen gestern sicher alles über Ihre Arbeitsbedingungen gesagt. Ich möchte noch die gesundheitlichen und hygienischen Aspekte hinzufügen. Solange Sie in der Coro-Bar arbeiten, müssen Sie alle 14 Tag zur Blutuntersuchung kommen, wegen dem Aids-Test. Waschen Sie sich nach jedem Kunden gründlich, und benutzen Sie Waschlappen und Handtuch nur einmal. Es werden genügend dasein. Und sollten Sie krank werden, kommen Sie sofort zu mir. Ich stehe jederzeit zu Ihrer Verfügung.“

‚Au weh‘, dachte Alex. ‚Kann ganz schön energisch sein.‘

„Für was soll das überhaupt gut sein, das Sichwaschen?“ fragte Frank.

„Damit wird die Infektionsgefahr gemildert“, erwiderte sie. „Wie gesagt, wascht euch gründlich, alles andere macht der Körper. Dieser hat genug Abwehrkräfte, um Viren abzustoßen. Sie sind ja noch jung, und ich nehme an, auch gesund. Und nun bitte ich den ersten, mir zu folgen.“

„Los, Alex, du mußt anfangen.“

Zögernd folgte er der Ärztin. Sie führte ihn in einen großen Praxisraum. Auf der einen Seite standen ein einfacher Schreibtisch aus heller Eiche und eine Sitzecke. Hinter einer spanischen Wand befand sich der eigentliche Untersuchungsbereich.

Frau Dr. Reb fragte ihn nach Namen, Adresse und Geburtsdatum.

„Wo haben Sie bis jetzt gearbeitet?"

„Im Park."

„Und wie, ich meine, wo …"

„Meist in einer Pension, selten in einem Wagen, noch seltener in einem WC."

Erschüttert hörte sie zu.

„Wie lange waren Sie im Park?"

„Fast ein Jahr."

„Waren Sie in dieser Zeit mal krank?"

„Nein."

„Nehmen Sie Rauschgift?"

„Ja, aber selten."

„Was?"

„Hasch."

„Versuchen Sie, davon wegzukommen. Herr Meindl wird da auch ein Auge auf Sie haben."

„Aber das ist doch harmlos."

„Kein Gift ist harmlos, und Hasch ist meist der Einstieg in härtere Drogen. Gut, dort in der Ecke ist eine Kabine. Machen Sie bitte den Oberkörper frei."

Frau Dr. Reb untersuchte gründlich Herz und Lunge. Einfühlsam tasteten ihre Hände Hals und Achseldrüsen ab.

„Hatten Sie in letzter Zeit Schluckbeschwerden?"

„Nein."

Auch der Blutdruck war in Ordnung.

„Machen Sie sich jetzt unten frei, und legen Sie sich auf den Untersuchungstisch, zuerst auf den Rücken."

Alex schluckte, er wäre am liebsten davongelaufen. Da stiegen Bilder vom vergangenen Jahr in ihm auf. Die Kälte, die Nässe auf dem Steinboden, das Ekelgefühl, wenn einer, dreckig und verschwitzt, womöglich mit einer Alkoholfahne, auf ihm lag. Die Perversitäten in den Pensionen. Muß er das bei Meindl auch ertragen? Bei 300 DM die Stunde? Ob man mit diesen Männern besser verhandeln, ob man mit ihnen reden kann? Mit einem Seufzer ging Alex in die Kabine und ließ danach alles über sich ergehen.

Einer nach dem anderen schlichen sie hinein, mit ernster Miene kamen sie wieder heraus, saßen stumm auf Stühlen und Sesseln, manche auf dem Boden.

Nie hatten sie während der Arbeit über Schutz oder Hygiene nachgedacht, hatten sorglos in den Tag hineingelebt. Nun traf sie die Angst, sich womöglich angesteckt zu haben, wie ein Keulenschlag.

Detlef wollte nicht aus der Kabine herauskommen, und die Ärztin mußte ihn mahnen. Endlich öffnete er die Tür. Steif, in abwehrender Haltung blieb er vor ihr stehen.

„Sie brauchen keine Angst zu haben. Ich beiße nicht", versuchte sie ihn aus der Reserve zu locken.

Da sah sie seinen ängstlichen, verstörten Blick.

„Was haben Sie? Doch keine Angst vor mir?" Sie reichte ihm einen Bademantel. „Setzen Sie sich bitte, und sagen Sie mir, was Sie bedrückt."

Detlef blieb stumm.

„Wir haben Zeit", ermunterte ihn Frau Dr. Reb.

„Meine Mutter … Ich war damals noch ein Kind. Können Sie sich vorstellen, von der eigenen Mutter mißbraucht zu werden?" preßte er hervor. „Ich habe es bis heute noch nicht überwunden. Keine Frau darf mich berühren."

Dr. Rebs Augenbrauen schnellten in die Höhe. „Und was machen wir da? Wenn Sie in der Coro arbeiten wollen, muß ich Sie untersuchen." Sie lächelte. „Mein Sohn würde Ihnen gerne helfen. Aber er ist erst im dritten Semester."

Detlef krümmte sich wie ein Wurm. „Ich will aber in der Coro arbeiten. Bitte helfen Sie mir, aus dieser Zwickmühle herauszukommen."

Frau Dr. Reb lächelte verständnisvoll. Diese großen Kinder!

„Glauben Sie mir, Ihre Angst ist eine rein instinktive Abwehrreaktion. Sie müssen versuchen, sie zu überwinden. Ich werde Ihnen dabei helfen."

Sie holte ein Buch aus einer Schublade, blätterte darin, bis sie gefunden hatte, was sie suchte. Sie zeigte ihm das Bild eines nackten Mannes, an dem Rand die verschiedenen Organnamen und ihre Funktionen.

„Ich erkläre Ihnen jetzt, was und wie ich Sie untersuchen werde. Danach werden wir gemeinsam versuchen, das Ganze in die Praxis umzusetzen. Einverstanden?"

Verzagt lächelte Detlef.

Frank blieb länger im Untersuchungsraum als die anderen, und Mike fing an, sich Sorgen zu machen.

Da kam die Ärztin in den Warteraum.

„Wer von Ihnen ist Mike?"

Wie gelähmt blieb er sitzen. „Frank?“ wisperte er.

„Kommen Sie, bitte.“

Der Raum war leer.

„Wo ist Frank?“ Mike räusperte sich, er fühlte einen Kloß im Hals.

„Nebenan. Er hatte einen Nervenzusammenbruch. Mein Sohn kümmert sich um ihn.“

Sie bat ihn, Platz zu nehmen.

„Wie lange kennen Sie Ihren Freund?“

„Wir sind seit unserer Kindheit zusammen.“

Niedergeschlagen saß er auf der Kante des Stuhles.

„Erzählen Sie mir etwas über Franks Leben.“

Mike spürte die positive Ausstrahlung der Frau, fühlte sich in ihrer Nähe geborgen, und wie ein Wasserfall sprudelten seine Worte hervor. Still, in sich gekehrt hörte die Frau ihn zu.

„Nach allem, was Ihr Freund mitgemacht hat, warum das? Hatten Sie keine andere Alternative, um sich durchzuboxen?“

„Ich weiß, wie schwer es für Frank ist. Aber man rutscht da schnell rein, und wer drinnen ist, kommt nicht so leicht wieder raus.“

„Haben Sie nicht die seelische Veränderung Ihres Freundes bemerkt?“

„In letzter Zeit hat er viel geraucht, auch getrunken, manchmal Drogen genommen.“ Mike zuckte mit den Schultern. „Doch mehr oder weniger haben wir das alle getan.“

„Auf jeden Fall kann Ihr Freund diese Arbeit nicht mehr ausführen. Ich werde mit Herrn Meindl darüber reden. In der Coro gibt es ja genug anderes zu tun.“

Fest sah Mike Dr. Reb in die Augen. „Ich, wir alle machen diese Arbeit nicht gerne. Auch wir wollen liebe heute als morgen was anderes machen. Aber wie kommen wir da raus?“

„Ich kann Sie beruhigen. Das Ziel des Clubs ist es, Ihnen die Möglichkeit zu geben, einen anderen Beruf zu erlernen. Kommen Sie doch eines Nachmittags mal alle bei mir vorbei. Zusammen mit Herrn Meindl können wir über dieses Thema sprechen. Und nun, wenn Sie schon da sind, dort ist eine Kabine.“

Als Mike hineinging, zog Mirko voller Angst seinen Freund in eine Ecke.

„Du, Alex, die Frau Doktor im Untersuchungszimmer, wie ist sie?“

„Keine Bange, Hase. Dr. Reb ist eine pragmatische Frau, kann sich aber ohne weiteres in einen anderen Menschen hineinversetzen.“

„Muß man sich nackt ausziehen?“

„Ja, man muß sich ausziehen. Aber nackt? Nein, nackt habe ich mich nicht gefühlt.“

Mit zwiespältigen Gefühlen ging Mirko hinein. Die gleichen sachlichen Fragen, der gleiche Verlauf. Dennoch auf dem Untersuchungstisch wurde er unruhig.

„Was haben Sie denn?“

Große, blaue Augen sahen sie an.

„Tun Sie mir nicht weh, bitte“, hauchte er. Sie verstand ihn.

„Hat Ihnen mal jemand weh getan?“

„Ja.“

„Wann und wo denn?“

„Ist über ein halbes Jahr her. Hier.“ Schüchtern blieb seine Hand auf der linken Hinterbacke liegen. Die Ärztin sah eine lange, kaum sichtbare Narbe.

„Mit was hat man Sie verletzt?“ fragte sie behutsam weiter.

„Weiß nicht, was Scharfes.“

„Ein Messer oder eine Rasierklinge?“

„Ja, glaub', so was, hab' es nicht so genau gesehen.“

„Hat das Ihr Freund gewußt?“

„Ja, ich hab' mich irgendwie nach Hause geschleppt. Michael war auch da, hat mich verbunden.“-

„Hat man einen Arzt kommen lassen?“

„Ja, hat mir 'ne Tetanusspritze gegeben. Seitdem hab ich Angst“, stammelte er.

„Sie brauchen keine Angst mehr zu haben. In der Coro sind Sie gut aufgehoben. Meindl paßt da schon auf. Und wenn einer mit einem Messer kommt, schreien Sie einfach. Und jetzt bleiben Sie bitte, bitte ruhig liegen. Ich werde Ihnen bestimmt nicht weh tun.“

„Wir sollen warten“, murmelte Mirko, als er in den Warteraum zurückkam. So blieben sie sitzen. Hörten ein Telefon klingeln, laute Stimmen, eine Tür, die zuschlug.

Da betrat der Sohn von Dr. Reb den Warteraum, an seiner Seite Frank, der verlegen lächelte.

„Meine Mutter wurde zu einem Patienten gerufen. Die Ergebnisse der Untersuchung erfahren Sie morgen abend. Kommen Sie doch einfach vorbei. Meine Mutter möchte gerne mit Ihnen alle reden. Aber nicht vor 20 Uhr.“ Allzu gesprächig schien der Mann nicht zu sein.

Herr Reb öffnete die Tür, und mit einer Handbewegung verabschiedete er die jungen Männer.

„Wenn Sie bitte gehen würden. Ich habe auch einen Termin und muß die Praxis schließen.“

Wie in Trance gingen die sieben jungen Männer die Straße hinunter, sahen weder die Menschen, die an ihnen vorbeihasteten, noch hörten sie den brausenden Verkehr. Am Schluß Mike und Frank. Vor dem Haus waren sie stehengeblieben. Voller Sorge hatte Mike dem Freund tief in die Augen geschaut.

„Keine Angst. Es ist nichts Schlimmes“, beruhigte ihn Frank. „Hab’ einfach die Nerven verloren. Wenn ich was anderes arbeite, wird es mir bald besser gehen, hat Frau Doktor gesagt.“

„Aber im Club?“

Frank verstand ihn, schüttelte den Kopf. „Ich bleibe bei euch. Werde dort schon eine Arbeit finden, und wenn ich den Boden aufwische.“

Ihr Instinkt führte sie zur Straßenbahnhaltestelle. Alex mit seinem Realitätssinn kam als erster wieder zu sich.

„Wenn wir schon hier sind, kommt alle zu uns. Wir haben noch nichts gefrühstückt, und es ist bald Mittagszeit.“

„Au ja, hab ich ’nen Kohldampf“, stöhnte Mike.

In der kleinen Wohnung angelangt, zählten sie ihr Geld zusammen und schickten Mike zum Italiener um die Ecke. Michael rannte in seine Wohnung hinunter, brachte Teller und Besteck. Bald standen Frank und Mirko am Herd, kochten Bandnudeln und Hackfleischsoße, raspelten Parmesankäse, putzten Salat. Bernd entkorkte eine Weinflasche, die sie gemeinsam bezahlt hatten.

Während des Essens hörte man nur das Klirren des Geschirrs, ein zufriedenes Rülpsen und Schmatzen. Alex beobachtete sie der Reihe nach, die fünf ihm so vertrauten Freunde. Frank und Mike, jetzt schon unzertrennlich. Bernd, mit dem Körper eines Models, Michael, wie immer wie aus dem Ei gepellt, Mirko, charmant und sensibel, ganz auf ihn, Alex, fixiert. Und Detlef, aus dem Nichts zu ihnen gekommen, ein unbeschriebenes Blatt.

Nach dem Essen saßen und lagen sie satt und müde im Zimmer herum.

„Wir stehen vor einem neuen Abschnitt unseres Lebens, da sollten wir über unsere Zukunft nachdenken“, fing Alex an zu reden.

„Hört, hört, der Herr Lehrer wackelt mit dem Zeigefinger“, feixte Bernd.

„Alex hat recht“, verteidigte Michael ihn. „Wenn wir in der Coro arbeiten wollen, und das wollen wir doch?“ Alle nickten, ernst geworden. „Es wird für uns nicht leicht werden. Wir werden uns in so manchem umstellen müssen.“

„Wir können nicht nur unseren Arsch hinhalten.“

„Müssen was lernen, habt ja gehört, was Meindl gesagt hat. Die Kunden wollen mit uns auch Gespräche führen, und bestimmt nicht nur Wischiwaschi“, sekundierte Alex seinem Freund. „Und benehmen müssen wir uns auch besser.“

„Und vergeßt nicht, wenn es soweit ist, werden wir enger zusammenwohnen, müssen uns mehr aneinander gewöhnen.“

„Sagt mal, wollt ihr uns Angst machen?“

Alex und Michael schüttelten den Kopf. „Nein, nur muß euch klar sein, was auf uns zukommt.“

„Und? Wir haben bis jetzt unser Bestes gegeben, und gut ausgekommen sind wir auch, oder?“ Mirko stand wie ein Fragezeichen vor ihnen.

„Genau, und das werden wir beibehalten“, mischte sich Mike ein. „Die Frau Doktor hat mir gesagt, wenn wir wollen, können wir auch einen anderen Beruf erlernen“, fügte er übergangslos hinzu.

„Mensch, tatsächlich? Das wollen wir doch alle, was zweifeln wir da noch? Auf in den Club.“

Sie klatschten Beifall. Nur Detlef saß stumm in einer Ecke. Er fühlte sich ausgeschlossen, fremd. Bernd sah es, ging zu ihm.

„Auch du gehörst zu uns, Detlef. Wir müssen dich nur besser kennenlernen. Erzähl uns aus deinem Leben, wenigstens etwas.“

Detlef verkroch sich noch mehr in seiner Ecke.

„Meine Pflegeeltern haben mich rausgeschmissen, weil sie keinen Bock mehr auf mich hatten. Auf der Straße bin ich bei den Crash-Kids gelandet, hab’ im Auftrag Autos geklaut, so drei, vier pro Nacht. Bis sie mich geschnappt haben. Ihr seht, ich bin ein Krimineller.“

„Wir sind auch keine Engel.“

„Und wie bist du auf dem Strich gelandet?“

„Hab’ einen im Gefängnis kennengelernt, sind dann gemeinsam entlassen worden. Er hat mich mitgenommen, gezeigt, wie es geht.“

„Mach dir nichts draus, als ich noch zu Hause war, bin ich auch zu einem gegangen, der mir’s gezeigt hat.“

Diese Worte weckten in Bernd Erinnerungen, die tief in ihm schlummerten. Er sah einen kleinen Jungen, dessen Eltern nie Zeit für ihn hatten. Er streunte auf der Straße herum, schwänzte die Schule. Er war zwölf, als er den netten Mann von nebenan kennenlernte. Der Mann nahm ihn mit nach Hause, kümmerte sich um ihn. Bernd fühlte sich bei ihm geborgen. Bis zu dem Tag, als der Mann ihn in eine andere Stadt entführte und ihn auf den Strich schickte. Das Stimmengewirr brachte Bernd in die Gegenwart zurück.

„Ich kann dich verstehen", sagte gerade Michael. „Jeder von uns ist mal mehr oder weniger freiwillig mit einem mitgegangen."

Erstaunt sah Bernd ihn an, auch Alex runzelte die Stirn. Michael zuckte nur mit den Schultern. Mitteilsam war er noch nie. Es folgte ein bedrücktes Schweigen. Endlich nahm Frank die Weinflasche vom Tisch.

„Für jeden ist noch ein Schluck drin. Trinken wir auf unsere Zukunft."

„Auf daß sie besser wird", murmelte Detlef.

Nachts erwachte die Altstadt. In Kneipen und Gaststätten brodelte das Leben. Rauchschwaden wehten durch die Räume. Der Geruch von Schweiß und Alkohol hing in der Luft. Laute Stimmen und Lachen ließen die Gläser vibrieren.

In einer urigen Kneipe saßen sich Frau Dr. Reb und Meindl bei einem Glas Wein gegenüber. Blicke schweiften über das ungleiche Paar, und so mancher Gast fragte sich, wie die zwei sich wohl gefunden hatten.

In ärmlichen Verhältnissen aufgewachsen, hatte Meindl sich in mehreren Jobs versucht. Er wurde immer wieder entlassen oder hatte selbst gekündigt. Witzig und geistig rege, fand er bald wieder eine neue Arbeit, in der er ganz aufgehen konnte.

Seit einem Jahr arbeitete er als Barkeeper in einem Nachtlokal. Er ging zu Fuß zur Arbeit und sah auf seinem Weg die Strichmädchen, die auf einen Freier warteten, sah in so manchem Hauseingang Drogensüchtige, die an der Nadel hingen, und voller Mitleid überlegte er sich, wie er ihnen wohl helfen könnte.

An einem kühlen Septemberabend fühlte er sich nicht wohl, und er hielt Ausschau nach einer Apotheke, um sich ein Aspirin geben zu lassen. Da sah er das Schild einer Arztpraxis. ‚Auch gut, hol' ich mir hier Aspirin', dachte er. Die Tür zur Praxis stand offen, im Warteraum saßen etliche Obdachlose, und er setzte sich zu ihnen. Merkte bald, daß es länger dauern würde, bis er an die Reihe kam.

„Ich bin auf dem Weg zur Arbeit und brauche nur ein Medikament. Lassen Sie mich bitte zuerst hinein?"

Die Männer nickten, einer grinste.

„Sind Sie zum ersten Mal hier?“ erkundigte sich der Mann.

„Ja.“

„Dann gehen Sie mal rein. Aber Ihre Arbeit können Sie für heute vergessen. Wenn Frau Dr. Reb einen zwischen die Finger bekommt, den läßt sie nicht so schnell wieder los.“

Der Mann hatte recht. Meindl mußte seinen Arbeitgeber anrufen, er wäre krank und könne nicht zur Arbeit kommen. Nach einer gründlichen Untersuchung schickte ihn die Ärztin nach Hause.

„Mit dieser Erkältung stecken Sie nur andere an. Bleiben Sie im Bett, bis Sie kein Fieber mehr haben.“

Am nächsten Tag besuchte sie ihn. Nachdem sie ihn untersucht hatte, unterhielten sie sich. Er beneidete und bewunderte sie ob ihres Mutes, in dieser Umgebung eine Praxis zu eröffnen, um den Menschen hier zu helfen.

„Ich möchte auch gerne den Menschen hier helfen, hab' aber kein Geld.“

Dr. Reb wurde neugierig. „Wie haben Sie sich diese Hilfe vorgestellt?“

„Es ist nicht gut, wenn die Frauen und Mädchen die ganze Nacht auf der Straße stehen. Man müßte ein Haus für sie haben.“

Nachdenklich packte Dr. Reb ihre Instrumente wieder ein.

„Es gibt genug Freudenhäuser hier. Haben Sie schon mal an einem Club für Strichjungen gedacht? Die sind ärmer dran und bräuchten dringender ein Dach über den Kopf.“

Meindl sah sie groß an, bekam einen Hustenanfall und putzte sich verlegen die Nase. „Nein, daran habe ich nie gedacht. Gibt es so etwas überhaupt?“

„Weiß nicht. Wir könnten trotzdem versuchen, einen zu eröffnen. Ich finde, allein der Zweck ist ein Risiko wert. Auf jeden Fall, denken Sie darüber nach, und wenn Sie gesund sind, gehen Sie bitte in den Park.“ Sie beschrieb ihm die genaue Stelle, an der die Stricher herumstanden. „Reden Sie mit ihnen, sagen Sie ihnen, was Sie vorhaben, und hören Sie sich ihre Standpunkte an.“

Meindl sah sie skeptisch an.

„Warum glauben Sie, daß ich dafür geeignet bin?“

„So wie Sie zwischen den Obdachlosen in meinem Warteraum saßen – Sie haben keine Vorurteile.“

„Wenn Sie meinen? Aber ein Haus – was glauben Sie, was so ein Haus kostet?“

„Ich werde mich an dem Unternehmen beteiligen. In der Nachbarschaft meiner

Praxis stehen ein paar alte Häuser leer, die können nicht die Welt kosten. Und wenn der Club steht, werde ich mich um den Papierkram für das Gesundheitsamt kümmern und Betriebsärztin des Clubs werden. Wäre mal was anderes“, fügte sie unternehmungslustig hinzu.

Seit diesem Tag trafen sie sich öfters. Ihr Wunsch nahm konkretere Formen an, bis er in allem Einzelheiten vor ihren Augen stand. Zwei Häuser mit einem Innenhof dazwischen wurden gekauft. Sie fanden arbeitslose Handwerker, die bereit waren, die Häuser zu renovieren.

Das war vor drei Wochen, und nun saßen sie sich in der kleinen Kneipe gegenüber.

„Alle sieben Jungs sind gesund. Nur ein paar Problemfälle sind darunter.“

Meindl runzelte die Stirn.

„Was meinen Sie mit ‚Problemfälle‘?“

„Der eine, Frank Abel, ist mit den Nerven fertig, er kann diese Arbeit nicht mehr ausführen. Sie müssen ihm einen anderen Job geben.“

„Sie sind gut. Ich dachte, ich hab’ einen Club, wo man eine ganz bestimmte Arbeit macht. Soll der sich doch woanders einen Job suchen.“

„Geht nicht. Er will sich nicht von seinem Freund trennen. Hat auch keinerlei Ausbildung. Apropos Ausbildung. Haben wir nicht ausgemacht, daß die Jungs neben ihrer Arbeit versuchen sollten, einen anderen Beruf zu erlernen? Ich habe mit ihnen darüber gesprochen. Die sind total begeistert davon.“

Dr. Reb hatte sich über den Tisch gebeugt und stupste mit ihren Fingern den Handrücken Meindls. Irritiert zog dieser seine Hand zurück, trank einen Schluck Wein.

„Also gut, was für eine Arbeit soll ich diesem Frank geben? Kann er überhaupt was?“

„Kochen, hat er mir gesagt. Er will Koch werden.“

„O.K., dann soll er uns was zum Essen machen. Vielleicht kann ich ihn auch an der Bar einsetzen.“

Mißtrauisch beobachtete Meindl sein Gegenüber.

„Und, was gibt sonst noch für Probleme?“

„Mirko Bosch ist ein etwas ängstlicher Typ. Er hat schlechte Erfahrungen gemacht. Passen Sie auf, mit wem er geht.“

„Ich werde bei allen aufpassen. Sadisten und Querköpfe dulde ich nicht in meinem Club. Sonst noch was?“

„Detlef Bieler hat eine kriminelle Vergangenheit.“

„Stört mich nicht. In der Coro müssen sie korrekt arbeiten, wenn nicht, fliegen sie hochkant raus.“

„Klar. Aber bevor die Jungs bei Ihnen anfangen, sollten Sie mal mit ihnen reden. Machen Sie ihnen Mut, sie werden es nicht leicht haben.“

„Wir auch nicht“, lachte er jovial, hob sein Glas. „Auf eine gute Zusammenarbeit.“

„Auf unsere Zukunft.“

5. Kapitel

In der Coro

Zwei Tage vor Eröffnung der Coro zogen die sieben jungen Männer in das Haus hinter dem Club ein. Meindl hatte ihnen einen Kombi geliehen, in dem sie ihre armselige Habe transportieren konnten. Es fehlte an allem, Möbeln, Geschirr, Wäsche. Von den Kleinigkeiten, die eine Wohnung erst gemütlich machen, ganz zu schweigen.

Am Nachmittag versammelten sie sich im Wohnzimmer der größeren Wohnung, saßen auf dem Boden und beratschlagten über die nächsten Schritte, die zu tun waren.

„Das Al-Wa-Haus hat eine Abteilung, in der Möbel stehen, die, aus welchen Gründen auch immer, nicht geliefert werden konnten oder nicht abgeholt worden sind. Auch fehlerhafte Ware. Nach einer bestimmten Frist können die Angestellten des Hauses diese Möbel billig kaufen." Alex zögerte ein wenig. „Ich könnte veranlassen, daß ihr die Möbel, die ihr braucht, bis zu 70 Prozent billiger bekommen könntet. Nur, ich müßte euch ein Schreiben mit dem Siegel meiner Familie mitgeben. Habe aber Angst, man könnte herausfinden, wo ich wohne. Wäre ich in einer anderen Stadt, würde es ja eher gehen, aber so …"

„Erkläre uns genauer, was wir machen müssen."

„Ist ganz einfach. Ihr braucht nur in diese Abteilung zu gehen und den Brief mit einer Liste der Möbel, die ihr braucht, einem Verkäufer zu zeigen."

„Aber wir brauchen eine komplette Wohnungseinrichtung. Hat das Al-Wa-Haus so viele fehlerhafte Stücke?" fragte Bernd skeptisch.

„Nein", lachte Alex, „wenn ihr mehr Möbel braucht, als vorhanden sind, wird ein Schreiben aufgesetzt, in dem die Stücke, die fehlen, aufgelistet werden. Wenn sie kommen, werdet ihr benachrichtigt, und davor habe ich die meiste Angst. Sie brauchen unsere Adresse, und zusammen mit meinem Brief werden sie zwei und zwei zusammenzählen und erraten wo ich bin."

„Und postlagernd?" fragte Mike in seiner ruhigen Art. Alex schaute ihn verblüfft an und lachte.

„Was bin ich doch für ein Idiot, daß ich nicht selber auf diese Lösung gekommen bin."

„Also abgemacht. Wer soll gehen?"

Detlef wurde ungeduldig. „Michael? Er ist der Intelligenteste von uns allen, ausgenommen du, natürlich."

„Nein, Michael nicht. Mit dem habe ich was anderes vor", zwinkerte Alex ihm zu. „Auch Mirko kommt nicht in Frage, den kennen sie dort. Am besten du, Detlef, und vielleicht Frank oder Mike."

Detlef schaute die beiden an. „Also Mike", beschloß er. Dieser nickte nur.

„Dann listet alles auf, was ihr braucht. Ich schreibe derweil den Brief."

„Und ich geh' zum Postamt und eröffne ein Postfach." Mirko stand auf und wollte gehen.

„Aber nicht das nächste Amt", hielt ihn Alex zurück.

„Ich geh' zur Hauptpost, die ist schön anonym."

Mit dem Brief ging Alex zur Bank und drückte sein Siegel neben seiner Unterschrift auf. Zusammen mit Mirko hatte er dort einen Tresor, in dem sich außer Mirkos Medalllon der Siegelring der Familie Waletzki befand.

Als Alex' Großvater 70 Jahre alt wurde, hatte er bei dem besten Juwelier der Stadt den Ring anfertigen lassen. Er selbst hatte das Emblem nach seiner Vorstellung gezeichnet – ein verschlungenes AW unter einem stilisierten Baum – und es seinem Sohn Alexander geschenkt. Seitdem war der Ring die Legitimation, das Zeichen des Eigentümers des Al-Wa-Hauses. Beim Tod Alexander Waletzkis nahm Alex den Ring an sich.

Am nächsten Tag fuhr ein kleiner Kombiwagen am Eingang des Al-Wa-Hauses vor.

Detlef und Mike, beide salopp gekleidet, stiegen aus, schlenderten durch das Haus, fanden die Abteilung mit den Billigmöbeln und zeigten einem älteren Verkäufer Alex' Brief.

„Wir haben erfahren, daß wir hier um 70 Prozent billiger einkaufen können, stimmt das?"

Ohne eine Miene zu verziehen, las der Verkäufer den Brief, sah sich den Siegelabdruck genau an und nickte.

„Kommen Sie bitte." Er zeigte ihnen die vorhandenen Möbel. „Suchen Sie sich selber aus, was Sie brauchen."

Zwei Stunden später hatten sie den Kombiwagen vollgeladen, und es fehlten ihnen nur noch ein Bett mit Schrank sowie eine Wohnzimmereinrichtung. In einem Schreiben listete der Verkäufer die fehlenden Stücke auf. Detlef und Mike mußten nur noch unterschreiben.

„Sowie die Möbel hier sind, werden wir Sie benachrichtigen. Wie ist Ihre Adresse?“

„Detlef Bieler, Postfach Nr. 5349, auf der Hauptpost.“

Der Verkäufer runzelte die Stirn, zögerte einige Sekunden und schrieb dann die Adresse auf.

„Und wie wollen Sie bezahlen?“

Ratlos schauten sich die beiden an, zuckten die Schultern.

„Müssen wir erst mit den anderen besprechen. Wir sagen es Ihnen, wenn wir den Rest holen.“

Leise klopfte der Verkäufer an die Tür des Personalchefs, Herrn Pohl, trat ein und zeigte ihm Alex' Brief sowie die Liste der fehlenden Möbelstücke.

„Diesen Brief gaben mir zwei junge Männer, die in meiner Abteilung zwei Schlafzimmer sowie ein Wohnzimmer gekauft haben. Und das fehlt ihnen noch.“ Er zeigte auf die Liste.

Pohl las den Brief, und er erinnerte sich an den Haß in Alex' Augen und seine Drohung, sie alle zu vernichten, bevor er damals aus dem Eßzimmer hinausgerannt war, um am nächsten Tag das Haus zu verlassen. Jedes Mal, wenn Pohl daran dachte, hatte er sich gefragt, wohin der Haß Alex wohl geführt hätte. Und jetzt dieser Brief, demonstrativ mit seiner Unterschrift und dem Siegel der Familie versehen. Alex als Junior der Firma wußte doch, daß weder Unterschrift noch Siegel notwendig waren, um die Möbel billiger zu bekommen. War der Brief ein Hinweis, eine Drohung?

„Danke, Müller, daß Sie mir den Brief gezeigt haben. Wer weiß noch von ihm?“

„Niemand, nicht mal Sander. Ich dachte, weil Sie mit dem Junior so gut ausgekommen sind … Es ist doch das Siegel vom Junior?“

Pohl nickte. Geistesabwesend blickte er zur Tür, und ihm war, als ob sich diese öffnen würde.

Scheu war Alex zu Pohl in sein Büro gekommen, hatte sich neben ihn gesetzt und ihm aufmerksam bei der Arbeit zugeschaut, hatte ihn mit hundert Fragen gelöchert, begierig zu lernen. Pohl hatte den Jungen gern gesehen. Er bemühte sich, ihm etwas beizubringen, und nahm ihn zu Besprechungen und Einzelgesprächen innerhalb der Firma mit. So hatte Alex die Arbeit in der Personalabteilung sowie die Angestellten des Hauses kennengelernt.

Der Verkäufer räusperte sich. Abrupt kam Pohl in die Gegenwart zurück.

„Ja, das ist das Siegel. Versprechen Sie mir zu schweigen. Kein Wort zu niemandem."

„Aber es ist doch der Junior?" Verzweifelt rieb sich Müller die Hände. „Wollen Sie nichts unternehmen, ihn suchen?"

Pohl bedauerte: „Ohne Adresse kann ich nichts erreichen. Vielleicht bei der Bezahlung?"

Es dauerte etliche Monate, bis Detlef und Mike die restlichen Möbel abholen konnten.

Sie bezahlten mit einem Scheck auf den Namen Meindl. Wieder ging Müller zu Pohl, zeigte ihm den Scheck: „Er ist gedeckt."

Pohl suchte im Telefonverzeichnis nach dem Namen Meindl, konnte ihn aber nicht finden. Und doch ... ihm war, als ob er den Namen schon einmal gehört hätte. Nur wo? Nach reiflicher Überlegung beschloß er, innerhalb der Firma vorsichtige Erkundigungen einzuleiten. Mit welchem Mitarbeiter war der Junior am besten ausgekommen? Und er beschloß, zuerst zu Frau Peritz zu gehen.

Am Eröffnungstag der Coro kamen sie zum letzten Mal zusammen. Aufgeregt, nervös, gelassen saßen sie in Meindls Büro. Sie waren dabei, Neuland zu betreten, und wußten, daß eine harte Zeit auf sie zukommen würde.

„Aus verschiedenen Gründen kann ich momentan nicht mehr Männer einstellen. Da wir nicht wissen, wieviel an Arbeit auf uns zukommen wird, müssen wir in der ersten Zeit flexibel sein, müssen überall einspringen, wo Not am Mann ist." Meindl wandte sich an Frank. „Haben Sie sich Gedanken darüber gemacht, wie Sie Küche und Bar unter einen Hut bringen können?"

„Jeden Tag, bevor die Coro öffnet, werde ich ein einfaches Gericht zubereiten, warm oder kalt. Dazu je eine große Thermoskanne Tee und Kaffee. Wenn ihr essen wollt, müßt ihr euch selbst bedienen. Danach habe ich Zeit für die Bar, es sei denn, ich müßte was nachkochen."

„Jeder von uns kann dich an der Bar vertreten", beruhigte ihn Bernd. „Wir werden wohl kaum alle sechs gleichzeitig bei einem Kunden sein."

Meindl nickte: „Das ist mal klar. Und was Sie anbelangt, wird es auch keine Schwierigkeiten geben, denke ich. Sie kennen ja Ihre Arbeit und wissen, was zu tun ist."

Alle nickten.

„Darf ich Sie mal was fragen?" meldete sich Mirko.

Seit Tagen fühlte er sich nicht wohl in seiner Haut. Beim Gedanken an die Coro und ihre Arbeitsbedingungen wechselten seine Gefühle zwischen Freude und Furcht, und er wußte nicht, wie er sich verhalten sollte.

„Wie sicher sind wir hier? Was ist, wenn wir hier überfallen werden? Ich will nicht noch einmal das durchmachen, was mir damals im Park passiert ist."

„Neben jedem Bett ist ein Klingelknopf, der mit dem Vorraum verbunden ist. Dort wird ein Mann sitzen, ein Bekannter von mir. Er hat sich bereit erklärt, hier als Türhüter und Rausschmeißer zu arbeiten. Er war Bodyguard bei einer bekannten Persönlichkeit. Vor einem halben Jahr wurde er verletzt, kann seitdem seinen Beruf nicht mehr ausüben. Sowie er die Klingel hört, wird er sich per Knopfdruck mit meinem Büro in Verbindung setzen, und von hier aus schrillt der Alarm durch das ganze Haus."

Mirko nickte beruhigt, auch die anderen seufzten erleichtert auf.

Nach einer erzwungenen Pause wollte Alex was sagen, zögerte, sah, wie die anderen ihn beobachteten. Dann gab er sich einen Ruck.

„Sie haben uns versprochen, daß wir uns weiterbilden, hier irgendwann mal rauskommen könnten. Auf jeden Fall habe ich vor, mich für das Sommersemester an der Universität einzuschreiben, um endlich mit meinem Studium anzufangen. Ich brauche das Diplom, wenn ich irgendwann mal das Al-Wa-Haus übernehmen will. Ich werde die Vormittage in der Aula der Universität verbringen, da kann ich hier nicht bis drei Uhr morgens arbeiten", fügte er hinzu.

„Wie Sie wollen, ich habe nichts dagegen. Wenn Sie nicht bis zum Schluß hiersein können, müssen Sie das mit Ihren Kollegen absprechen."

„Keine Angst, wir halten die Stellung bis zum bitteren Ende", trösteten ihn Bernd und Detlef.

„Auch ich möchte einen Computerkurs absolvieren", sagte Michael.

„Mein Traum ist es, Koch in meinem eigenen Lokal zu werden", flüsterte Frank.

Mike legte ihm seinen Arm um die Schulter. „Ich helf' dir dabei. Da ich nicht kochen kann, werde ich das Lokal führen. Was muß ich da alles lernen?" fragte er in die Runde.

„Vor allem, dein Geld zusammenzuhalten", flachste Detlef.

„Mach mal einen Buchhaltungskurs mit, vielleicht mit einem Führungsseminar verbunden", riet ihm Alex.

Meindl nickte. „Das ist alles Ihre Privatangelegenheit. Wie gesagt, solange Sie Ihre Arbeit hier gut machen, habe ich nichts dagegen. Warten Sie aber so lange damit, bis der Betrieb hier richtig läuft und ich ein paar Männer mehr einstellen kann."

Etliche Stunden später betrat Mirko Meindls Büro.

„Kann ich Sie einen Augenblick sprechen?"

„Kommen Sie nur herein."

Es war ein einfaches Arbeitszimmer mit einem alten Schreibtisch, darauf ein Telefon und ein Faxgerät. An einer Wand offene Regale. Hinter einem halb geschlossenen Vorhang sah man eine Couch. Langsam ging Mirko bis zum Schreibtisch vor, blieb verlegen stehen.

„In den vergangenen 14 Tagen habe ich mir über das hier meine Gedanken gemacht." Mit einer Armbewegung umfaßte er das ganze Haus. „Ich kann mir gut vorstellen, den Rest meines Arbeitslebens hier zu verbringen, als ihr Mitarbeiter … später vielleicht als ihr Teilhaber?"

„Warum ausgerechnet hier?" wunderte sich Meindl.

„Es gibt noch mehr Straßenkinder, die auf den Strich gehen. Ich möchte ihnen helfen, versuchen, ihnen eine Lebensperspektive zu geben."

Meindl nickte. „Ein guter Vorsatz, den ich voll bejahe. Aber auch erst, wenn der Betrieb hier läuft. Dann wollen wir versuchen, gut miteinander auszukommen." Er lächelte. „Aber was wird Ihr Freund dazu sagen? Er will ja mal das Al-Wa-Haus übernehmen. Haben Sie keine Angst, daß es dann zwischen Ihnen zu Spannungen kommen könnte?"

Mirko hob die Schulter. „Weiß nicht. Ich liebe Alex, aber ich liebe auch meinen Beruf."

Wenige Tage später begegneten sich Alex und Michael während einer Arbeitspause in der Küche. Sie tranken starken schwarzen Kaffee.

„Sag mal, Michael, wie gut warst du in der Schule im Rechnen?"

Erstaunt hob dieser die Augenbrauen. „Meine Lehrer waren zufrieden. Warum?"

„Kannst du dir vorstellen, einen EDV-Kurs zu machen, um später in einem Rechenzentrum zu arbeiten?"

„Kann ich. In welchem?"

„Sag' ich dir, wenn du mit dem Kurs fertig bist."

„Hat es mit dem Al-Wa-Haus zu tun?" sondierte Michael das Terrain. Alex' Mund lächelte, doch Wut loderte in den grauen Augen.

„Es wäre gut, in der Firma jemanden zu haben, dem ich vertrauen könnte und der mich auf dem laufenden halten würde."

„Glaubst du, es bringt was?“

„Auch die dort sind nicht unfehlbar. Irgendwann wird einer mal einen Fehler machen.“ Alex lächelte hintergründig. „Und das wäre meine Stunde.“

„Ich verstehe. Du kannst dich auf mich verlassen.“

Ein Raunen ging in den einschlägigen Kreisen der Stadt um.

„Haben Sie gehört?“

„Nur Gerüchte, was ist an ihnen dran?“

„Ich war schon dort, nur mal hineingeschnuppert.“

„Und?“

„Ein Männer-Club.“

„Nein, sag nur, wo denn?“

„In der Christophstraße.“

Die Häuser der linken Straßenseite hatten alle den gleichen grauen Anstrich, die gleiche Anzahl Fenster, die gleichen Türen. So mancher Mann verfehlte das Haus, ging zurück, suchte weiter, bis er zufällig das kleine Schild neben dem Eingang sah: „Coro-Bar“. Geräuschlos öffnete sich die alte, wuchtige Tür zu einem kleinen Vorraum, der vom Rest des Erdgeschosses durch einen roten Vorhang abgetrennt war. An einem Tisch, auf dem ein Computer und ein Telefon standen, saß ein muskulöser Mann, schwarz gekleidet mit offenem Hemd.

„Guten Abend, haben Sie einen besonderen Wunsch?“

Der Kunde verhielt den Schritt, unschlüssig stand er da, wußte nicht, was er sagen sollte. Der Mann am Tisch half ihm weiter.

„Groß oder klein, blond oder schwarz? Wir haben auch einen Rothaarigen. Mit oder ohne Brusthaare? Haben Sie bestimmte sexuelle Wünsche?“

Der Kunde lächelte verlegen.

„Eigentlich wollte ich mich nur mal umschauen, mich unterhalten.“

„Über was für ein Gebiet?“

Hilflos hob der Kunde die Schulter, so etwas hatte er noch nie erlebt. Der Mann am Tisch lächelte, befragte den Computer, nannte einen Namen und eine Nummer. Zögernd drängte sich der Kunde durch den Vorhang. Ein schmaler Gang, rechts und links kleine Nischen, am Ende eine Bar, unter der indirekten Beleuchtung matt schimmernd in den Farben Rot und Schwarz. Gedämpfte Musik im Hintergrund. Hinter der Theke hantierte ein junger Mann, auch er schwarz gekleidet, mit Gläsern und Flaschen und unterhielt sich mit anderen jungen Männern, die gelangweilt auf hohen Barhockern saßen. – Der Kunde suchte die Nummer des Séparées, öffnete die Schiebetür. Ein kleiner runder Tisch mit zwei bequemen Sesseln, an der Wand Bilder homosexueller Art, die der Kunde je nach Temperament und Einstellung mit Wohlgefallen oder Verlegenheit betrachtete. Leise ging die Tür auf. Der junge Mann, der eintrat, war nur mit einer kurzen Hose mit einem breiten silbernen Gürtel bekleidet. Er lächelte.

„Guten Abend. Wünschen Sie etwas zu trinken?“

„Was ist hier üblich?“

„Ich empfehle Champagner, Hausmarke.“

Der Kunde nickte. Leise entfernte sich der junge Mann, kam sogleich mit einem Eiskübel zurück, in dem eine Flasche perlte, sowie zwei Gläsern. Man einigte sich über das Gesprächsthema, stieg bald in den ersten Stock hinauf. In den wenigen Fällen, in denen man sich nicht einigen konnte, rief der junge Mann einen seiner Kollegen, der sogleich kam. Wenn sie den Preis hörten, schluckten so manche Kunden schwer, doch sie kamen immer wieder. Bald hatten die sechs jungen Männer neben der Laufkundschaft ihre eigenen festen Kunden, die regelmäßig kamen.

Verschlafen öffnete Mirko ein Auge, hörte den Regen ans Fenster prasseln und kuschelte sich unter die Decke. Kaum war er wieder eingeschlafen, rasselte der Wecker. Mit einem Schrei fuhr er hoch.

„Stell das verdammte Ding ab.“

„Ist ja gut, kannst ja weiterschlafen“, beschwichtigte ihn Alex und stand auf.

Er raffte seine Kleider zusammen, ging ins Wohnzimmer und zog sich an. In der Küche war der Tisch für zwei Personen gedeckt, in der Thermoskanne heißer Kaffee. Halb verschlafen schlurfte Michael in die Küche, setzte sich zu Alex.

„Ist noch Kaffee übrig?“

Er schenkte sich ein. Alex reichte ihm Brot und Margarine.

„Wann bist du heute früh nach Hause gekommen?“

„Um zwei. Hundemüde bin ich noch. Und Wurst habe ich auch vergessen zu kaufen“, klagte Michael.

„Schreib’s doch auf den Notizblock. Mirko kauft es dann.“

„Der arme Mirko, kommt noch später ins Bett, und trotzdem deckt er uns den Frühstückstisch und kocht uns Kaffee.“

„Dafür kann er bis Mittag schlafen. Soll er nur die Hausarbeit machen.“

Michael kicherte. „Gestern hat er mir sogar mein Bett gemacht.“

„Laß ihn nur. Er weiß ganz genau, was wir an ihm haben."

Schweigend gingen sie die Treppe hinunter. Im zweiten Stock schlug eine Tür zu. Verschlafen, mit hängenden Schultern gesellten sich Frank und Mike zu ihnen.

„Was für ein Hundeleben!"

„Und das noch jahrelang!"

„Schnauze!"

An der Haltestelle der Straßenbahn trennten sie sich. Alex fuhr in die Universität, Frank ins Hotel Hirsch, in dem er eine Lehre als Koch absolvierte, Mike und Michael zu ihrem Buchführungs- und Computerkurs.

Jeden Morgen saß Alex in der Aula der Universität, lernte fleißig und versuchte sich mit Kaffee wachzuhalten. Er hatte sich vorgenommen, sein Diplom so schnell wie möglich zu erwerben, denn ihm war klar, jahrelang konnte er dieses Leben nicht durchhalten. Mittags verzehrte er die Brote, die ihm Mirko mitgegeben hatte, oder er aß in der Mensa. Nachmittags traf man ihn in der Bibliothek der Universität. In ihr fand er die einschlägigen Bücher, die er brauchte, und er konnte einen Computer benutzen. Am späten Nachmittag fuhr er nach Hause und schlief, bis es Zeit war, in die Coro zu gehen.

Bevor die Coro um 21 Uhr seine Tore öffnete, schritten die sieben jungen Männer in den Duschraum, der sich im Untergeschoß des Hauses befand. Lachen, Wortfetzen, Neckereien flogen wie Bälle hin und her.

„Sag mal, mußt du immer so spät nach Hause kommen? Du kannst doch bei uns lernen", fragte Michael Alex, während sie sich abtrockneten.

Er und Mike hatten sich im Erdgeschoß des Wohnhauses, neben Meindls Büro, einen leeren Raum eingerichtet, in dem sie lernen konnten. Ein netter Kunde hatte Mike einen Computer geschenkt, den beide benutzten.

„Nein, danke, lieb von dir. Aber in der Uni-Bibliothek finde ich alles, was ich brauche. Hier würden wir uns doch nur um den einen Computer streiten."

„He, Frank", rief Bernd quer durch den Duschraum. „Mein Termin um neun trinkt nur Kaffee. Machst du uns einen? Drei, vier Tassen genügen. Und der um zehn trinkt Wein mit Wasser, aber nur stilles, keine Kohlensäure, und der um elf …"

„Mensch, gibt der wieder mit seinen ‚Terminen' an", frotzelte Detlef.

„Und wie viele Termine hast du, ha …" lachte Mirko.

„Heute kommt wieder einer, der quasselt mir die Ohren voll über seine Probleme und was für einen Drachen er zu Hause hat", maulte Mike.

„Was für ein Glück, daß wir hier keine Weiber haben“, konterte Frank.

Nach dem Duschen ging Alex in den Umkleideraum, betrachtete sich prüfend in einem bodenlangen Spiegel und war zufrieden mit dem, was er sah. Das Schwimmen am Sonntag und die Besuche im Solarium hatten sich gelohnt. Mirko ging hinter ihm vorbei. Er hatte sich schon umgezogen und zog gerade die Schnalle seines Gürtels fester. Mit einem verheißungsvollen Blick streifte er Alex, dieser formte die Lippen zu einem Kuß. Seit sie in der Coro arbeiteten, hatten sie ja sowenig Zeit füreinander.

Drei Jahre waren seitdem vergangen. Die Coro beschäftigte nun 14 junge Männer, und ihr Ruf war hervorragend. Nie war etwas Unerfreuliches geschehen, nie mußte die Polizei eingreifen. Meindl führte das Haus mit strenger, aber gerechter Hand, und seine Männer respektierten ihn. Obwohl sie hart arbeiten mußten, war die Atmosphäre in der Coro locker und heiter. Stimmengewirr, Lachen und Musik schwirrten durch das Haus.

Die Gruppe der ersten sieben löste sich so langsam auf. Mirko war Meindls Mitarbeiter geworden. Er arbeitete im Büro und kümmerte sich vor allem um die Neuzugänge. Er begleitete sie zum ersten Mal zu Frau Dr. Reb, achtete darauf, daß sie die hygienischen Vorschriften einhielten, sah in ihren Zimmern nach, ob alles sauber und in Ordnung war. Sprach mit ihnen über ihre Zukunftsaussichten und checkte immer wieder den Arbeitsmarkt und dessen Möglichkeiten durch. Vor allem die Jüngeren kamen mit ihren Sorgen und Problemen zu ihm. So hatte er sich einen kleinen Raum im ersten Stock der Coro als Gesprächszimmer eingerichtet, um jederzeit erreichbar zu sein.

Michael hatte sich vor einem halben Jahr im Rechenzentrum des Al-Wa-Hauses beworben – die Stelle war in einem Handelsblatt ausgeschrieben gewesen – und wurde anstandslos eingestellt. Seitdem traf er sich jeden Sonntag mit Alex in einem Mineralbad und informierte ihn über sämtliche Vorkommnisse in der Firma.

Frank hatte seine Meisterprüfung bestanden, Mike hatte die Genehmigung, einen Betrieb zu führen, in der Tasche. Den Rat Meindls, sich zuerst eine Stelle in einem Restaurant oder Hotel zu suchen, lehnten sie ab. Sie wollten den Sprung ins kalte Wasser wagen und sich selbständig machen. Wollten zusammenbleiben und zweifelten, ob sie beide gleichzeitig eine Stellung finden würden. Doch am liebsten wäre es ihnen – aber das wollten sie sich nicht einmal selbst eingestehen –, im

Viertel bleiben zu können, in dem sie sich wohl fühlten und in dem sie ihre Freunde hatten. So blieben sie in der Coro, horchten sich um, lasen den Immobilienteil der Zeitung. Es war Detlef, im Rotlichtviertel kannten ihn Hinz und Kunz, der hörte, daß zwei Straßen weiter, etwas außerhalb des Viertels, ein Haus mit einer Gaststätte und zwei kleine Wohnungen zum Verkauf ausgeschrieben waren.

Frank und Mike eilten sofort zu der angegebenen Adresse. Nachdem sie das Haus vom Dachboden bis zum Keller durchstöbert hatten, sahen sie sich an und nickten: „Genau das Richtige für uns". Doch woher soviel Geld nehmen und nicht stehlen? Nach langer Beratung klingelten sie an der Tür der Dachstockwohnung.

Es war an einem Sonntagnachmittag, und Alex und Mirko saßen faul auf dem kleinen Balkon in der Sonne und tranken Kaffee. Frank und Mike setzten sich dazu und sprachen über ihre Probleme.

„Seid ihr sicher, daß es das richtige Haus für euch ist?"

„Bombensicher."

„Dann geht zu Fabius in die Mack-Bank und laßt euch einen Kredit geben. Ich geb' euch ein Empfehlungsschreiben mit."

„Und die Sicherheiten? Wir haben nichts."

„Ich bürge für euch."

„Ist dir klar, auf was für ein Risiko du dich da einläßt?"

„Ich vertraue euch und weiß, ihr werdet das Geld pünktlich zurückzahlen."

„Wir danken dir, Alex. Wenn es sein muß, werden wir Tag und Nacht arbeiten."

Sie blieben auf dem Balkon sitzen, genossen die wenigen Augenblicke der Ruhe in ihrem hektischen Leben.

„Fabius, Fabius …" fing Mike an zu sinnieren. „Wo hab' ich den Namen schon mal gehört?"

Er sah Frank an, auch der stutzte.

„Na klar, ist bestimmt der von KIDS."

„KIDS?" wunderte sich Alex. „Ja, irgendwas ist Fabius bei KIDS, nur was, weiß ich nicht. Wollte es mir nie sagen."

„Er verwaltet die Spendengelder und hilft in seiner Freizeit im Büro dort."

„Ach nee, der Fabius, wer hätte das gedacht. Von wo wißt ihr das alles?"

„Noch von der Zeit, in der wir auf der Straße waren. So etwas spricht sich rum."

Frank und Mike bekamen den Kredit, kauften das Haus, nannten das Lokal „Die Ente" und zogen glücklich in ihre eigene Wohnung.

Am nächsten Tag siedelten Mirko und Alex zu Bernd und Detlef in den zweiten Stock um.

Die Coro schlug die Werbetrommel für die „Ente", und ihr Tamtam breitete sich im ganzen Viertel aus, die Welle ihres Echos hörte man in der ganzen Stadt. Frank und Mike behielten recht. Sie mußten Tag und Nacht schuften, doch die „Ente" lief und lief und lief.

Alex hatte sich einige Tage Urlaub genommen, um sich auf die Prüfungen vorzubereiten. Er lernte vorwiegend nachts, wenn das Haus leer war und er die nötige Ruhe hatte.

Am zweiten Urlaubstag, es ging auf Mitternacht zu, läutete sein Handy. Es war der Türhüter der Coro.

„Tut mir leid, Alex. Ich weiß, du hast Urlaub. Aber da ist ein Kunde, der dich ausdrücklich verlangt. Sagte, er müßte mit dir was besprechen, es würde nicht lange dauern."

„Wer ist es denn?"

„Kenne ich nicht. Er war noch nie hier."

„Und wieso kennt er mich?"

„Sagte, ein Freund von ihm hätte so von dir geschwärmt."

„Also gut, ich komme."

Mit einem Seufzer räumte er die Bücher weg, zog sich um und schalt sich ob seiner Gutmüdigkeit.

„Nummer sechs", begrüßte ihn der Türhüter.

Mit einer Champagnerflasche und zwei Gläsern ging er zu dem Séparée, öffnete die Tür und blieb wie angewurzelt stehen, als er den Kunden sah.

„Herr Pohl?" Schnell faßte er sich wieder. „Sie hier? Sie sind doch verheiratet – oder sind Sie bi?" fügte er sarkastisch hinzu, um seine Verlegenheit zu verbergen.

„Erschrecken Sie nicht, Herr W…"

Alex schüttelte den Kopf. „Bitte keine Namen, nur Alex."

Er hatte Flasche und Gläser auf den Tisch gestellt, schenkte ein. Herr Pohl fühlte sich alles andere als wohl in seiner Haut, nervös trommelten seine Finger auf dem Tisch.

„Ich wurde von einigen treuen Mitarbeitern des Al-Wa-Hauses hierher geschickt. Mit der Firma steht es nicht zum besten, und wir wollen, daß Sie ins Al-Wa-Haus zurückkehren."

„Wie haben Sie mich überhaupt gefunden?“

„Ein Mitarbeiter, der Name tut nichts zur Sache, war vor einer Woche hier und hat Sie gesehen.“ Verschwörerisch lehnte sich Pohl über den Tisch. „Außerdem, damals beim Möbelkauf, das Siegel, Ihre Unterschrift. Und dann der Name Meindl auf dem Scheck. Ich habe mich erkundigt. In gewissen Kreisen ist er nicht ganz unbekannt. Auch das hier nicht.“

Alex lächelte. „Und was schließen Sie daraus?“

„Daß Sie sich darauf vorbereiten, ins Al-Wa-Haus zurückzukehren.“

„Sie haben richtig gedacht. Ich werde zurückkommen. Nur, es ist noch zu früh. Ich bin mit meinem Studium noch nicht fertig, außerdem …“

„Sie können vom Al-Wa-Haus aus zur Universität gehen“, schlug Pohl vor.

„Außerdem, solange meine Mutter den Betrieb leitet, werde ich keinen Fuß über die Schwelle setzen.“

„Ihre Mutter sitzt zwar den ganzen Tag in ihrem Büro, doch leiten tut sie die Firma schon lange nicht mehr.“

In einem Zug hatte Pohl sein Glas geleert, Alex schenkte ihm nach, und Pohl griff wieder zum Glas. Auch Alex hob sein Glas und prostete ihm zu, nippte nur daran.

„Schmittchen hat die Leitung der Firma an sich gerissen, und seitdem bilden sich einige Mitarbeiter ein, daß Firmengelder verschwinden.“

„Und? Was soll ich dabei tun?“ Unbeteiligt saß Alex auf seinem Platz.

„Ich sagte es schon. Zurückkommen, nach dem Rechten sehen. Ich vermute, daß Schmittchen krumme Sachen macht, habe aber keine Beweise.“

„Ja, glauben Sie, ich habe Beweise?“

„Wir vermuten … nein, ich will Ihnen klaren Wein einschenken. Vor allem Frau Peritz und ich vermuten, nein, wir sind uns sicher, daß Sie einen – nun, wie soll ich es nennen, ‚Informanten‘? – in die Firma eingeschleust haben.“

Alex lachte: „Und?“

„Wer ist dieser Informant? Was weiß er? Warum haben Sie ihn eingeschleust? Was erzählt er Ihnen?“

„Warum drängen Sie mich so, daß ich zurückkomme?“ blockierte Alex die Fragen Pohls ab.

„Sie sind ein W. Nein, keine Angst, ich nenne keine Namen. Mein Vater hat unter Ihrem Großvater gearbeitet. Ich unter Ihrem Vater. Mein Sohn ist vor vier Wochen in die Firma eingetreten. Auch er will unter einem W. alt werden.“

Nachdenklich schaute Alex Pohl an. Nie hatte er so klar die Firma als Familienunternehmen gesehen, in der sich auch die Familienangehörigen der Angestellten als dazugehörig fühlten.

„Sie haben recht. Ich habe einen Freund in der Firma, der mich auf dem laufenden hält. Ich habe ihn aber nicht hineingeschleust, wie Sie es formulieren. Ich habe ihm nur den Tip gegeben, sich im Al-Wa-Haus zu bewerben. Ich werde mit ihm sprechen, er setzt sich dann mit Ihnen in Verbindung."

„Wie erkenne ich ihn?"

„Er kennt Sie."

„Hat Ihr Freund auch hier gearbeitet?" fragte Pohl skeptisch. Alex nickte.

„Ich habe die Bewerbungen dieses Jahres noch einmal durchgesehen. Habe bei keinem einen Hinweis auf dieses Milieu hier finden können." Er zögerte. „Nichts für ungut, aber ist Ihr Freund der richtige Mann fürs Al-Wa? Sie kennen mich ja und wissen, daß ich die Bewerber für die Firma sehr genau aussuche", entschuldigte sich Herr Pohl.

„Ich auch, Herr Pohl, ich auch", lächelte Alex, doch seine Augen blieben ernst. Pohl nickte.

Er war zufrieden mit dem Ergebnis des Gespräches.

„Frau Peritz hat mich gebeten Sie zu fragen, wie sie Ihnen helfen könnte. Sie kennen ja ihre Loyalität Ihrer Familie gegenüber."

„Arbeitet Sie noch als Privatsekretärin?"

„Ja, bei Ihrer Mutter."

„Kann sie mit Ihnen zusammenkommen, ohne daß es auffällt?"

„Sie muß immer wieder mal in mein Büro kommen. Auch in der Kantine treffen wir uns."

„Können Sie in Ihrem Büro ungestört reden?"

„Ja, meine Sekretärin gehört zu uns."

Alex nickte. „Ich nehme an, wenn Schmittchen die Leitung der Firma übernommen hat, wird er öfters mit meiner Mutter zusammenkommen. Sagen Sie Frau Peritz einen schönen Gruß von mir, und sie soll versuchen herauszubekommen, was meine Mutter und Schmittchen zu besprechen haben. Wenn meine Mutter Akten von Schmittchen bekommt, soll sie versuchen, diese zu kopieren oder zumindest durchzulesen. Mein Freund wird Ihnen sagen, wo Sie sich ungestört treffen können. Wir haben schon genug herausbekommen, um zu wissen, daß Schmittchen und wahrscheinlich auch meine Mutter dabei sind, eine riesige Sauerei zu machen. In dem Moment, in dem wir genügend Beweise haben, werde ich zurückkommen. Bis dahin Stillschweigen. Kein Wort zu niemandem."

„Wie Sie es wünschen, Junior", grinste Pohl.

Sie standen auf.

„Sehen wir uns wieder?"

„Nicht bevor ich in die Firma zurückkomme. Und kommen Sie bitte nicht wieder hierher. Es ist nicht gut, wenn man uns zusammen sieht."

Pohl nahm sein Geldbeutel heraus. „Wieviel …?"

„Sie sind mein Gast", wehrte Alex ab.

„Danke." Erleichtert steckte Pohl sein Geld wieder ein. ‚Wer weiß, was das hier alles kostet', dachte er. An der Tür drehte er sich noch einmal um.

„Wie geht es Herrn Bosch? Er ist doch hier, oder …"

„Danke, Mirko geht es gut. Er hat hier seine Lebensaufgabe gefunden."

Pohls Augen weiteten sich vor Entsetzen.

„Nicht, was Sie denken", lachte Alex, „Mirko ist Mitarbeiter von Meindl geworden und kümmert sich um die Jungs hier."

Der Alarm schrillte durch das Haus. Über Meindls Schreibtisch leuchtete die Nr. 6 auf.

„Alex!" Wie von der Tarantel gestochen sprang Mirko auf, rannte die Treppe hoch. Von der Bar humpelte Meindl, so schnell es ihm sein steifes Bein erlaubte, heran. Auf dem Flur hatte sich die Belegschaft der Coro mit ihren Kunden um einen älteren Mann versammelt, der vor der Tür Nr. 6 stand und sich das Gesicht abwischte. Über seine nackte Brust und die Unterhose rann schleimiges, gelbes Erbrochenes.

„Dieses Schwein", schrie er. „Einfach auf mich zu kotzen. Warum bleibt er nicht zu Hause, wenn ihm danach ist?"

„Es ist nichts geschehen. Bitte gehen Sie in Ihre Räume zurück", ermahnte Mirko die Jungs, die sich langsam, zögernd zurückzogen. Meindl trat zu dem älteren Herrn.

„Kommen Sie bitte mit ins Bad. Dort können Sie sich waschen."

„Und was ist mit meiner Unterhose? Drinnen meine Hose sieht genauso aus." Mit einer Kopfbewegung zeigte er auf die Tür hinter sich.

„Kaufen Sie sich einen neuen Anzug und schicken Sie mir die Rechnung."

„Ha, für Sie ist das schnell erledigt. Aber ich? Was soll ich meiner Frau sagen?"

„Das ist Ihr Problem."

Gemeinsam stiegen sie die Treppe hinunter.

Mirko riß die Tür des Zimmers auf und blieb erschrocken stehen. In seinem eigenen Erbrochenen lag Alex zusammengekrümmt auf dem Bett. „Um Himmels willen, was hast du denn?“ Mirko schüttelte ihn, nur ein Stöhnen war die Reaktion. Das Gesicht war blaugrün geschwollen. Mirko betätigte sein Handy und rief Meindl an.

„Halten Sie den Mann fest und rufen Sie die Polizei. Alex wurde angegriffen.“

Danach rief er Frau Dr. Reb an.

„Hier Bosch, bin in der Coro. Tut mir leid, Sie so spät aus dem Bett zu holen. Aber Alex liegt auf dem Bett und erbricht sich.“

„Wenn er bewußtlos ist, legen Sie ihn auf die Seite, anderenfalls genügt es, wenn Sie ihm den Kopf nach links drehen. Ich bin gleich da.“

Während Frau Dr. Reb, so schnell sie konnte, zur Coro eilte, dachte sie wieder einmal darüber nach, wie äußerst selten sie in diesen dreieinhalb Jahren nachts zur Coro gerufen worden war. Und wenn, waren es nur Bagatellen, meist Verletzungen, durch Unvorsichtigkeit oder Leichtsinn verursacht. Und jetzt dieser Hilferuf! Sie ging noch schneller, öffnete das Gitter, das den Durchgang zum Hinterhof versperrte, und schlüpfte hindurch. Ein Polizeiwagen stand auf der Straße. Das Büro war hell erleuchtet, und sie bemerkte hinter dem Fenster zwei Männer in Uniform. Im Club selber war es ruhig, nach ihrem Geschmack zu ruhig. Sie hastete die Treppe hoch. Alex lag auf der Seite und schien zu schlafen. Mirko hatte das Bettzeug in eine Ecke geworfen und Alex, so gut er konnte, gesäubert. Eine Lampe über dem Bett verbreitete diffuses Licht.

„Ich brauche mehr Licht.“

Wortlos schaltete Mirko die Deckenbeleuchtung ein. Frau Dr. Reb tastete Alex’ Gesicht ab.

„Gebrochen scheint nichts. Was hat er denn heute gegessen?“

„Heute abend das gleiche wie wir alle, keinem ist schlecht geworden. Und heute mittag in der Mensa.“ Er hob die Schultern. „Haben Sie was von verdorbenem Essen gehört?“

„Nein.“ Frau Dr. Reb wusch sich die Hände. „Am besten, wir bringen ihn nach Hause. Haben Sie etwas, mit dem er transportiert werden kann?“

„Eine Trage.“

Mirko eilte hinaus und kam mit Bernd zurück. Gemeinsam trugen sie Alex über den Hof. Auf dem Flur vor dem Büro begegneten sie den Polizisten.

„Ist das der Mann, der angegriffen wurde? Wir müssen ihm ein paar Fragen stellen."

„Kommen Sie morgen wieder. Momentan ist er nicht vernehmungsfähig."

„Wer sind Sie denn?" blaffte sie der andere Polizist an.

„Ich bin nur der Arzt", antwortete Frau Dr. Reb kurz angebunden und ließ zwei verdutzte Polizisten zurück.

Warm eingepackt, ein mit Heilkräutern getränktes Tuch auf dem Gesicht, schlief Alex ein.

„Momentan kann ich nichts mehr machen. Kochen Sie einen leichten schwarzen Tee ohne Zucker, und wenn er aufwacht, geben Sie ihn ihm. Aber nur schluckweise."

„Ja, ich weiß Bescheid."

„Wieso? Wie meinen Sie das?"

„Es ist nicht das erste Mal, daß er spuckt. Nur, heute war es besonders schlimm."

„Und das erfahre ich erst jetzt?" erboste sich Frau Dr. Reb. „Wann hat es angefangen?"

„Weiß nicht mehr so genau. Nur, es war immer nachts, wenn er von der Coro nach Hause kam."

„Ach", staunte Frau Dr. Reb. „Das ist ja hochinterresant!" Sie ging zur Eingangstür. „Er wird bestimmt die Nacht durchschlafen. Sobald er sich morgen besser fühlt, soll er zu mir in die Praxis kommen."

„Aber was soll ich machen, wenn es wieder losgeht?"

„Wird es nicht. Nicht hier."

„Sie meinen, es hat mit der Arbeit in der Coro zu tun?" Mirko lief hinter ihr die Treppe hinunter.

„Ich will noch nichts sagen. Erst wenn ich mit ihm gesprochen habe."

Im Treppenhaus wartete Bernd auf Mirko.

„Bleib bei Alex. Ich sag's dem Meindl, daß du heute nacht nicht mehr kommst. Er wird es verstehen."

Mirko schüttelte den Kopf. „Ich muß das Zimmer putzen."

„Das mach' ich schon."

„Das brauchst du doch nicht!"

„Es ist für Alex. Du weißt, für ihn mache ich alles."

Sorgenvoll ging Mirko in die Wohnung zurück, löschte die Lichter und legte sich hin, konnte aber nicht einschlafen. Immer wieder hob er den Kopf, horchte auf Alex' Atemzüge, die allmählich ruhiger wurden. Er hörte Bernd und Detlef nach Hause kommen. Sah, wie die Tür vorsichtig aufging und ein Kopf hereinlugte. Er legte einen Finger an den Mund.

„Alles in Ordnung. Er schläft“, flüsterte er.

„Ruf uns, wenn du uns brauchst“, flüsterte es zurück, und die Tür schloß sich wieder.

Er befand sich in einem tiefen, schwarzen Brunnen. Ein schrilles Geräusch, das er nicht orten konnte, zermarterte sein Gehirn. Er versuchte sich zu befreien, verzweifelt ruderte er mit den Armen. Wellen von Licht und Dunkel überfluteten ihn. Mit letzter Anstrengung kam er ans Licht und öffnete die Augen.

Er lag auf seinem Bett, fahles Licht fiel vom Fenster herein. Laute Stimmen drangen an sein Ohr und verursachten ihm Kopfschmerzen. Unwillig drehte er sich zur Seite, und eine Welle von Übelkeit packte ihn. Da erinnerte er sich an das, was geschehen war, und sein Herz wurde bitter.

Noch im Pyjama kam Mirko herein und sah, daß er wach war.

„Tut mir leid, Alex, aber draußen stehen zwei Polizisten, die sich nicht abweisen lassen. Sie haben ein paar Fragen an dich wegen gestern nacht.“

Alex nickte, tastete vorsichtig sein Gesicht ab.

„Sieht's schlimm aus?“

„Nicht mehr so geschwollen und in allen Farben schillernd. Ich bring' dich nachher zu Frau Dr. Reb. Sie hat schon angerufen, wie es dir geht.“

„Laß die Polizisten rein.“

Vorsichtig versuchte er sich aufzurichten, setzte sich hin, kämpfte gegen die Übelkeit. Mit den Polizisten kam auch Meindl herein. Vor der Tür hörten sie Bernd und Detlef flüstern.

„Kann ich Ihre Papiere sehen?“ fragte der erste barsch.

Alex zeigte zur Kommode, und Mirko nahm den Personalausweis heraus.

„Sind Sie gemeldet? Sind Sie überhaupt berechtigt, hier zu arbeiten?“

„Ich verbitte mir solche Fragen“, empörte sich Meindl. „Alle meine Männer sind vorschriftsmäßig gemeldet. Wir haben hier nichts zu verbergen. Wenn Sie so mißtrauisch sind, fragen Sie doch die Sitte.“

„Was genau ist gestern geschehen?“ beschwichtigte der zweite.

„Sie sehen es ja. Mir ist schlecht geworden, und der Kunde hat mir umgehend die Quittung dafür gegeben“, antwortete Alex zynisch.

„Sie haben das Recht, Anzeige zu erstatten."

„Will ich nicht. Wozu auch? Ich würde ja doch kein Recht bekommen."

„Und Schmerzensgeld?"

Alex schüttelte den Kopf. „Hat keinen Wert. Ist Berufsrisiko", und er verkroch sich wieder unter der Decke.

„Der Mann wird Schmerzensgeld zahlen, dafür werde ich sorgen", mischte sich Meindl ein. „Und jetzt gehen Sie bitte. Sehen Sie nicht, wie krank er ist?"

Fünf Minuten später kam Meindl mit Bernd herein.

„Unten steht mein Wagen."

Gemeinsam zogen sie Alex an, führten ihn die Treppe hinunter, setzten ihn in den Wagen und fuhren zu Frau Dr. Reb.

„Am besten, Sie lassen ihn zur Beobachtung für ein paar Tage hier."

Das Gästezimmer lag im Halbdunkel, die Türe war angelehnt. Alex lag in einem bequemen Bett und horchte auf die Geräusche der Wohnung. Die Putzfrau war gekommen, in der Küche klapperte Geschirr, der Staubsauger surrte. Es erinnerte ihn an zu Hause, an Frau Mohn, sein „Möhnchen". Wehmut erfaßte ihn und milderte seinen Haß, und das Verlangen, nach Hause zurückzugehen, übermannte ihn. Mit diesem Gefühl schlief er ein.

Als er aufwachte, saß Frau Dr. Reb an seinem Bett. Eine Teekanne stand auf einem kleinen Tisch daneben.

„Wollen Sie was essen?"

„Nein danke."

„Dann reden Sie." Aufmunternd nickte sie ihm zu.

„Müssen sie mich nicht untersuchen?"

„Das hat Zeit bis morgen. Höchstwahrscheinlich ist alles seelisch bedingt. Da hat sich viel aufgestaut im Laufe der Jahre."

Er richtete sich auf, trank einen Schluck Tee. Minutenlang blieb er still, schaute zur Decke hoch, und seine Gedanken schweiften in die Vergangenheit.

„Nach Meinung meiner Eltern hat mir in meiner Kindheit nie etwas gefehlt. Ich brauchte nur mit dem kleinen Finger zu winken, schon bekam ich, was ich wollte. Doch was ich am meisten brauchte, Liebe und Geborgenheit, das bekam ich nie, nicht bei den Eltern, die ich hatte. Erst als Mirko kam … Meine Eltern, vor allem meine Mutter, empfanden nur Abscheu für Mirko. Auch mein Vater, obwohl er versucht hatte, ihm zu helfen. Sie konnten einfach nicht begreifen, daß wir uns liebten."

Stockend, mit langen Phasen des Schweigens, versuchte er, sein verpfuschtes Leben zu verstehen.

„Die Straße, der Park, die Coro, das alles ist ein Alptraum für mich geworden. Wenn nicht Mirko und die anderen gewesen wären … auch Sie."

Er richtete sich auf, packte Frau Dr. Reb am Arm.

„Sagen Sie mir ehrlich, kennt Liebe ein Geschlecht?"

„Nein, Alex, Liebe ist die Stimme des Herzens, und Herzen sind alle gleich."

Er ließ sich zurückfallen.

„Warum habe ich keine Mutter wie Sie gehabt? Es wäre mir so manches erspart geblieben."

„Sie sind noch zu jung, um das alles zu begreifen. Später einmal, wenn Sie älter sind, werden Sie erkennen, daß das alles einen Sinn hatte."

„Sie haben gut reden. Was wissen Sie schon von der ganzen Sch… hier?"

Sie stand auf, ziellos durchquerte sie den Raum, rückte eine Vase zurecht, wischte ein Staubkorn, wo keines war.

„Schon als Kind wollte ich Ärztin werden. Meine Eltern waren dagegen. So verließ ich nach dem Abitur mein Elternhaus und zog in eine andere Stadt. Mußte mir meinen Unterhalt, mein Studium verdienen. In einem Krankenhaus, nachts und in den Ferien."

Sie war stehengeblieben, blickte ins Leere.

„Habe früh geheiratet. Mein erstes Kind, ein Mädchen … Sie war 13, als sie vor der Schule von einem Mann angesprochen wurde. Ich hatte keine Zeit für sie. Meine Arbeit, meine gesellschaftlichen Verpflichtungen waren mir wichtiger. Bis ich es merkte, war es zu spät. Sie starb in meinen Armen, an einer Überdosis. Ich konnte ihr nicht mehr helfen." Ihre Stimme erstarb.

„Entschuldigen Sie, ich wußte nicht …" Zaghaft kam seine Stimme. „Wohnen Sie deswegen hier? Helfen Sie uns deswegen?" wagte er zu fragen.

„Sie sollte nicht umsonst gestorben sein."

Es wurde still im Raum. Straßenverkehr rauschte in der Ferne. Endlich stand sie auf. „Ich muß noch einige Hausbesuche machen. Bleiben Sie ruhig liegen. Ich komme bald. Und vergessen Sie nie, auch Ihr gegenwärtiges Leben wird nicht umsonst sein."

Sie ging zur Tür.

„Frau Doktor?"

Sie blieb an der offenen Tür stehen, wendete den Kopf.

Schüchtern lächelte er ihr zu.

„Danke. Was Sie mir sagen wollten, ich habe es verstanden."

Am nächsten Tag schickte Frau Dr. Reb Alex zu einem Internisten. Als sie die Ergebnisse der Untersuchung in den Händen hatte, bestellte sie ihn zu sich.

„Wie ich vermutete. Organisch sind Sie vollkommen gesund, es ist alles seelischen Ursprungs. Seit wann haben Sie diese Beschwerden?"

„Seit Jahren. Schon im Park ist mein Magen vor lauter Ekel Achterbahn gefahren. Später hat es mich dabei gewürgt. In letzter Zeit wurde es schlimmer. Manchmal fing es an, bevor ich die Coro betrat."

„Dann ist es höchste Zeit, das Sie aufhören, dort zu arbeiten."

„Nein, das kann ich nicht, noch nicht. Mir fehlen nur noch sechs Monate bis zu meiner Abschlußprüfung. Solange muß ich durchhalten."

„Das verstehe ich nicht. Was hat Ihr Studium mit der Coro zu tun?"

„Es ist wegen der Unterkunft, sie ist mit der Coro gekoppelt. Also keine Arbeit, keine Wohnung. Und wenn ich keine Arbeit habe, wo soll ich dann hin?"

„Sie können sich doch was anderes suchen. Haben Sie nichts gespart?"

„Von was denn? Die Leute haben eine total falsche Vorstellung vom Verdienst in diesem Gewerbe. Auf den ersten Blick sieht es ja aus, als ob wir das große Geld machen würden. Aber ich muß damit mein Zimmer, mein Essen bezahlen. Und der Meindl will auch von was leben. Und dann kommen die sogenannten Kleinigkeiten. X-mal in der Woche zum Friseur, ins Schwimmbad, ins Sonnenstudio, womöglich noch Bodybuilding. Das alles brauchen wir in dem beschissenen Beruf."

„Und wenn Sie weiter in der Coro arbeiten, wird Ihr Leiden chronisch, dann können Sie überhaupt nichts mehr machen."

Verzweifelt schüttelte Alex den Kopf, ballte die Hände zu Fäusten, schluckte die Tränen hinunter.

„All die Jahre voller Entbehrungen, Demütigungen, die Angst, die schlaflosen Nächte, alles für nichts und wieder nichts?"

Als sie ihn weiterhin krank schreiben wollte, wehrte er ab. „Ich muß zur Uni, kann keinen Tag versäumen."

Ohne ein weiteres Wort stand er auf und ging. Kaum war Frau Dr. Reb allein, griff sie zum Telefonhörer und rief Meindl an.

„Wir haben ein Problem."

„Nein, nicht schon wieder. Wer ist es jetzt?“

„Alex.“

„Ausgerechnet der. Ist es wegen seiner Übelkeit? Er ist doch nicht schwanger?“

„Lassen Sie Ihre blöden Witze. Es ist ernster, als es aussieht. Er kann nicht mehr in der Coro arbeiten, keinen Tag länger. Aber so wie ich ihn kenne, wird er es trotzdem versuchen, und das müssen wir verhindern. Wo können wir uns sehen?“

„Haben Sie heute abend Zeit? Gehen wir essen?“

Sie saßen in der „Ente“ an ihrem Stammtisch vor einem Teller Gaisburger Marsch. Danach erläuterte Frau Dr. Reb Alex' Krankheit und seine Sorgen wegen der Unterkunft.

„Soviel ich weiß, gibt es in dieser Stadt ein Haus, das der Familie Waletzki gehört“, stellte sich Meindl stur.

„Da geht er nie ohne Diplom zurück. Wegen dem halben Jahr, drücken Sie doch ein Auge zu.“

Meindl blieb hart: „Er kann seinen Resturlaub nehmen. Solange kann er im Wohnbereich der Coro bleiben. Keinen Tag länger.“

Als Frau Dr. Reb protestieren wollte: „Verstehen Sie mich doch. Ich hole meine Jungs immer noch von der Straße, und die brauchen ein Dach über dem Kopf. Ich habe die leere Wohnung im ersten Stock ausbauen, bei den anderen zwei Wände einschieben müssen. Wir sind überbelegt. Kann ich was dafür, daß das Geschäft in der Coro so gut läuft, daß ich mehr Männer einstellen mußte, als ich ursprünglich im Sinn hatte?“

Einsichtig nickte sie. Da kam Mike mit einer Flasche Wein an ihren Tisch und begrüßte sie herzlich: „Auf Kosten des Hauses.“

„Ah, Mike, gerade fällt mir ein, die Coro hat noch keinen Speiseplan für diese Woche.“

„Ist schon in Ordnung, Meindl. Mirko war heute morgen da und hat mit Frank darüber gesprochen. Sie wollen nämlich einiges ändern, irgendwas mit vegetarisch.“

„Davon weiß ich ja gar nichts. Da sieht man, was alles hinter meinem Kopf ausgeheckt wird. Na ja, ist auch egal. Aber sagen Sie mal, Ihre zweite Wohnung, ist die noch leer? Das wäre doch was für Alex?“

„Tut mir leid, Meindl, Jens ist vor kurzem eingezogen.“

„Jens?“ ließ sich Frau Dr. Reb ablenken. „Ist das nicht einer von der Coro?“

„Ja, er wird als Kellner hier arbeiten. Wurde auch Zeit, daß wir jemanden bekommen."

Und er eilte zum nächsten Tisch, um neue Gäste zu begrüßen. Frau Dr. Reb schenkte sich Wein ein.

„Wäre eh nichts für Alex. Hätte hier keine Ruhe zum Lernen." Während sie den Satz noch aussprach, hatte sie einen Geistesblitz.

„Ja, das wäre eine Lösung."

„Was denn?" fragte Meindl neugierig.

„Erzähle ich Ihnen, wenn es klappt."

Etliche Tage später kam Mirko mit einem Neuzugang zu ihr in die Praxis. Sie rief ihn herein.

„Wie geht es Alex?"

„Danke. Er geht wieder fleißig zur Uni."

„Hat er Ihnen erzählt, daß er nicht mehr in der Coro arbeiten darf?"

Mirko seufzte. „Er ist total verzweifelt. Hat erst mal seinen Resturlaub genommen, aber dann ...!?"

„Ich muß mit Ihnen beiden sprechen. Haben Sie am Sonntag Zeit? Kommen sie doch zu einem Kaffee zu mir."

Entgeistert sah Mirko sie an. „Zu Ihnen?"

„Kommen Sie, bitte. Es ist wichtig."

Sie standen vor der Tür, einen Blumenstrauß in der Hand. Verlegen saßen sie vor ihrem Teller mit Kuchen und sahen sich neugierig um. Antike und moderne Möbel mit viel Geschmack und Augenmerk zusammengestellt. Fensterbänke voller Blumen.

„Ich möchte Ihnen einen Vorschlag machen. Doch zuvor habe ich ein paar Fragen an Sie, Mirko. Müssen Sie auch Ihre Miete mit Ihrer Arbeit bezahlen?"

„Ja, sicher, müssen alle", wunderte sich Mirko.

„Und nehmen wir an, also nur angenommen, Sie ziehen um, aus welchen Gründen auch immer, arbeiten aber weiter in der Coro?"

Verwirrt runzelte er die Stirn: „Dann bekomme ich das Geld ausbezahlt."

„Ich will nicht wissen, wieviel es ist. Nur, würde es für den Unterhalt von Alex reichen?"

Verwirrt sahen sie sich an.

„Ja", antwortete Alex an seiner Stelle. „Ich denke schon. Brauche eh nicht viel. Aber warum?"

„Oben im Dachgeschoß ist die leere Bude von Oliver."

„Von wem?"

„Meinem Sohn. Er ist vor ein paar Monaten zu seiner Freundin gezogen. Außer seinen persönlichen Sachen ist alles noch oben. Könnten Sie sich vorstellen, hier zu wohnen, bis Sie, Alex, Ihr Diplom haben? Sie hätten hier die nötige Ruhe zum Lernen, und Sie, Mirko, würden es nicht weit zur Coro haben."

„Hier bei Ihnen?"

Sie waren sprachlos vor Erstaunen, ein Erstaunen, das immer mehr in Begeisterung umschlug.

„Hm, ich würde mich freuen."

„Könnten wir die Bude sehen?"

Unter dem schrägen, großen Fenster stand ein Schreibtisch mit einem Computer darauf. Daneben ein Bett. Ein großer Schrank. Eine Tür am Ende des Flures führte zu einer kleinen Küche.

„Das ist ja eine kleine Wohnung!" staunten sie.

„Wenn Sie baden wollen, müssen Sie zu mir hinunterkommen."

„Wir können in der Coro duschen", antwortete Mirko, sah dabei Alex an. „Auch du, Meindl hat bestimmt nichts dagegen."

Alex strahlte. Er sah sich schon am Schreibtisch sitzen, über sich den Himmel mit seinem Wolkenspiel, die Sterne, die Sonne, den Regen, den Schnee.

„Kann ich den Computer benutzen?"

„Mein Sohn hat bestimmt nichts dagegen."

Wieder im Wohnzimmer, griff Mirko mit einem fragenden Blick die Kaffeekanne und schenkte zuerst Alex, dann sich selber ein. Alex suchte seine Zigaretten – „Darf ich?" –, zündete zwei an, reichte eine Mirko. Ihre Bewegungen, ihre Blicke, ihre Mimik. Frau Dr. Reb spürte ihre Ausstrahlung, den Gleichklang ihrer Seelen. Lange blieben sie still, überlegten.

„Wir kommen gerne, doch sechs Monate sind eine lange Zeit. Zumindest die Nebenkosten wollen wir begleichen."

Frau Dr. Reb wollte protestieren.

„Bitte."

Da gab sie nach.

Alex war glücklich, nicht mehr in die Coro gehen zu müssen, morgens nicht mehr todmüde aufzustehen, ohne Streß zu lernen.

Am nächsten Tag packten sie ihre Habseligkeiten – die Möbel ließen sie für ihre Nachfolger stehen – und zogen um.

Alex lud seine Freunde in die „Ente“ ein. Sie saßen im Hinterzimmer. Kerzenleuchter auf dem Tisch, das gute Service, der beste Wein. Sie aßen chinesisch.

„Oho, nobel, nobel. Alex verwandelt sich wieder in einen Waletzki.“

Alex zierte sich, lächelte verlegen. „Ich bin immer beides gewesen, und für euch werde ich Alex bleiben.“

„Wir freuen uns, daß du den Absprung von der Coro geschafft hast, auch wenn die Umstände nicht so angenehm waren.“

„Und wann gehst du in deine Firma zurück?“

„Im Frühjahr hoffe ich die Abschlußprüfungen zu bestehen. Eher gehe ich nicht zurück.“

„Kann ich Herrn Pohl über dein Ausscheiden aus der Coro berichten?“

„Warte noch etwas. Ich möchte zuvor mit meinem Professor sprechen. Jetzt, wo ich mehr Zeit habe ... vielleicht gibt es eine Möglichkeit, mein Diplom noch schneller zu erwerben. So können wir den Tag ins Auge fassen, an dem ich ins Al-Wa-Haus zurückgehe.“

„Dann solltest du anfangen, dich mit der Belegschaft, zumindest mit den Mitgliedern der Verwaltung, zu treffen.“

Michael schaute sich um. Die schweren Holzbalken, die in Bleiglas gefaßten bunten Fenster, das Kupfergeschirr an den Wänden.

„Wie wäre es hier?“

„Es ist noch zu früh. Du weißt, daß viele in der Firma mir nicht wohl gesonnen sind. Wie soll ich wissen, wer Feind und wer Freund ist?“

„Die wirst du auch noch haben, wenn du zurückkommst. Herrgott, Alex, du kannst doch nicht einfach dort hineinspazieren und sagen: ‚Hallo, da bin ich wieder.‘ Die Belegschaft muß vorbereitet werden.“

„Das tut ihr doch schon längst!“ schnauzte Alex ihn an.

Michael wurde ärgerlich: „Ja, heimlich, jedes Mal woanders, und das nur, weil du in der Coro warst und dich verstecken mußtest. Aber jetzt, du hast es ja gehört, du bist wieder ein Waletzki! Zeig dich nun.“

Neugierig hatten die anderen fünf zugehört.

„Wochentags ist hier nicht viel los. Ihr könntet den Raum hier bekommen. Genügt, wenn ihr mich zwei Tage vorher anruft“, mischte sich Mike in ihr Zwiegespräch ein.

„In der Firma kennt kein Mensch die ‚Ente', das weiß ich ganz bestimmt", pochte Michael weiter.

Alex überlegte. Schob ein Stück Fleisch von einem zum anderen Tellerrand, trank ein Glas Wein.

„Von der Verwaltung, wie viele sind garantiert auf meiner Seite? Weiß du das?"

„Sechs."

„Gut, also hier, einmal im Monat, nicht mehr. Und nie alle zusammen. Sprich mit ihnen. Macht ein bestimmtes Datum aus. Aber bitte heimlich."

Alex seufzte erleichtert auf. Jetzt, da der für ihn unangenehme Teil des Abends vorüber war, fühlte er sich wohler. Er sah sich in der Runde um.

„Entschuldigt das geschäftliche Intermezzo, aber es mußte sein. Und jetzt zu euch. Detlef, Bernd, ihr seid die letzten von unserer Gruppe. Was habt ihr vor? Wann geht ihr denn?"

„Bald", zwinkerte Bernd ihm zu. „Wir kennen schon unsere neue Arbeitsstelle."

Detlef konnte sich kaum das Lachen verkneifen. Dennoch, mehr sagten sie nicht, auch wenn die Tischrunde vor Neugierde fast platzte.

Es wurde ein feuchtfröhlicher Abend. Sie lachten, redeten, schmiedeten Pläne für die Zukunft. Auch wenn sie nicht wußten, was diese ihnen bringen würde und wohin die Zukunft sie verschlagen würde, eines wußten sie bestimmt: Sie würden Freunde bleiben.

Alex und Mirko gingen früher nach Hause. Sie wollten noch den Rest ihrer Habe einpacken. Alex plagte immer noch die Neugierde.

„Sag mal, weiß du, was Detlef und Bernd vorhaben? Oder bleiben sie womöglich in der Coro?"

„Keine Ahnung. Weiß nur, daß sie jeden Tag nach dem Frühstück das Haus verlassen, um erst am Abend wiederzukommen. Aber wohin sie gehen ..."

„Na, vielleicht machen sie irgendeine Lehre oder einen Kurs mit, wer weiß."

„Glaub' ich nicht. Ich habe sie noch nie mit einem Buch in der Hand gesehen."

Mit der offiziellen Kündigung ging Alex am nächsten Tag in Meindls Büro.

„Wie geht es Ihnen?"

„Besser, vielen Dank."

„Es tut mir leid, Sie zu verlieren. Sie waren einer meiner besten Leute. Warum haben Sie mir nie was davon gesagt, daß Ihnen die Arbeit hier so unangenehm ist? Ich hätte Ihnen eine andere gegeben."

„Der Umgang mit den Kunden war nicht nur unangenehm. Ich habe auch … interessante Begegnungen gehabt.“

„Ja, ja, ich habe so manchen in Ihrer Nische verschwinden sehen, der irgendwie nicht so recht hierher gepaßt hat.“ Verschmitzt lächelte Meindl. „Waren die Besprechungen wenigstens erfolgreich?“

„Ja, danke.“

„Für was?“

„Daß Sie ein Auge zugedrückt haben.“

Meindl nickte, stand auf und übergab Alex einen Briefumschlag.

„Ihre Entlassungspapiere. Ich wünsche Ihnen alles Gute für die Zukunft, und vergessen Sie uns nicht.“

Alex blieb ernst. „Werde ich nicht. Trotz allem ist die Coro ein Stück Zuhause für mich geworden.“ Er zögerte. „In der nächsten Woche würde ich gerne mal vorbeikommen. Möchte meinen Nachfolger kennenlernen, ihm einige Ratschläge im Umgang mit meinen Stammkunden geben.“

Alex rührte sich nicht, eingehend fixierte er die Wand, hatte es überhaupt nicht mehr eilig. Meindl fuhr sich immer wieder über die Augen. ‚Da muß was hineingefallen sein‘, dachte er. Und plötzlich lagen sie sich in den Armen.

„Danke, danke für alles“, murmelten beide.

6. Kapitel
Die Firma

Das gläserne Dach schwang sich wie eine Kuppel über die Kantine und ließ den Blick über die Dächer der Stadt schweifen.

Wie jeden Tag ging Herr Pohl in seiner Mittagspause hinauf, nahm sich ein Tablett und reihte sich in die Schlange ein, die an den verschiedenen warmen und kalten Gerichten vorbei zur Kasse kroch. Er verlangte Fisch mit Salzkartoffeln und grünen Salat. Auch das Dessert lockte. Hinter ihm stand ein Mann mit einem großen Salatteller und einem Glas Buttermilch. Pohl schlängelte sich, das Tablett balancierend, durch die Tische hindurch und setzte sich an einen kleinen Ecktisch. Kaum hatte er angefangen zu essen, setzte sich der Mann mit dem Salatteller zu ihm.

„Einen Gruß von Alex. Ich soll mich mit Ihnen in Verbindung setzen", flüsterte er. Erstaunt schaute Pohl auf. Der junge Mann war elegant gekleidet. Graugrüne Augen schauten ihn durch eine randlose Brille ruhig an. Er hatte ihn schon öfters gesehen.

„Arbeiten Sie nicht im Rechenzentrum, Herr ...?"

„Lechner, Michael Lechner." Er beugte sich zu Pohl hinüber. „Ich wohne in der Nähe der Parkanlagen. Abends, meist um 19 Uhr, gehe ich zum See am Staatstheater."

Pohl sah ihn schon von weitem. Er stand am See, fütterte die Enten. Mit Jeans und einer abgewetzten Lederjacke sah er irgendwie zugänglicher aus. Er stellte sich neben ihn.

„Herr Waletzki sagte mir, Sie hätten Beweise einer Unterschlagung gefunden."

Mißtrauisch sah Michael Herrn Pohl an, zerkrümelte den Rest des Brotes und warf es auf den See hinaus.

„Sie können mir vertrauen. Ich bin in der Firma alt geworden. Wir waren wie eine große Familie, und jetzt diese Unterschlagung, das Mißtrauen zwischen den Mitarbeitern, das tut weh."

„Auf Befehl von Alex habe ich mich eines Abends einsperren lassen, habe mir den Computer im Chefbüro genauer angeschaut. Summen in Millionenhöhe sind dort aufgelistet, die sonst nirgendwo auftauchen. Leider ohne Namen oder Kontonummer einer Bank."

Pohl war verblüfft. Wußte nicht, was ihn mehr erschrecken sollte, die Unverfrorenheit des jungen Mannes oder das Ausmaß der Unterschlagung.

„Das haben Sie getan? Einfach so?"

„Nein, so einfach war es nicht. Ich habe die halbe Nacht gebraucht, bis ich den Code geknackt hatte." Michael vergrub die Hände in den Hosentaschen, wippte mit den Füßen. „Und Sie, was hätten Sie getan?"

„Höchstwahrscheinlich dasselbe."

Langsam gingen sie um den See. Eine leichte Brise kräuselte das Wasser, graue Wolken segelten über den Himmel.

„Im Chefbüro …? Frau Waletzki kann mit dem Computer nicht umgehen, und für Frau Peritz lege ich die Hand ins Feuer."

„Alex auch."

„Bleibt also Schmittchen. Doch wenn wir nicht wissen, in welcher Bank das Geld ist, haben wir zuwenig in der Hand. Er würde alles bestreiten, hätte hundert Ausreden auf Lager."

„Also in der Mack-Bank ist das Geld nicht."

„Wissen Sie das so genau?" Pohl blieb überrascht stehen.

„Alex weiß es."

Jetzt noch mußte Michael lachen. Hatte er doch so manches Mal den jungen Kassierer der Bank in Alex' Séparée verschwinden sehen.

„Und was sollen wir jetzt tun? Warten, bis Alex in die Firma zurückkommt? Wir brauchen auch mehr Beweise."

„Bis dahin wird es zu spät sein. Ich … Haben Sie eine Kopie der Aufzeichnungen?"

„Mehrere. Sie sind an einem sicheren Ort versteckt."

„Ich habe eine Bitte. Wenn Sie sich das nächste Mal mit Herrn Waletzki treffen, bringen Sie ihm eine Kopie mit. Sagen Sie ihm bitte, er soll damit zu Herrn Lorenz gehen – er ist der Rechtsanwalt der Firma. Herr Waletzki soll ihm alles, was wir über die Veruntreuung wissen, erzählen und sich rechtlich beraten lassen, wie wir auch ohne ausreichende Beweise vorgehen können. Vor allem müssen wir verhindern, daß derjenige – egal wer es ist – weitere Gelder veruntreuen kann."

Pohl schüttelte den Kopf. „Millionen, du meine Güte." Und dachte an den Schaden für die Firma, in der es in letzter Zeit sowieso nicht so rosig aussah.

„Ich treffe Alex am Sonntag."

„Dann soll er im Laufe der Woche zu Herrn Lorenz gehen. In zwei Wochen haben wir eine Sitzung des Verwaltungsrates. Es wäre gut, wenn wir da die Vorschläge von Herrn Lorenz hätten. Können Sie das bewerkstelligen?“

Michael nickte. Sie waren an dem Parkplatz angekommen, auf dem Pohls Wagen stand.

„Warum gehen Sie nicht zum Rechtsanwalt?“

„Herr Waletzki ist der Junior. Sein Wort hat mehr Gewicht als meines.“

Michael grinste. ‚Junior‘, dachte er. ‚Mein bester Freund als mein Chef. Da werde ich mich gewaltig umstellen müssen.‘

Pohl öffnete die Wagentür. „Sind Sie jeden Abend hier?“

„Nein, aber wir können einen Tag ausmachen. Wie wär’s dienstags in einem Café?“

„Gut, gleich nach Geschäftsschluß im ‚Wintergarten‘. Ist Ihnen das recht?“ Und ohne eine Antwort abzuwarten: „Nach der Sitzung des Verwaltungsrates werde ich wieder hier auftauchen. Wir müssen Mittel und Wege finden, wie Herr Waletzki wieder in die Firma zurückkommen kann. Wann, glauben Sie, wird er mit dem Studium fertig sein?“

„Sechs, sieben Monate vielleicht ... In der Firma, warum können manche ihn nicht leiden?“

„Intoleranz. Weil er schwul ist. Und seine Mutter mit ihrem Haß hat das ihrige dazu beigetragen.“

Beschwingt und in bester Laune verließ Frau Peritz den Aufzug im vierten Stock des Mittelbaus, wandte sich nach rechts und schritt über den breiten Flur zum Chefbüro. Sie betrat das Vorzimmer, zog sich den Mantel aus und hängte ihn auf einen Bügel in den Schrank. Setzte sich hinter ihren Schreibtisch, verstaute ihre Handtasche in einer Schublade und schaltete den Computer ein. Etliche Minuten blieb sie ruhig sitzen, schaute sich um. Es war ein modernes Büro. Klare Linien, Stahlmöbel, Elektronik, ein großes Fenster. Seit zwölf Jahren war dieses Zimmer ihr Arbeitsplatz, den sie mit Blumen, Bildern und nicht zuletzt mit ihrer eigenen Persönlichkeit in einen behaglichen, gemütlichen Raum verwandelt hatte, in dem jeder gern verweilte.

Mit 16 Jahren hatte sie als Lehrling im Al-Wa-Haus angefangen. Später hatte sie als Verkäuferin in verschiedenen Abteilungen gearbeitet. In Abendkursen holte sie Abitur und Handelsschule nach und bewarb sich als Sekretärin in der Personalabteilung. Alexander Waletzki hatte ihre Intelligenz und ihr sicheres Auftreten erkannt und sie zu sich geholt. Als seine Privatsekretärin hatte sie ihre Fähigkeiten voll entfalten können, und bald wurde sie für den alten Chef unentbehrlich.

Die Tür ging auf, und Frau Waletzki rauschte an ihr vorbei.

„Hat Herr Schmittchen schon angerufen?"

„Nein, gnädige Frau."

Da war diese in ihrem Büro verschwunden, und schon knackte die Sprechanlage.

„Frau Peritz, rufen Sie Herrn Schmittchen an, er soll sofort zu mir kommen, und bereiten Sie mir einen Kaffee, aber bitte heiß, nicht so lauwarm wie gestern. Und bringen Sie die Unterlagen für die Besprechung mit."

„Wie Sie wünschen, gnädige Frau."

Frau Peritz seufzte. ‚Wann kommt endlich der Junior zurück?' dachte sie, wie so oft in letzter Zeit.

Und sie erinnerte sich an dessen Vater. Das waren noch Zeiten! Wie oft trank er seinen Kaffee in ihrem Büro, wie oft gingen sie gemeinsam in die Kantine. Sie flirteten, lachten und plauderten, um danach um so intensiver zu arbeiten. Sie war gerne hier tätig, hatte nie über Überstunden oder Urlaubssperre gemurrt. Hatte doch die gesamte Belegschaft, mit dem Chef an der Spitze, an einem Strang gezogen, alle zum Wohle des Hauses und damit auch zu ihrem eigenen Wohle.

Seitdem Alexander Waletzki tot war, war alles anders geworden. Die wenigsten akzeptierten Frau Waletzki als Chefin. Die Belegschaft spürte ihre Unsicherheit, ihre Unfähigkeit. Sie hatten gesehen, wie Schmittchen immer mehr Einfluß auf Frau Waletzki gewann und dadurch die Leitung des Betriebes an sich reißen konnte. Gern gesehen war er deswegen noch lange nicht mit seinem Ehrgeiz und seiner Überheblichkeit. Und manche arbeiteten gerade so viel, um nicht zu riskieren, entlassen zu werden, befolgten halbherzig seine Befehle, während andere zusammenklappten, wenn sie Schmittchen nur sahen. Und es waren nicht wenige, die hinter vorgehaltener Hand flüsterten, wann wohl der Junior zurückkäme. War er doch ein Waletzki wie sein Vater.

Mit einem erneuten Seufzer ging Frau Peritz mit Kaffee und Unterlagen in das Chefbüro.

Lautlos kamen sie herein, der rundliche Pohl, der hagere Schmittchen, der aalglatte Sander, alle drei mit ihren farblosen Sekretärinnen. Die zierliche Frau Peritz mit ihren hellwachen Augen. Herr Wolff, Leiter des Rechenzentrums. Sie setzten sich an ihre Plätze, legten ihre Unterlagen auf den Tisch. Frau Waletzki eröffnete die Sitzung.

„Ich danke Ihnen, meine Herren, daß Sie zu unserer letzten Sitzung in diesem Jahr gekommen sind." Sie blätterte in ihren Unterlagen, blickte auf und lächelte. „Ich staune und freue mich immer wieder, wenn ich sehe, wie der Betrieb seit dem Tod meines Mannes vor vier Jahren seine Qualität und Beliebtheit beibehalten konnte. Und nicht nur das, auch die Produktivität ist in den letzten Monaten gestiegen. Das verdanken wir alle Ihrer Leistung, meine Herren, vor allem der Arbeit unseres ersten Abteilungsleiters, Herrn Schmittchen."

Knapp verneigte sich dieser, seine schmalen Lippen deuteten ein Lächeln an, das zu einer Grimasse erstarrte. Sander hüstelte.

„Entschuldigen Sie, daß ich Sie unterbreche, Frau Waletzki, aber können Sie mir sagen, woher Sie Ihren unerschöpflichen Optimismus haben?"

Entgeistert sah ihn Frau Waletzki an. Herr Pohl und Frau Peritz grinsten heimlich.

„Ich …"

„Ich weiß nicht, wer Ihnen die entsprechenden Unterlagen gegeben hat", sprach Sander weiter. „Auf jeden Fall ergibt sich nach meinen Unterlagen ein anderes Bild, was die geschäftliche Lage des Betriebes anbelangt. Die Produktion geht seit einem halben Jahr drastisch zurück. Die Qualität ist auch nicht mehr das, was sie einmal war, und der Arbeitseifer der Belegschaft läßt merklich nach. Ich bin sicher, auch die Tischrunde wird mir in allen Punkten zustimmen."

Viele nickten. Eifrig schrieben die Sekretärinnen mit, eine stand auf, schaltete die Kaffeemaschine an.

„Ich kann die Worte Herrn Sanders bestätigen. Die rückläufigen Summen in der Buchhaltung sprechen Bände."

Total entnervt sah Frau Waletzki Herrn Schmittchen an. „Heute morgen haben Sie mir doch was ganz anderes gesagt."

„Nicht der Rede wert", beschwichtigte er sie. „Eine vorübergehende Flaute."

„Ganz schön lang, die Flaute, um vorüberzugehen", mokierte sich Frau Peritz.

„Aber woher kommt das? Ich … Sie, meine Herren haben doch immer hervorragende Arbeit geleistet."

„Ja, wir, aber nicht die Belegschaft." Schmittchen rümpfte die Nase.

„Aber warum?"

„Unsere Angestellten sind es gewohnt, einen Waletzki als Chef zu haben. Sie haben schon zu lange darauf gewartet … Ihre schlechte Leistung ist ihre Art zu protestieren."

„Ja, aber …"

„Deswegen plädiere ich dafür, daß wir Herrn Alex Waletzki in die Firma zurückholen", betonte Pohl und schaute jeden einzelnen in die Augen.

Es war still im Raum geworden, die Stille vor dem Sturm. Sie wurde durch ein gurgelndes, ersticktes Geräusch unterbrochen. Frau Waletzki schüttelte sich vor Lachen, ein Lachen, das immer hysterischer wurde, bis es in einem Wutanfall erstarb.

„Ausgerechnet mein Sohn, dieser warme Bruder, dieser Ignorant. Womöglich noch mit seinem Anhängsel im Schlepptau. Und dem soll sich die Belegschaft unterordnen? Der soll den Betrieb wieder zum Blühen bringen? Was kann er schon, wenn er überhaupt noch lebt?"

Schmittchen katzbuckelte vor ihr, gab ihr in allen Punkten recht.

„Es fehlt ihm nur die Praxis", erwiderte Pohl ruhig.

Mit undurchdringlicher Miene sah ihn Sander an. „Wissen Sie, wo er ist?"

„Er lebt in der Stadt, studiert Betriebswirtschaft und wird im Frühjahr seine Abschlußprüfungen machen. Als Diplomkaufmann wird er durchaus in der Lage sein, das Al-Wa-Haus zu leiten."

„Ist das alles wahr?"

„Hundertprozentig. Ich habe mit ihm gesprochen."

Alle starrten ihn an, doch Pohl verriet nichts mehr.

„Dann auf in den Kampf. Ich bin auch dafür, daß wieder ein Waletzki im Chefbüro sitzt", grinste Sander.

Frau Peritz strahlte, Herr Wolff klopfte anerkennend auf den Tisch, Schmittchen erblaßte. Eine Sekretärin brachte Kaffee.

„Da wäre noch etwas", meldete sich Pohl, als sie sich wieder beruhigt hatten. „Frau Peritz und ich, vielleicht auch Herr Wolff, haben festgestellt, daß in letzter Zeit Unstimmigkeiten und Abweichungen in den Abrechnungen vorgekommen sind. Wir vermuten eine Unterschlagung."

Sander und Wolff hielten den Atem an, Schmittchens Gesicht erstarrte zu einer Maske, seine Augen wurden zu schmalen Schlitzen. Frau Waletzki guckte blöd. Die Sekretärinnen schrieben eifrig mit.

„Durch einen Mitarbeiter, Freund von Herrn Waletzki, habe ich diesen gebeten, sich mit Herrn Lorenz in Verbindung zu setzten, sich zu erkundigen, wie wir vorgehen könnten. Hier habe ich den Ratschlag von Lorenz." Er nahm ein Blatt zur Hand. „Wir können gegen Unbekannt klagen, auch wenn wir keine ausreichenden Beweise haben. Herr Lorenz wird uns in jeder Beziehung unterstützen."

Sander pfiff. „Schau mal einer an. Sie sagten: keine ausreichenden Beweise? Also doch Beweise?"

„Das ist ja ungeheuerlich", empörte sich Herr Wolff. „Also mir ist nichts bekannt. Die Summen in meiner Abteilung zeigen zwar Minuspunkte an, doch Abweichungen habe ich keine entdecken können."

„Abweichungen, Unterschlagung, ich verstehe nicht", stotterte Frau Waletzki.

„Richtig, wie kommen Sie auf Unterschlagung? Es könnte doch ein Fehler sein, z. B. im Rechenzentrum", spöttelte Schmittchen.

„Ich verbiete mir solche Unterstellung. In meiner Abteilung arbeiten wir korrekt."

„Sie haben recht, Herr Wolff", beruhigte ihn Pohl. „Die Unstimmigkeiten in den Abrechnungen, wenn Ihnen dieser Begriff lieber ist, wurden in einer anderen Abteilung aufgedeckt."

„Aufgedeckt? Von wem? Und in wessen Auftrag? Und sollte es doch ein Fehler sein, wozu dann der ganze Aufwand?" mischte sich Sander ein.

„Ob Fehler oder Unterschlagung, das wird die Untersuchung feststellen", fing Pohl an zu sprechen.

„Wie kamen Sie überhaupt auf den Verdacht?" wurde er unterbrochen.

„Wir haben schon über die Ausfälle in der Firma gesprochen. Herr Pohl und ich ... uns kamen die Verluste einfach zu hoch vor, und wir sind der Sache nachgegangen", sprach Frau Peritz weiter.

„Sonderbare Methoden, ‚Unstimmigkeiten' aufzudecken", erboste sich Schmittchen. Er war blaß geworden, Schweißperlen glänzten auf seiner Stirn.

„Ein Kavaliersdelikt, um noch größeren Schaden von der Firma abzuwenden."

„Und wer hat den Befehl dazu gegeben? Wer hat ihn ausgeführt?"

„Ich habe versprochen, Stillschweigen zu bewahren. Vorläufig wenigstens."

Das Geplänkel ging weiter. Mißtrauisch beobachteten sie sich, keiner wollte sich eine Blöße geben. Frau Peritz verlor allmählich die Geduld. Demonstrativ räumte sie ihre Unterlagen zusammen.

„Stimmen wir endlich ab, damit Herr Lorenz die Sache in die Hand nehmen kann."

„Wird nichts nützen, da Herr Lorenz die Vollmacht des Chefs oder dessen Stellvertreters braucht. Und ich glaube kaum, daß Frau Waletzki oder Herr Schmittchen diese unterschreiben werden", bedachte Sander.

Höhnisch lächelte Schmittchen, Frau Waletzki blieb stumm, die Sekretärinnen schrieben alles auf.

„Das ist schon erledigt. Herr Lorenz hat die Vollmacht Herrn Waletzkis, den er als den rechtmäßigen Chef des Al-Wa-Hauses anerkennt."

Wie eine Bombe schlugen diese Worte ein. Sander rührte sich als erster, hüstelte, verstohlen lächelte er.

„Gut, dann stimmen wir ab."

Außer Schmittchen und Frau Waletzki hoben alle die Hand. Wutentbrannt, mit hochrotem Gesicht und zusammengekniffenen Lippen verließ Schmittchen den Raum.

Leise schlug die Uhr die elfte Stunde. Zusammengekauert saß Frau Waletzki auf ihrem Sessel, ein Heft mit den Eintragungen der letzten Jahre auf ihren Knien. Regen trommelte ans Fenster. Die Äste der Bäume bogen sich im Wind. Eine einsame Tischlampe brannte, und ihr Licht verdichtete die Dunkelheit im Raum.

Seit dem Tag, an dem ihr Mann starb, hatte sie sich angewöhnt, die Tagesereignisse aufzuschreiben, und zum x-ten Mal blätterte sie die Seiten zurück, bis zu dem Tag, als sie die Stelle ihres Mannes in der Firma übernahm. Damals war sie voller Hoffnung, willig zu lernen, zu arbeiten. Doch bald mußte sie einsehen, daß sie einfach nicht fähig war, den Betrieb zu leiten. So gewöhnte sie sich daran, nur ein paar Stunden in ihrem Büro zu sitzen, Schriftstücke, die man ihr vorlegte, zu unterschreiben, den Betriebsversammlungen beizuwohnen, ab und zu mit den Mitarbeitern zu sprechen und alles andere Frau Peritz und den Abteilungsleitern, vor allem Herrn Schmittchen, zu überlassen.

Alexander Waletzki und Herr Schmittchen waren gleichaltrig und hatten im selben Jahr als Lehrlinge im Al-Wa-Haus angefangen. Beide intelligent und ehrgeizig, verstanden sie sich gut, ohne Freunde zu werden. Herr Schmittchen hatte so manche gute Idee, brauchbare Verbesserungen, die die Firma vorwärtsbrachten, ihr zugute kamen. Alexander Waletzki hatte ihm vertraut, ihn gefördert. So war es selbstverständlich, daß auch Frau Waletzki sich auf ihn verlassen hatte. In den ersten Jahren führte er die Firma an ihrer Seite im Sinne des alten Chefs weiter.

Nach dem Trauerjahr nahm Frau Waletzki ihre gesellschaftlichen Verpflichtungen wieder auf, warb für die Firma, nahm Einladungen an, lud selber die ehemaligen Geschäftsfreunde ihres Mannes ein.

Kaum merklich, wie ein Rinnsal in die Erde sickert, verringerte sich im Laufe der Jahre die Zahl ihrer Gäste, die Einladungen wurden seltener. Und die wenigen, die noch kamen, fragten sie immer häufiger nach ihrem Sohn, wann er wohl wiederzurückkäme, um die Leitung der Firma zu übernehmen. Sie verstand die Frage nicht, antwortete nur mit einem verächtlichen Lächeln. Der Sohn war ihr gleichgültig geworden.

Die Uhr schlug die halbe Stunde. Bei ihrem Klang schreckte Frau Waletzki hoch, um sogleich in ihre Gedanken zurückzusinken. Waren diese Fragen ihr ein Rätsel, so traf sie der Verlauf der heutigen Versammlung und deren Ausgang wie ein Hammer, und wie Schuppen fiel es ihr von den Augen. Sie sprang auf, unruhig wie eine Tigerin durchschritt sie den Raum.

‚Daß ich nie etwas bemerkt habe! Die Rivalität, der Machkampf, die schleichende Veränderung auf allen Ebenen. Und Schmittchen? Was hatte er damit zu tun?' Sein Abgang nach der Versammlung sprach Bände, und sie hatte gespürt, daß da etwas nicht stimmte. Sie blieb stehen und versuchte sich an sämtliche Handlungen Schmittchens zu erinnern. Außer Frau Peritz war er der einzige, der ihr die Schriftstücke zum Lesen gebracht hatte, der darauf bestanden hatte, daß sie dieses oder jenes unterschreiben sollte. Er hatte den Computer in ihrem Büro mit der fadenscheinige Ausrede, ihr helfen zu wollen, benutzt. Und wie war das damals, als Frau Peritz ihr empfahl, über eine Fusion mit einem anderen Möbelgeschäft nachzudenken? Schon der alte Chef hätte angefangen, diesbezüglich seine Fühler auszustrecken. Schmittchen wischte das Ganze mit einer Handbewegung weg. Uninteressant, unnötig. Das war vor … Sie blätterte in ihrem Heft nach. „Vor einem halben Jahr", murmelte sie. Fing er damals an, Gelder zu unterschlagen? Aber warum? Verlangen nach Macht? Besessenheit? Geldgier? Hatte er ihren Mann, hinter einer freundlichen Miene, so gehaßt? Wollte er deswegen nicht, daß ihr Sohn zurückkam? Kurz entschlossen nahm sie Papier und Feder zur Hand und fing an zu schreiben.

Nach einer schlaflosen Nacht war Frau Waletzki früh am Morgen in ihr Büro gekommen und hatte ihren Schreibtisch aufgeräumt. Nun stand sie am Fenster des Vorraumes. Sie hörte die ersten Mitarbeiter kommen. Hörte das Surren des Aufzuges, durch den dunkelblauen Teppichboden gedämpfte Schritte, Stimmen, Lachen, Türen, die zuschlugen. Erkannte die kurzen, eiligen Schritte von Frau Peritz. Jetzt eilten die Verkäufer an ihre Plätze, einen letzten prüfenden Blick in den Spiegel, ein letztes Zurechtrücken der Krawatte. Der automatische Riegel der Eingangstüre schnappte auf, die ersten Kunden strömten herein. Sie meinte, den spezifischen Geruch von Holz und Staub zu riechen, das beklemmende Gefühl der geschlossenen Räume zu spüren. Sie drehte sich zum Fenster um, seufzte. Wieviel hatte sich in den letzten Jahren geändert, und nie wieder würde es so sein wie früher.

Frau Peritz öffnete die Tür zu ihrem Büro und blieb wie angewurzelt stehen, als sie ihre Chefin, in ihrem besten flaschengrünen Hosenanzug, sah. ‚Nanu, was macht die schon hier?' Beim leisen Geräusch ihrer Schritte wandte sich Frau Waletzki um.

„Wissen Sie, ob Herr Pohl in seinem Büro ist?" Frau Peritz nickte, immer noch sprachlos. „Rufen Sie ihn bitte, und kommen Sie danach in mein Büro."

Frau Waletzki schritt in ihr Arbeitszimmer. Verwundert hob Frau Peritz die Augenbrauen, griff zum Telefon. Kurz darauf saß sie mit Herrn Pohl im Chefbüro und wunderte sich wieder, als sie sah, daß auf dem Schreibtisch nur die Unterlagen der gestrigen Besprechung lagen.

Ernst saß Frau Waletzki vor ihnen, und Frau Peritz bemerkte in ihrem Gesicht Falten, die gestern noch nicht da waren.

„Heute nacht habe ich über die Diskussion und die Entscheidungen der Betriebsversammlung nachgedacht und bin zu dem Entschluß gekommen, meinen Posten noch heute zu verlassen." Als Frau Peritz protestieren wollte, hob sie abwehrend die Hände. „Bitte, ich habe mir diesen Schritt reiflich überlegt. Ich bin nämlich auch Ihrer Meinung. So wie die Dinge liegen, braucht die Firma einen Führungswechsel." Eingehend betrachtete sie ihre Fingernägel. „Außerdem hatte ich den Eindruck, daß Sie mich gestern auch verdächtigt haben."

„Ja, wir geben es zu. Doch nur für kurze Zeit, und das nur, weil Sie mit einer gewissen Person so gut zusammenarbeiten."

Nachsichtig lächelte Frau Waletzki. „Was genau wissen Sie über diese angebliche Unterschlagung?"

„Nicht mehr, als ich gestern berichtete."

„Und was macht Sie dann so sicher, daß es eine Veruntreuung ist?"

„Bei einem bestimmten Computer waren Summen aufgezeichnet, die sonst nirgendwo auftauchen."

„Ist es dieser Computer hier?" fragte Frau Waletzki, und legte ihre Hand auf das Gerät.

„Ja", gab Herr Pohl zu.

„Warum wurde ausgerechnet dieser hier kontrolliert?"

„Wir verdächtigten eine gewisse Person, die Zugang zu diesem Computer hat.“

„Meinen Sie Herrn Schmittchen?“

Herr Pohl und Frau Peritz sahen sie mißtrauisch an.

„Heute nacht bin ich zu demselben Ergebnis gekommen“, klärte Frau Waletzki sie auf und fügte hinzu: „Wie hoch ist der Schaden für die Firma?“

„Beträchtlich. Doch wir hoffen, einen Teil der veruntreuten Gelder wiederzubekommen.“

„Was meinen Sie mit beträchtlich? Ist die Firma bankrott? Sagen Sie mir bitte die Wahrheit.“

„Nein, bankrott ist sie noch nicht. Wir dürfen aber keine Zeit mehr verlieren, wenn wir retten wollen, was noch zu retten ist.“

„Und diese schwierige Aufgabe wollen Sie meinem Sohn übertragen?“

„Warum nicht? Er ist ein Waletzki. Er ist jung, intelligent, hat bestimmt moderne, neue Ideen, und vor allem wird er hier nicht allein sein. Die Mehrheit der Belegschaft wird hinter ihm stehen, da bin ich mir sicher.“ Pohls Stimme klang zuversichtlich.

Bitter stieg in Frau Waletzki die Erkenntnis auf, daß nicht sie, sondern etliche Mitarbeiter der Firma diese Eigenschaften Alex' erkannt hatten, sich über seine privaten Verhältnisse hinweggesetzt hatten, alles mögliche getan hatten und noch tun würden, bis er da sitzen würde, wo sie jetzt saß.

„Warum er und nicht ich?“ überlegte sie und dachte an ihren verstorbenen Mann. Sein Arbeitseifer, seine Besessenheit, die Liebe zur Firma, mit einem guten Draht zu seinen Untergebenen. Und Alex sollte so sein? Dieser ... Frau Waletzki konnte nur mit Mühe einen Lachanfall unterdrücken.

„Dann wünsche ich Ihnen, daß Sie mit meinem Sohn mehr Glück haben als mit mir. Ich werde jetzt zu Herrn Lorenz gehen. Habe für ihn einen Brief, in dem ich alles, was ich über Herrn Schmittchen weiß, niedergeschrieben habe. Und bis zu der Zeit, in der, auf Ihren Wunsch, mein Sohn zurückkommen wird, wünsche ich, daß Sie beide und eventuell noch Herr Sander die Führung der Firma übernehmen. Das wird Ihnen kaum schwerfallen. Sie sind ja gewohnt, selbständig zu arbeiten. Leben Sie wohl. Trotz aller Feindseligkeit habe ich gerne hier gearbeitet.“

Sie stand auf, nahm eine volle Tragetasche, die am Boden gelegen hatte, und ihre Handtasche, ging zur Tür. Blaß, sprachlos, unfähig, sich zu rühren, saßen Frau Peritz und Herr Pohl da. An der Tür drehte sich Frau Waletzki um.

„Und was Herrn Schmittchen anbelangt: Ich werde ihn auf unbestimmte Zeit beurlauben. Mit den anderen schwarzen Schafen in der Firma müssen Sie sich selbst auseinandersetzen."

Mit leuchtenden Augen, auf seinen Lippen ein leichtes Lächeln, saß Alex in der Straßenbahn, in seiner Stofftasche das lang ersehnte, sauer erworbene Diplom.

Die letzten Wochen waren eine harte Zeit für ihn gewesen. Tag und Nacht hatte er über seinen Büchern, vor dem Computer gesessen. Hatte Mirko mit seiner Nervosität verrückt gemacht. Wenn er verzweifelte, wenn er dachte, nicht weiterzukommen, wenn er alles hinwerfen wollte, suchte er Trost bei Frau Dr. Reb. Sie machte ihm Mut, stachelte seinen Ehrgeiz an. Sie nahm sich Zeit für ihn.

Wehmütig lächelte Alex bei diesem Gedanken. Mit dem Ende seiner Ausbildung war auch die Zeit gekommen, von Frau Dr. Reb Abschied zu nehmen, da er so bald wie möglich nach Hause, seinem Zuhause, zurückkehren wollte.

In diesem halben Jahr hatte er viele schöne Stunden in ihrem Haus verbracht. Nachmittage, an denen er in Ruhe lernen konnte, eine Zigarette zwischen den Lippen, neben sich die Kaffeekanne. Die Gespräche an den Abenden in dem gemütlichen Wohnzimmer, eine Tasse heißen Tee zwischen den Händen, Schnee, Regen, stürmischer Wind vor dem Fenster, leise Musik, Geborgenheit. Seltene Nächte mit Mirko, in denen sie sich ganz hingaben. Weihnachtszeit, Zimt, Vanille und Mandelduft, flackernde Kerzen, Tannengrün, Glockengeläute.

Die Sonntagvormittage mit Michael im Schwimmbad. Ihre Sorgen um die Firma, aber auch ihre Hoffnungen und Pläne. Später kam Mirko hinzu, und gemeinsam gingen sie in der „Ente" essen. Auch Detlef und Bernd kamen ab und zu vorbei. Alex mußte lachen, als er an die beiden dachte.

Einen Monat, nachdem Alex die Coro verlassen hatte, reichten auch Detlef und Bernd ihre Kündigung ein, und zur Verwunderung ihrer Freunde fingen sie bei einer städtischen Organisation als Sozialarbeiter an. „Wenn das nur gutgeht", flüsterte so mancher und dachte an die Vergangenheit der beiden. Klammheimlich hatten sie eine pädagogische Ausbildung gemacht. Nun arbeiteten sie im Büro, unterhielten sich mit den Straßenkindern vor Ort, besuchten diese im Gefängnis und hatten nur einen Wunsch: ein Haus und Geld für ihre Kinder, damit diese in Ruhe die Schule besuchen und eine Lehre anfangen konnten. Alex bat sie um Geduld. Wenn er wieder im Al-Wa-Haus wäre, würde er sicher Geschäftsleute kennenlernen, würde versuchen, Beziehungen zu knüpfen. Da mußte man doch was machen können.

In solche Gedanken vertieft, war Alex vor dem Haus von Frau Dr. Reb angekommen. Leise öffnete er die Tür, stieg in den ersten Stock hinauf, ging in die Küche, ins Wohnzimmer. Kein Mensch war da. Obwohl es Mittagszeit war, war kein Tisch gedeckt, kein Topf auf dem Herd. Verwundert schüttelte er den Kopf, stieg in seine Gastbude hinauf, rief. Keine Antwort. Da sah er den Zettel auf dem Schreibtisch: „Ich erwarte dich in der ‚Ente‘, Mirko.“

‚Das darf doch nicht wahr sein. Ausgerechnet heute fällt’s dem ein, in der Ente essen zu gehen‘, dachte Alex. Eingeschnappt ging er zum Gasthaus um die Ecke. Drei Männer und zwei Frauen verließen gerade das Lokal – Berufstätige, die in ihrer Mittagspause hier gegessen hatten. Alex trat ein. Jens, der an einem Tisch bediente, zeigte mit dem Daumen zum Hinterzimmer. Als er die Tür aufmachte, flammten Lichter auf, und ein Jubelchor erscholl. Seine Freunde, Meindl, Frau Dr. Reb und Herr Pohl standen um einen festlich gedeckten Tisch, Feuerzeug in der einen, ein Glas Sekt in der anderen Hand.

„Hallo, Diplomkaufmann.“

„Wir gratulieren.“

„Alles Gute für die Zukunft.“

Alex blieb abrupt stehen und war dermaßen verwirrt, daß er zu stottern anfing. „Wieso? … Verstehe nicht … Wie habt ihr es erfahren?“

„Mann, bist du dämlich. In den letzten Wochen hast du von nichts anderem als von deinen Abschlußprüfungen geredet. Hast mich zum Wahnsinn getrieben mit deinem Geplapper“, grinste Mirko.

„Und Ihr Professor ist ein so sympathischer, mitteilsamer Herr. Hat mir so manches über Sie erzählt“, lächelte Frau Dr. Reb.

„Ihr seid ja … das muß ich sagen, die Überraschung ist euch gelungen“, lachte Alex und näherte sich dem Tisch. „Vielen Dank für die Einladung. So festlich wäre wirklich nicht nötig gewesen.“

„Die Einladung geht auf unsere Kosten. Nur eine kleine Mahlzeit“, antwortete Mike stolz.

„Danke. Ihr ruiniert euch noch mit eurer Großzügigkeit.“

„Auch wir feiern heute ein persönliches Ereignis.“ Frank, die Kochmütze schief auf dem Kopf, wischte sich verlegen die Hände an der weißen Schürze ab. „Vorgestern haben wir die letzte Rate unserer Schulden bezahlt.“

Erneuter Jubel erscholl. Alle umarmten Mike und Frank. Wußten sie doch, wieviel Arbeit und Entbehrungen dahintersteckten.

„Und Herr Pohl, Michael“, wandte sich Alex an die beiden. „Danke, daß ihr gekommen seid. Habt ihr Urlaub genommen, oder macht ihr womöglich blau?“

„Weder noch. Wir sind die offizielle Abordnung des Al-Wa-Hauses.“ Pohl rückte seine Krawatte zurecht, räusperte sich. „Im Namen der Belegschaft bitten wir Sie, Herr Waletzki, auf Ihren rechtmäßigen Posten im Chefbüro des Al-Wa-Hauses zurückzukehren. Wir haben alles vorbereitet.“

Alex wurde ernst. „Danke. Ja, nun ist es soweit. Mit dem Diplom in der Tasche kann ich hoch erhobenen Hauptes zurückkommen. Doch zuerst will ich nach Hause zurück, in mein Zuhause.“

Bei diesen Worten blickte er zufällig zu Mirko, sah, wie dessen Gesichtszüge sich veränderten. War es Unmut? Trauer?

‚Was hat er denn, ist er damit nicht einverstanden? Hat er Angst, ich verlasse ihn?‘ dachte Alex flüchtig, und wandte sich den anderen Gästen zu.

Während des Essens berichtete Alex über die feierliche Übergabe des Diploms. Fragen, witzige Bemerkungen, Prositrufe flogen hin und her. Da schlug sich Meindl mit der flachen Hand an die Stirn.

„Das Geschenk, ich habe vergessen, das Geschenk zu überreichen.“

Abrupt verstummten alle, manche grinsten heimlich. Meindl zog einen einfachen Briefumschlag aus der Tasche. „Für Alex Waletzki von uns allen“, stand darauf. Neugierig wog Alex das Kuvert in der Hand, drehte es um, riß es auf, zog eine weiße gedruckte Karte heraus, starrte entgeistert darauf. Es war ein Gutschein über 2000 DM, ausgeschrieben vom besten Herrengeschäft der Stadt.

„Was … was ist das? Und so viel. Ich …ich kann das nicht annehmen.“ Vor lauter Verlegenheit wurde er rot.

„Du kannst doch nicht in Jeans und T-Shirt in deinem Büro sitzen. Wenigstens für den Anfang brauchst du ein paar neue Klamotten“, beruhigte ihn Mirko.

Verstohlen schaute Alex auf seine ausgebeulten Hosen, den alten Pullover herab. Und wußte nicht, ob er weinen oder lachen sollte.

Es war eine einfache, kurze Mahlzeit, da alle berufstätig waren und zur ihrer Arbeit zurückkehren mußten. Als Alex mit Mirko das Haus verlassen wollte, hielt ihn Herr Pohl zurück.

„Haben Sie noch etwas Zeit, Herr Waletzki? Wir sollten noch heute über die Einzelheiten Ihrer Rückkehr ins Al-Wa-Haus sprechen.“

„Gerne.“ Er wandte sich an Mirko. „Warte zu Hause auf mich. Auch wir müssen etwas besprechen.“

Ohne ihn anzusehen, verließ Mirko das Gasthaus. Der Geschäftsführer der „Ente“ eilte herbei.

„Mike, habt ihr noch einen Tisch für uns frei?“

„Der Tisch in der Ecke dort, aber nur für eine halbe Stunde.“

„Das reicht uns.“

„Wollt ihr was trinken?“ Mike blieb abwartend stehen.

„Bring uns einen Espresso.“

Alex sah die beiden anderen an. Herr Pohl und Michael nickten, gingen zu dem angegebenen Tisch. Kaum saßen sie, bestürmte sie Alex mit hundert Fragen.

„Wie steht es mit der Firma?“

„Seitdem Frau Waletzki und Herr Schmittchen ihren Abschied genommen haben, haben sich die Fronten verhärtet. Die zwei feindlichen Parteien gehen immer mehr auseinander.“

„Das ist gut ... sehr gut sogar. Und die Produktion?“

„Stagniert. Durch das schlechte Betriebsklima haben die Leute einfach keine Lust mehr zu arbeiten.“

„Die Jüngeren schon“, mischte sich Michael ein. „Nur, sie können nicht, wie sie wollen. Sie werden nicht motiviert. Ihre Kreativität und ihre guten Ideen liegen brach, weil die älteren Mitarbeiter sie nicht zum Zuge kommen lassen.“

„Stimmt das, Herr Pohl?“

„Wenn Herr Lechner es sagt, wird es stimmen. Er kommt eher mit den jüngeren Mitarbeitern zusammen.“

„Stimmt es, daß alles für meine Rückkehr vorbereitet ist?“

„Sie können gleich mit uns kommen, wenn Sie wollen.“

Alex lachte: „Ich habe heute und morgen noch einiges vor. So werde ich übermorgen ins Al-Wa-Haus zurückkehren. Habe mir schon überlegt, wie wir anfangen könnten zu sparen. Dazu brauche ich sämtliche Unterlagen der Mitarbeiter, die in den letzten zwei, drei Jahren eingestellt wurden. Ich möchte einiges über deren Lebenslauf und ihre Ausbildung erfahren.“

Alex dachte einen Moment nach. „Oder fällt das unter den Datenschutz?“ fragte er besorgt.

„Nicht bei Ihnen, Sie sind ja der Chef.“ Und mit einem humorvollen Blick auf Michael: „Auch die Unterlagen von Herrn Lechner?“ Wußte Herr Pohl doch, daß die beiden Freunde waren. Michael fing an zu lachen, doch Alex blieb ernst.

„Dein Lebenslauf interessiert mich auch, Michael. Vor allem bin ich neugierig, wie du deine Arbeit in der Coro formuliert hast, da Herr Pohl keinerlei Hinweise darüber gefunden hat."

„Für mich war die Arbeit dort eine Dienstleistung, und so habe ich es auch geschrieben", verteidigte sich Michael.

„Spaß beiseite, Mischa. Ich brauche deine Unterlagen, weil ich wieder mal ein Attentat auf dich vorhabe."

„Dann schieß los. Was soll ich jetzt lernen?"

„Prokura, wenn es dir nichts ausmacht. Du sollst einmal das Rechenzentrum übernehmen, und da brauche ich einen zuverlässigen Mann, der gut und sparsam rechnen kann."

Impulsiv umarmte Michael Alex, küßte ihn.

„Wir werden wieder zusammenarbeiten. Gemeinsam sind wir stark, nicht wahr Alex? So wie in unserer Coro-Zeit. Erinnerst du dich?"

„Ja, Mischa. Gemeinsam werden wir es schaffen, wie damals. Unser Slogan gilt immer noch: Einer für alle, alle für einen."

„Ich gehöre nicht zu Ihrer Gruppe. Lassen Sie mich trotzdem, auch im Namen vieler Mitarbeiter, an Ihrer Seite marschieren und kämpfen", schloß sich Pohl dem Schwur an.

„Außerdem würde es mich interessieren, wie viele Mitarbeiter 58 Jahre alt sind oder es im nächsten Jahr werden. Wir können nicht umhin, den Älteren den Vorruhestand schmackhaft zu machen. Würden Sie das übernehmen, Herr Pohl?" Und ohne seine Antwort abzuwarten: „Dann brauche ich die Endsumme sämtlicher Monatsgehälter und was wir sparen, wenn wir sie um die Hälfte kürzen. Das könntest du machen, Michael, Herr Wolff hat bestimmt nichts dagegen."

„Die Hälfte? Heißt das, du willst die Gehälter kürzen?"

„Wenn es sein muß."

„In Ordnung, Chef. Sie können sich auf uns verlassen."

Wortlos umarmte Alex beide. Gemeinsam hoben sie die Tassen, um sich für eine gemeinsame Zukunft zuzuprosten. Sahen, daß sie leer waren, blickten sich um und winkten mit ihnen. Jens sah es und kam mit einer Cognacflasche daher.

Sie blieben sitzen, ein jeder in seine eigenen Gedanken vertieft. Alex' Hände spielten mit der leeren Tasse.

„Was ist mit Schmittchen?"

„Die Schlinge um seinen Hals wird immer enger."

„Inwiefern?"

„Ihre Mutter hat Herrn Lorenz einen Brief übergeben, in dem sie Herrn Schmittchen schwer belastet. Sie ist auch bereit, bei einer Gerichtsverhandlung gegen ihn auszusagen. Daraufhin hat Herr Lorenz Anzeige gegen ihn erhoben und eine gerichtliche Hausdurchsuchung durchgesetzt. Dabei wurden Kontoauszüge einer Schweizer Bank gefunden."

„Und Schmittchen?"

„Mußte zugeben, daß er in der Schweiz ein Konto hat. Alles andere leugnet er."

„Das beweist nichts. Jeder kann ein Konto eröffnen, wann und wo er will."

„Stimmt. Ich frage mich nur, wo Schmittchen das viele Geld her hat. Wir wissen ja, was ein Abteilungsleiter verdient."

„Wissen Sie, was meine Mutter in dem Brief alles geschrieben hat?"

„Nein, nur daß Schmittchen den Computer des Chefbüros benutzt hat, weil Herr Lorenz mich gefragt hat, ob Schmittchen berechtigt war, diesen zu bedienen. Das war zwar kein Fehler und noch weniger ein Verbrechen, dadurch aber konnte Herr Lorenz nachweisen, daß die betreffende Summen von Schmittchen aufgezeichnet wurden."

„Und meine Mutter?"

„Hatte keine Ahnung von Schmittchens Umtrieben."

„Und warum ist er noch auf freiem Fuß?"

„Es besteht keine Fluchtgefahr, da er gesundheitlich angeschlagen ist."

„Ich werde in den nächsten Tagen zu Herrn Lorenz gehen, mit ihm sprechen. Mal sehen, ob er das gerichtliche Verfahren beschleunigen kann. Vor allem will ich wissen, ob wir etwas von dem verlorenen Geld zurückbekommen. Bitter nötig hätten wir es ja."

Während dieser Diskussion saß Michael in sich gekehrt auf seinem Platz. Beim Wort „Geld" erwachte er wie aus einem Traum.

„Da ist noch etwas, Alex. Herr Lorenz hat mich schonend darauf vorbereitet, daß ich eventuell Schwierigkeiten bekommen könnte, weil ich den Computer geknackt habe. Der Richter wird wissen wollen, wieso Kopien der Aufzeichnungen vorhanden sind und wer sie aufgenommen hat."

„Hast du Herrn Lorenz nach den Konsequenzen gefragt?"

„Auf jeden Fall eine Geldbuße."

„Du hast in meinem Auftrag gehandelt, und ich habe dir den Befehl als Chef des Al-Wa-Hauses gegeben. Also werde ich die Buße zahlen." Und als Michael aufmucken wollte: „Herr Lechner, Sie müssen sich daran gewöhnen, daß ich Ihr Chef bin und Sie meine Befehle zu respektieren haben."

„Oh, Alex, ich meine, Herr Waletzki“, feixte Michael.

Mit einem Schmunzeln nahm Herr Pohl die Flasche, die noch auf dem Tisch stand.

Mirko schleppte sich die Treppe hoch, in das kleine Zimmer unter dem Dach. Blieb vor dem Schreibtisch stehen, Alex' Diplom in der Hand, den Blick ins Leere, und die letzten drei Jahren zogen an ihm vorüber. In Alex' Schatten hatte er sich treiben lassen, war nur für ihn dagewesen, ohne Wünsche, ohne Zukunftsperspektiven. Immer bedacht, daß der Freund es so bequem wie möglich hatte, um studieren, vorwärtskommen zu können. Auch für ihn war es eine ausgemachte Sache, daß Alex einmal die Firma übernehmen, nach Hause zurückkehren würde. ‚Alex, Liebster, nun hast du es geschafft. Wirst in deine Welt zurückkehren. Wirst die Jahre auf der Straße vergessen, sie abstreifen wie ein schmutziges Hemd. Und ich? Was wird aus mir? Ich gehöre hierher, Alex, in diese Welt, in die Coro. Von dem Tag an, als ich Mitarbeiter von Meindl wurde, bin ich aus deinem Schatten herausgetreten. So langsam, daß wir es beide nicht gemerkt haben. Seitdem hat mein Leben einen Sinn bekommen. Ich will in der Coro bleiben, will aber auch mit dir gehen. Ach, Alex, was soll ich machen? Wie soll es mit mir weitergehen?‘ Tränen liefen seine Wangen hinunter.

So fand ihn Alex, als er von der „Ente“ nach Hause kam. Behutsam nahm er ihn in die Arme, sein Mund tastete sich über Mirkos Haar und Nacken.

„Du bist so verschlossen in letzter Zeit. Quält dich was?“

„Wann gehst du nach Hause zurück?“ fragte Mirko gepreßt.

„Ich dachte, morgen nachmittag. Da hast du Zeit, deine Sachen einzuräumen, bevor du in die Coro gehen mußt.“

„Heißt das, ich kann mitkommen?“

„Kann? Wieso kann? Natürlich kommst du mit. Oder willst du mich verlassen?“ fuhr es Alex in den Sinn. Erschrocken drehte er Mirko um, wischte ihm die Tränen weg.

„Nein, will ich nicht. Aber du wirst tagsüber arbeiten und ich nachts. Und das jahrelang, und …“

„Um so schöner werden unsere gemeinsame Stunden sein.“

„Du gehörst einer anderen Gesellschaftsschicht an, und …“

„Ich bin ein Wanderer zwischen zwei Welten, oder glaubst du, ich könnte die Jahre, in denen ich auf der Straße und in der Coro gelebt habe, vergessen, hinter mich werfen, einfach so?“ Alex schnippte mit den Fingern.

„Aber die Arbeit. Du wirst der Chef eines der größten Möbelhäuser der Stadt sein. Und ich arbeite in einem Nachtclub."

„Sag mal, was sollen all diese Vorwände? Was spielt das für eine Rolle, wo du und ich arbeiten?"

„Aber du bist dann ‚wer'."

„Ach ja? Was machst du denn in der Coro?"

„Was ich mache? Wie meinst du das?"

„Was sind deine Pflichten dort?"

„Das weißt du doch. Im Büro arbeiten. Schauen, daß alles in Ordnung ist, daß alles reibungslos läuft. Mich um die Jungs kümmern."

„Und was glaubst du, was meine Pflichten im Al-Wa-Haus sind? Im Büro sitzen, mich um meine Mitarbeiter, um die Produktion kümmern. Wie du siehst, machen wir dieselbe Arbeit. Also, wenn ich ‚wer' bin, bist du auch ‚wer'. Der einzige Unterschied ist, daß ich nicht allein bin, daß ich Mitarbeiter habe, die mir helfen."

„Schon, aber … du wirst Geschäftsleute, Lokalpolitiker kennenlernen, die du einladen mußt. Wirst auf Konferenzen, Geschäftsreisen gehen, Einladungen annehmen müssen. Stell dir die Gesichter deiner Gastgeber, deiner Gäste vor, wenn du mit mir daherkommst."

Mit langen Schritten hatte Alex angefangen, den Raum zu durchmessen. Bei diesen Worten blieb er stehen, starrte Mirko erstaunt an. ‚Ich hör' wohl nicht richtig', dachte er und ließ sich auf das Bett fallen, fing zu lachen an. Bestürzt sah ihn Mirko an, wußte nicht, was er davon halten sollte.

„Was ist? Was … was habe ich so Komisches gesagt?" stotterte er.

Alex konnte sich kaum beruhigen. „Ist es das, was dich so quält? Daß wir als männliches Paar nicht unter Leute gehen können? Oh, Mirko, in was für einem Jahrhundert lebst du denn? Aber ich kann dich beruhigen. Auf Konferenzen und Geschäftsreisen nehmen Firmenchefs nie ihre Frauen mit, höchstens ihre Sekretärinnen. Und was die Einladungen betrifft …"

Schlagartig verstummte Alex, ein Glitzern in den Augen.

„Ja, das machen wir. Wir beide … wir werden eine Party geben. Freunde meines Vaters, die Abteilungsleiter der Firma mit ihren Frauen, dazu noch ein paar Angestellte der Bank meines Großvaters einladen. Soll ich meinen Großvater vielleicht auch einladen?" überlegte er laut. „Dazu ein, zwei Politiker. Ich sehe schon ihre dummen Gesichter, wenn sie lesen werden: ‚Alex Waletzki und Mirko Bosch laden Herrn und Frau Soundso am soundsovielten zu einer Gartenparty ein. Um Antwort wird gebeten.' Bin gespannt, wie viele kommen werden."

„Bitte, Alex, spotte nicht mein." Tränen rollten über seine Wangen.

„Wieso? Was habe ich gesagt? Wie kommst du darauf?"

„Diese Leute, die du einladen willst, der eine oder andere sind Kunden von der Coro, das weißt du auch. Sie werden uns erkennen, wissen, wer wir sind, von wo wir kommen. Du bist ein Waletzki, der Name wird dich schützen. Bei dir werden sie die Augen schließen, sich nicht mehr erinnern. Aber ich … für die bin ich nur ein kleiner Zuhälter. Sie werden mich verachten, mich auslachen. Und das vertrag' ich nicht. Auch ich habe meinen Stolz."

Nachdenklich fing Alex wieder an, im Zimmer umherzulaufen.

„Das hast du gut gesagt. Doch du irrst dich, wenn du glaubst, an mich werden sie sich nicht erinnern. Auch über mich werden sie reden, vielleicht zurückhaltender, unauffälliger als bei dir. Und davor habe ich auch Angst. Aber was sollen wir machen? Die Menschen sind nun mal grausam, und wir können unsere Vergangenheit nicht abstreifen. Wir müssen versuchen, damit zu leben."

„Und deine Mutter?"

„Meine Mutter hat keine Macht mehr über uns."

„Sie kann mich nicht leiden. Sie wird mir die Schuld geben, daß du damals abgehauen bist."

Alex seufzte. Mirko konnte ganz schön hartnäckig sein, wenn er sich mal was in den Kopf gesetzt hatte.

„Ich bin damals aus Trotz abgehauen, und ich werde nicht zulassen, daß meine Mutter dir nur einen einzigen gehässigen Blick zuwirft. Außerdem, das Haus ist groß genug. Wir können uns ohne weiteres aus dem Wege gehen."

„Was werden meine Jungs sagen, wenn ich jeden Tag von so einem noblen Viertel in die Coro komme?"

„Erzähl ihnen von deiner Zeit im Waisenhaus, von der Straße, deinem Anfang in der Coro. Sie werden dich bewundern, du wirst als leuchtendes Beispiel, wie man vorwärtskommen kann, vor ihnen stehen. Sonst noch Ausflüchte?"

„Nein, du hast mich überzeugt. Ich kehre morgen mit dir zurück, wenn du diese Bedingungen annimmst. Erstens: Ich will das kleine Zimmer, das ich schon einmal hatte, wieder haben. Nach meinem Geschmack einrichten, um mich immer, wenn es mir danach ist, dorthin zurückziehen zu können. Und zweitens: Zwing mich nicht, an deinem gesellschaftlichem Leben teilzunehmen, wenn ich nicht will. Ich liebe dich immer noch, Alex, aber ich bin aus deinem Schatten herausgetreten und will eine selbständige Persönlichkeit bleiben."

„Einverstanden, das alles ist dein gutes Recht. Wenn du willst, kannst du dir auch hier im Umkreis der Coro ein Zimmer nehmen, wenn du meinst, du brauchst das."

„Nein, das kleine Zimmer genügt mir."

Zufrieden mit dem Erreichten ging Mirko zu einem kleinen Schrank, nahm eine Flasche Martini heraus.

„Auch?" fragte er.

„Gern, pur."

Er schenkte zwei Gläser ein.

„Was meinst du, ob Frau Mohn noch bei euch ist?"

„Sicher. Ich habe nichts Gegenteiliges gehört."

„Ob sie mir erlaubt, ab und zu zu kochen?" Sehnsucht klang in Mirkos Stimme.

„Logo. Sie wird sich bestimmt freuen, uns beide wieder in ihrer Küche zu haben. Und ich mich auch", fügte er leise hinzu.

„Dann ist ja alles paletti." Mirko warf einen Blick auf die Uhr. „So spät. Höchste Zeit, zur Arbeit zu gehen."

„Hast du morgen vormittag Zeit? Ich meine, am späten Vormittag. Gehst du mit mir in das Herrengeschäft, die neuen Klamotten kaufen?"

„O.K., ich komm' mit. Laß mich aber erst ausschlafen. Tschüs."

Schwungvoll öffnete Mirko die Tür und knallte sie hinter sich zu. Übermütig tanzte Alex durch das Zimmer und schenkte sich einen neuen Martini ein.

Die erste Morgenröte tastete sich über den Horizont, und tauchte den Himmel in ein orangegelbes Licht. Es versprach ein schöner Tag zu werden.

Alex war früh aufgewacht, und der Gedanke, heute abend zu Hause zu sein, erfüllte ihn mit Freude und Schrecken zugleich. Leise stieg er aus dem Bett, zog sich an. Mirko blinzelte und drehte sich auf die andere Seite. Alex erinnerte sich an das Gespräch vom vergangenen Nachmittag. In all den Jahren hatte er ohne weiteres angenommen, daß Mirko für ihn dasein, ihn bedienen, zu ihm kommen würde, wenn er ihn rief. Hatte nicht gemerkt, wie der Freund erwachsen, zu einem Mann herangereift war. Und ihm wurde bewußt, daß auch er selbst sich verändert hatte, nicht mehr der unerfahrene, naive Junge war, den Mirko kennengelernt hatte. ‚Wie sieht mich Mirko heute?' ging es Alex durch den Kopf. Und ihm wurde klar, daß sich ihre Beziehung verändert hatte, sich noch mehr verändern würde. War ihre Liebe stark genug, um diesem Wandel standzuhalten?

Alex ging in die Praxis von Frau Dr. Reb hinunter, betrat den Warteraum. In dieser frühen Morgenstunde war er leer, Geruch von Schweiß, Angst und Nervosität hing in der Luft. Bevor er das Viertel verließ, wollte er sich noch einmal gründlich untersuchen lassen, und sie hatten vor ein paar Tagen den Zeitpunkt ausgemacht.

Minutenlang blieb er stehen. Wie oft in den vergangen Jahren hatte er zusammen mit den Freunden und den anderen Jungs aus der Coro hier gewartet, müde, übernächtigt. Sie hatten sich einfach auf den Boden gelegt und weitergeschlafen. Merkten kaum, wenn Frau Dr. Reb ihnen Blut abnahm, bei Verdacht untersuchte. Erst der Kaffeeduft, der aus dem kleinen Aufenthaltsraum drang, weckte sie vollends auf. Sie hatten sich in dem kleinen Raum zusammengedrängt, den heißen, schwarzen, bitteren Trank genossen. Alex schüttelte die Erinnerung ab. Das war für immer vorbei. Er horchte an der Tür zur Praxis, klopfte leise an, öffnete sie.

„Kommen Sie nur herein, Alex." Frau Dr. Reb saß an ihrem Schreibtisch, Karteien, Rezepte, Papiere vor sich. ‚Wann schläft die Frau wohl?' ging es Alex durch den Kopf.

Nach der Untersuchung wusch sich die Ärztin die Hände, sah durch den Spiegel Alex aus der Kabine kommen, drehte sich um, trocknete sich die Hände ab.

„Soweit ist alles in Ordnung Nur mit Ihrem nervösen Magen sollten Sie auch in Zukunft aufpassen. Arbeiten Sie nicht zuviel."

„Wie stellen Sie sich das vor? Ich muß die Firma wieder auf Vorderrnann bringen."

„An den Abenden, Wochenenden, Kurzurlauben. Ihr Freund wird schon dafür sorgen, daß Sie sich entspannen können, da bin ich mir sicher."

Über Alex' Gesicht huschte ein Schatten. ‚O je, da stimmt was nicht', dachte sie.

„Der Frühstückstisch ist gedeckt. Kommen Sie mit?"

Schweigend aßen sie. Sie ertappte ihn, wie er endlos seinen Kaffee rührte, und nachdem er getrunken hatte, vergaß er seine Tasse abzusetzen, er zerkrümelte das Brot zwischen den Fingern.

„Freuen Sie sich nicht, wieder nach Hause zu gehen?"

„Ja … schon … aber …" Und er erzählte ihr von der gestrigen Diskussion.

„Er hat zugestimmt, freut sich auch darauf. Und doch habe ich den Eindruck, er fühlt sich nicht wohl bei dem Gedanken, nach Hause zurückzugehen."

„Das dürfen Sie ihm nicht übelnehmen. Es ist Ihr Zuhause, nicht das von Mirko. Er muß sich daran gewöhnen, braucht Zeit, es seelisch als sein Zuhause anzunehmen. Und lassen Sie ihn seinen eigenen Weg gehen. Es wird nicht so einfach für ihn werden, zwischen zwei Welten zu leben."

„Ich werde auch in zwei Welten leben", erwiderte Alex trotzig.

„Nein, Alex, Sie gehen in Ihre Welt zurück, und wenn Sie hierher kommen, dann nur zu Besuch."

Er war noch ernster geworden, legte eine Hand aufs Herz. „Ich werde euch nie vergessen, kann ich gar nicht. Die letzten Jahre hier haben mich mehr geprägt, als sich mancher vorstellen kann."

„Ich habe es Ihnen schon einmal gesagt. Die Jahre hier haben ihren Sinn gehabt, waren nicht umsonst. Vergessen Sie das nie."

Lange Zeit rührten sie sich nicht, aufdringlich hörten sie eine Wanduhr ticken.

„Kann ich wiederkommen? Ich meine, nicht nur als Patient."

„Jederzeit."

Am späten Nachmittag standen sie, mit Rucksäcken und Taschen beladen, vor dem kunstvoll geschmiedeten Gartentor mit den Initialen AW. Durch das Gitter sahen sie den gepflegten Rasen, die mit Kies gestreute Auffahrt, die weiß gestrichene Fassade, das Schieferdach. Die untergehende Sonne spiegelte sich in einem der großen, bodenlangen Fenster. Auf dem Balkon darüber lugte ein eingewickelter Sonnenschirm hervor. Unschlüssig standen sie da, schluckten. Ganz geheuer war ihnen nicht zumute.

„Na, dann wollen wir mal."

Alex gab sich einen Ruck und ging zur dunklen, kupfergetriebenen Haustür. Läutete, wartete längere Zeit, läutete wieder. Endlich wurde die Tür geöffnet. Frau Waletzki stand vor ihnen. Sie war allein zu Hause, hatte vor einem Fenster im Wohnzimmer gesessen und sie kommen sehen, war hin und her gerissen zwischen den widersprüchlichsten Gefühlen, als sie ihren Sohn erkannte. Sie mußte mit sich kämpfen, bis sie zur Tür gehen konnte. Als er vor ihr stand, meinte sie, ihren verstorbenen Mann zu sehen. Das gleiche Gesicht, die gleichen Augen, die gleichen Gesten.

Wortlos ergriffen Alex und Mirko ihre Taschen und gingen hinein. Sahen sich in der Halle um, näherten sich der leeren Küche.

„Ist Frau Mohn nicht mehr da?“ fragte Mirko bestürzt.

„Sie hat ihren freien Nachmittag. Konnte ja nicht wissen, daß ihr heute kommt“, zischte sie. Ihre Lippen bewegten sich kaum.

„Komm, schauen wir uns oben um.“

In ihren Zimmern war alles so, wie sie es vor fünf Jahren verlassen hatten. Neben Alex’ Bude war ein Gästezimmer, das so gut wie nie benutzt wurde.

„Was meinst du, wenn wir das Gästezimmer nehmen, die Wand durchbrechen und eine Tür einbauen lassen? Dann haben wir ein Wohn- und ein Schlafzimmer. Bad ist ja auch da. Zusammen mit deinem Zimmerchen … ob uns das reicht?“

Mirko schaute sich um, konnte sich gut vorstellen, wie es danach aussehen würde. „Ja, das reicht. Laß es uns gemeinsam einrichten.“

Da hörten sie unten Stimmen und liefen die Treppe hinunter, blieben am unteren Podest stehen. Frau Mohn, rundlicher, grauhaariger geworden, wollte gerade in ihr Zimmer neben der Küche gehen. Abrupt blieb sie stehen, riß ihre klaren, hellen Augen auf. Ihr Mund öffnete sich zu einem stummen Schrei, Tränen füllten ihre Augen. Mirko und Alex umarmten sie.

„Wir sind zurückgekommen.“

„Bleiben für immer da.“

„Ich hab’ studiert, bin Diplomkaufmann.“

„Darf ich in Ihrer Küche kochen?“

„Meine Jungs!“ Schluchzend nahm Frau Mohn beide in die Arme. Mit unbeweglichem Gesicht stand Frau Waletzki im Hintergrund. Und als die drei, ohne sie zu beachten, in die Küche gingen, schritt sie die Treppe in ihre Räume hoch und fing an, ihre Koffer zu packen.

7. Kapitel
Neuer Anfang

Auf dem Weg zu ihrem Büro begegnete Frau Peritz Herrn Pohl, der ihr die von Alex geforderten Unterlagen in die Hand drückte.

„Das Sektfrühstück um neun, bleibt es dabei?“

„Ich werde pünktlich sein.“

Kaum war sie in ihrem Büro, kam Herr Wolff mit seinen Unterlagen.

„Wann ist das Sektfrühstück?“

„Um neun.“

„Ich werde kommen. Kann ich Herrn Lechner mitbringen? Er hat mich darum gebeten.“

„Selbstverständlich. Ihm haben wir es ja eigentlich zu verdanken, daß Herr Waletzki zurückgekommen ist.“

Erwartungsvoll, nervös saß sie an ihrem Schreibtisch, versuchte sich zu konzentrieren, zu arbeiten. Im ganzen Haus spürte man die Spannung. Alle wußten, heute kommt der Junior zurück.

Scheu, zurückhaltend betrat Alex Frau Peritz’ Büro. In hellem Anzug und rotem Hemd, das volle, rotblonde Haar zu einem Pferdeschwanz zusammengebunden, stand er vor ihr. Ärgerlich über die Störung wollte sie ihm die Türe weisen, als sie ihn erkannte, und ihre Nervosität löste sich in Tränen auf. Alex begrüßte sie herzlich, gab ihr sein Taschentuch und tröstete sie. Geräuschvoll schneuzte sie sich.

„Wie ich mich freue, Sie zu sehen. Sie können nicht ahnen, wie wir diesen Augenblick herbeigesehnt haben. Haben Sie schon gefrühstückt, soll ich Ihnen einen Kaffee machen?“

„Danke, ich brauche nichts. Wissen Sie, ob Herr Pohl schon im Hause ist? Ich brauche ein paar Unterlagen von ihm.“

„Liegt alles auf Ihrem Schreibtisch.“

„Danke, dann möchte ich nicht gestört werden.“

Mit einer Lässigkeit, als hätte er nie etwas anderes getan, ging er in das Chefbüro. Punkt neun Uhr klopfte Frau Peritz an seiner Tür.

„Entschuldigen Sie die Störung, Herr Waletzki. Zu Ihrem Einstand haben wir ein kleines Frühstück vorbereitet.“

Herr Pohl, Herr Sander und Herr Wolff hießen ihn herzlich willkommen. Herr Müller, als einer der ältesten Verkäufer, begrüßte ihn im Namen sämtlicher Mitarbeiter. Michael Lechner umarmte ihn. Auf einem Tisch standen zwei Tabletts mit Kanapees, standen Sektflaschen und Gläser.

„Das sieht aber lecker aus! Was für eine angenehme Überraschung!" freute sich Alex.

Herr Sander schenkte den Sekt ein, sie prosteten sich zu, aßen Brotscheiben. In seine Gedanken vertieft, fing Alex an zu reden.

„Ich habe die Unterlagen soweit durchgelesen. Es ist alles viel schlimmer, als ich es mir vorgestellt hatte. Habe mir ein paar Notizen gemacht, was wir ..."

Sander räusperte sich. Alex sah auf. Sie standen in einer Gruppe zusammen, unterhielten sich und hatten ihn nicht gehört.

„Es ist Pause. Wenigstens ein Viertelstündchen. Danach können wir in den Konferenzraum gehen."

Entschuldigend lächelte Alex. „In einer halben Stunde in meinem Büro." Verlegen nahm er eine Brotscheibe, nippte an seinem Glas.

Mit vollen Sektgläsern saßen sie in der Sitzecke des Chefbüros, diskutierten sachlich.

„Nach allem, was in Ihren Unterlagen steht, Herr Wolff, werden wir nicht umhin können, für einige Monate die Gehälter drastisch zu kürzen."

„Für manche Mitarbeiter wird das hart werden. Sie werden protestieren."

„Müßten wir Konkurs anmelden, wäre es noch härter."

„Und wer soll ihnen das sagen?"

„Ich werde es ihnen persönlich mitteilen." Alex sah sich in der Runde um. „Ich möchte morgen eine kleine Ansprache an sämtliche Mitarbeiter halten. Wann geht das am besten?"

„Morgens in der ersten Stunde, da sind kaum Kunden da."

‚Im Laufe des Tages kommen auch nicht mehr', dachte Herr Müller und seufzte. Er konnte den Optimismus seiner Kollegen nicht teilen und hatte beschlossen, so bald wie möglich in den Vorruhestand zu gehen. Doch bevor er sich erkundigen konnte, kam ihm Frau Peritz zuvor.

„Worüber wollen Sie mit der Belegschaft sprechen? Soll ich Ihnen ein Exposé über Ihre Rede schreiben?"

„Eine gute Idee. Bleiben Sie anschließend hier, wir werden gemeinsam einen Entwurf erarbeiten. Und worüber ... nun, über alles. Die Belegschaft hat das Recht zu wissen, was auf sie zukommt. Danach werde ich in sämtliche Abteilungen gehen, um mit den Leuten reden. Viel konnte ich bis jetzt nicht durchlesen, doch kam es mir vor, als ob so mancher am falschen Platz eingesetzt wurde. Wie sollen sie da effizient und motiviert arbeiten? Wie konnte es überhaupt dazu kommen?“

„Gleichgültigkeit, Interesselosigkeit. Vor allem Schmittchen war schuld daran. Er hat seinen Günstlingen die ihnen genehmen Posten zugeschanzt“, erwiderte Herr Pohl.

„Das darf in Zukunft nicht mehr vorkommen. Können und Leistung müssen Vorrang haben. Was meinen Sie, meine Herren?“

Anerkennend klopften sie auf den Tisch, hoben ihre Gläser, froh, die Kraft gefunden zu haben, um den Karren wieder aus dem Dreck zu ziehen.

„Wie ist es mit der Regelung über den Vorruhestand? Bekommt man da eine Abfindung?“

„Ja, aber wie hoch, darüber müssen wir an einem anderen Tag, wenn wir wissen, wie viele gehen, diskutieren. Dazu brauchen wir auch einen Kredit.“

„Schmittchen hat schon vor einem Jahr nach einem Kredit nachgefragt. Der alte Mack hat ihn ihm verweigert“, bedauerte Frau Peritz.

„Ich muß es trotzdem versuchen.“ Alex stand auf. „Ich danke Ihnen, meine Herren. Wenn Ihnen noch die eine oder andere gute Idee einfallen sollte, Sie wissen, wo ich bin.“

Zusammen mit Frau Peritz schrieb er seine Rede für den nächsten Tag, listete die Neuerungen, die Verbesserungen auf und telefonierte mit Fabius.

„Tut mir leid, Herr Waletzki“, erwiderte dieser förmlich. „Wenn es um einen Kredit geht, bin ich machtlos. Da müssen Sie mit Ihrem Großvater persönlich sprechen. Haben Sie seine Telefonnummer?“

„Ja, danke.“

So biß Alex in den sauren Apfel und rief seinen Großvater an. Zu seiner Verwunderung freute sich der alte Mann, ihn zu hören, und bestellte ihn für den späten Nachmittag in die Bank. In Fabius’ Büro zeigte Alex die Liste mit den Geschäftsänderungen. Sprach über Gehaltskürzung, Vorruhestand ab 58 Jahren, Produktionsantrieb durch Mitverantwortung und mehr Selbständigkeit am Arbeitsplatz, Aus- und Weiterbildung der Angestellten, Werbung. Der alte Mack hörte aufmerksam zu.

„Hast du schon mal über eine Fusion nachgedacht? Zumindest über eine Zusammenarbeit mit einem anderen Möbelhaus?“ erkundigte sich der alte Mann.

„Ich glaub', schon zu Zeiten meines Vaters so was läuten gehört zu haben." Gedankenverloren kratzte sich Alex am Kinn.

Zum dritten Mal nahm der alte Mack die Listen zur Hand, las sie aufmerksam durch.

„Was ist mit den veruntreuten Geldern?"

„Wir bekommen das Geld, da ist Herr Lorenz zuversichtlich. Nur, es kann noch dauern. Wir wissen ja, wieviel Zeit vergehen kann, bis das Ganze vor Gericht kommt."

Wohlwollend sah der Bankier seinen Enkel an, wandte sich an Fabius: „Geben Sie ihm den Kredit. 100.000 DM zinslos, zahlbar innerhalb eines Jahres. Es ist deine Chance, Alex. Zeig was du kannst. In einem Jahr sprechen wir uns wieder."

Ohne auf Alex' Dankesworte zu hören, schlurfte der alte Mann, auf seinen Stock gestützt, aus dem Raum.

Langsam füllte sich die Kantine. Zu zweit, zu dritt, in kleinen Gruppen standen die Angestellten zusammen, flüsternd unterhielten sie sich. Zusammen mit Herrn Pohl betrat Alex den Raum, sprang auf einen Tisch und blieb abwartend stehen.

Zuerst einzelne, dann immer mehr sahen ihn, erkannten ihn. Es wurde still, nur ein gedämpftes Klappern aus der Küche war zu hören. Vorwitzig stahl sich ein Sonnenstrahl zum Fenster herein.

„Liebe Kolleginnen, liebe Kollegen, ich bin Alex Waletzki." Seine Stimme drang bis in den letzten Winkel. „Sie erfahren sicher nichts Neues, wenn ich Ihnen sage, daß die Firma so gut wie bankrott ist. Wenn wir nicht Konkurs anmelden wollen, müssen wir sofort das Steuer herumreißen, müssen mehr arbeiten, zusammenhalten, Opfer bringen. Jeder einzelne von uns. Ab sofort werden Sie nach Ihren Fähigkeiten gefördert werden, an den Ihnen angemessenen Platz gestellt. Den Älteren lege ich nahe, ihren Antrag auf Vorruhestand einzureichen. Ich bitte Sie, nehmen Sie dieses Angebot wahr. In den nächsten Tagen erfahren Sie, wie hoch die Abfindung sein wird. Bei allen anderen müssen wir die Gehälter um die Hälfte kürzen, so leid es mir tut. Wer glaubt, dadurch ausgenutzt zu werden, kann kündigen. Wir halten keinen. Wir müssen auch die Werbung intensivieren, und ich wäre für jede gute Idee von Ihnen dankbar. Auch für Verbesserungsvorschläge zur Produktionssteigerung bin ich zu haben. Ich sage es noch einmal, wir müssen zusammenhalten, denn ich brauche Sie, von der einfachen Putzfrau über die Lehrlinge bis hin zu den Abteilungsleitern."

Er sah die Gesichter, die vertrauensvoll zu ihm aufblickten, spürte ihre Entschlossenheit, ihren Mut weiterzumachen.

„Ich danke Ihnen für die Treue, die Sie meiner Familie gegeben haben."

Als er aufhörte, blieb es sekundenlang still, sogar das Klappern in der Küche hatte aufgehört. Die meisten fingen an zu klatschen. Alex sah Siegeszeichen, sah aber auch verdrossene, haßerfüllte Gesichter.

„Ich danke Ihnen allen, und nun gehen Sie bitte an Ihre Arbeit zurück."

Sie blieben in Gruppen stehen. Besonnen, heftig, nachgiebig diskutierten sie über das Gehörte, versuchten es zu verarbeiten.

„Haben Sie die haßerfüllten Gesichter gesehen?" fragte Alex Herrn Pohl, als sie in ihre Büros zurückkehrten.

„Allerdings, das sind Ihre Gegner, von Ihrer Mutter und Schmittchen aufgehetzt. Was sollen wir mit ihnen machen? Kündigen?"

Kalte Wut stieg in Alex auf, und im ersten Moment wollte er sie alle hinauswerfen. Er beherrschte sich, und mit einem zynischem Lächeln erwiderte er: „Ich nehme an, das sind die, die auf den ihnen genehmen Posten sitzen? Nun, sie werden die ersten sein, die in den Genuß einer ‚Beförderung', ihren Fähigkeiten angemessen, kommen werden. Mal sehen, auf was für einem Platz sie sich wiederfinden werden."

Pohl lachte schallend. „Und dazu die Gehaltskürzung. Ich wette mit Ihnen, was Sie wollen, in zwei, drei Monaten kündigen die von selber."

Am gleichen Tag fing Alex an, in die Abteilungen zu gehen, fragte jeden nach seinem Namen, erkundigte sich nach dessen Familie, hörte sich ihre Sorgen, ihre Wünsche an. Auch das Designerbüro besuchte er. Zwei Männer und eine Frau, alle drei Mitte Zwanzig, saßen vor ihrem Computer und zeichneten Skizzen nach Vorlagen, die neben ihnen lagen. Alex nahm eine dieser Vorlagen zu Hand.

„Was soll das sein? Das ist ja total unmodern. Wer soll das kaufen? Haben Sie keine Phantasie? Was haben Sie in der Berufsschule gelernt? So lange kann doch das nicht her sein?"

Ärgerlich erwiderte die Frau: „Wir haben Phantasie und wissen auch, was in ist. Doch bei der Mumie sind Blick und Phantasie verdorrt, und wir dürfen nur zeichnen, was er uns aufträgt."

„Und wer ist die Mumie?" grinste Alex.

Da kam dieser zur Tür herein. Ein älterer Mann, hager, mit eingefallenem, faltigem Gesicht und tiefliegenden Augen. Alex erinnerte sich an ihn. Bei seiner

Ansprache hatte er im Hintergrund gestanden, mit zusammengekniffenem Mund und kaltem Blick. ‚Aha, bestimmt einer von Schmittchens Günstlingen‘, dachte er, und bevor der Mann wütend aufbrausen konnte, wandte sich Alex den jungen Leuten zu.

„Wenn Sie glauben, genug Phantasie zu haben, erwarte ich Sie in einer Stunde in meinem Büro mit Ihren selbst angefertigten Skizzen. Guten Tag.“

Und verließ das Büro. Der alte Mann stand wie ein begossener Pudel da. Grinsend schoben die junge Leute die Vorlagen beiseite und steckten die Köpfe zusammen. Auf dem Weg zu seinem Büro schaute Alex beim Personalchef vorbei.

„Pohl, kennen Sie die Mumie vom Designerbüro? Ich bitte Sie, schicken Sie ihn so schnell wie möglich in den Vorruhestand oder in Rente oder wohin Sie wollen. Der versaut ja das ganze Betriebsklima in seiner Umgebung.“

Als er durch das Vorzimmer stürmte, hielt ihn Frau Peritz auf. „Ein Herr vom Rundfunk hat angerufen wegen der Werbespots. Er wollte wissen, wann er vorbeikommen könnte, um über die Einzelheiten zu sprechen.“

Alex schaute auf die Uhr.

„Heute morgen geht es schlecht, wie wäre es … Kennen Sie sich in der Umgebung aus, Frau Peritz? Gibt es da vielleicht ein nettes Lokal, in dem man gut essen kann?“

„Auf der anderen Straßenseite, vielleicht fünf Minuten von hier, ein chinesisches Restaurant.“

„Bestellen Sie für die Mittagspause einen Tisch für drei Personen, und schikken Sie den Rundfunkfritze dorthin.“

„Drei Personen?“

„Klar, Sie kommen doch mit, oder?“ lachte er sie an.

Selbstbewußt saßen die drei Designer in der Sitzecke des Chefbüros. Alex hatte ihre Zeichnungen vor sich auf dem Tisch liegen. Fragmente in satten Holzfarben, aus verschiedenen Perspektiven und Entfernungen aufgenommen, fügten sich zu einem Schrank, Tisch, Stuhl, Bett, Schreibtisch zusammen. Funktionelle, klare Linien, keinerlei Schnörkel oder Beiwerk. Es war das Holz mit seiner Maserung, das diesen Möbeln ihre gediegene Schönheit verlieh.

„Wunderbar, ja, so stelle ich mir eine Wohneinrichtung vor. Haben Sie das gemeinsam entworfen?“

Sie nickten, erröteten vor lauter Freude. Alex griff zum Telefonhörer.

„Frau Peritz, wie lange brauchen Sie, um eine Sitzung anzuberaumen?“

„Moment, bitte.“ Alex hörte Papier rascheln. „Also heute geht es nicht mehr, da haben Sie zu viele Termine. Erst morgen vormittag, vielleicht um elf?“

„Gut, morgen um elf. Bereiten Sie alles vor, bitte. Sie haben es gehört“, wandte er sich an die Designer. „Morgen vormittag werde ich Ihre Entwürfe vorlegen, sie für die neue Kollektion verwenden. Kommen Sie bitte auch vorbei, und bringen Sie uns noch mehr Skizzen mit. Vielleicht auch Stil- oder zumindest stilisierte Formen.“

„Und die Mumie?“

„Mit ihr haben Sie nichts mehr zu tun. Gewöhnen sie sich daran, selbständig zu arbeiten. Sie haben ja gezeigt, daß Sie es können.“

Ihre Augen strahlten.

Der Jüngste zog ein großes Blatt aus seiner Mappe, scheu reichte er es Alex. „Hab' ich ganz allein entworfen“, flüsterte er.

Es waren hypermoderne Möbelstücke. Stühle, bei denen man die Sitzfläche suchen mußte, ein Schrank, aus mehrfarbigen Würfeln zusammengebaut, ein dreieckiger Tisch. Nach dem ersten Blick legte Alex das Blatt beiseite, nahm es wieder zur Hand, betrachtete die Zeichnungen von verschiedenen Seiten.

„Wer soll so was kaufen?“

„Ich, zum Beispiel.“

Alex sah die anderen zwei an.

„Vielleicht als Kontrast zu normalen Möbeln?“ versuchten sie ihrem Kollegen den Rücken zu stärken.

‚Das stimmt‘, dachte Alex. ‚Jugendliche würden so etwas kaufen, wenn sie genügend Geld hätten.‘

„Es sind sehr schöne und phantasievolle Zeichnungen“, lobte er den jungen Mann. „Nur, für den Moment können wir uns solche Experimente nicht leisten. Heben Sie die Zeichnungen auf. In einem halben Jahr vielleicht, wenn es mit der Firma wieder aufwärtsgeht, können wir darüber reden. Versuchen Sie, mehr solche Zeichnungen zu skizzieren, aber bitte nicht zu verrückt.“

Jeden Morgen, wenn Alex aufstand, führte ihn sein erster Weg zur Terrasse, die in den Garten führte. Er durchquerte das helle, luftige Eßzimmer mit der neuen, modischen Einrichtung, der Schiebetür zur Küche. Das Wohnzimmer mit den Polstern in satten orangeroten Farben, den gläsernen Tisch, den antiken Schrank. Nichts erinnerte mehr an seine Eltern, kein Bild, kein persönlicher Gegenstand. Innerhalb weniger Wochen hatten Alex und Mirko es verstanden, dem Haus ihre Persönlichkeit, ihren Stempel aufzudrücken. Nur das Arbeitszimmer, in Gedenken an seinen Urgroßvater, ließ er, wie es war.

Er blieb am Rand der Terrasse stehen. Beim Anblick des gepflegten Rasens, der Magnolien, des Ginkgobaumes, der Blumenrabatte, der Tannen am Rande des Grundstückes wußte er: ‚Jetzt bin ich endgültig aus der Gosse herausgekommen.'

Es war Mai geworden, und der üppige Rasen, der Blütenduft, der milchigblaue Himmel versprachen einen schönen Sommer. Für Alex die richtige Zeit, um Gäste einzuladen, und beim Abendessen schnitt er dieses Thema an.

„Ich bitte dich, Alex, schreibe die Einladungen nur auf deinen Namen. Ich will mit diesem Gartenfest nichts zu tun haben."

„Wie du willst, obwohl ich der Meinung bin, dir würde eine Abwechslung auch guttun. Du arbeitest mir zuviel in letzter Zeit."

„Du auch", konterte Mirko. „Vielleicht sollten wir einen kurzen Wochenendurlaub machen und irgendwohin fahren, was meinst du?"

Alex nahm sich Spargel und reichte die Schüssel an Frau Mohn weiter.

„Mal sehen. Zuerst muß ich mich um die Vorbereitungen für die Gartenparty kümmern."

„Das erledigen wir, nicht wahr, Frau Mohn?"

„Wie viele werden kommen?"

„Nicht viele, 50 vielleicht. Ich glaube kaum, daß alle zusagen werden."

„Dann bereiten wir am besten verschiedene Salate vor und bauen einen Anrichtetisch auf, entweder hier im Eßzimmer oder bei schönem Wetter auf der Terrasse. Was die Getränke anbelangt, solltest du ein paar Kellner einstellen, die die Gläser herumreichen", erwiderte Frau Mohn, stellte die Schüssel mit dem Spargel beiseite und nahm die Sauciere.

„Wie wäre es, wenn zwei, drei von deinen Jungs aus der Coro da einspringen würden? Ich zahle ihnen den üblichen Preis."

„Wieso von der Coro? Wie kommst du darauf?" Geschockt ließ Mirko die Gabel fallen. ‚Hat Alex den Verstand verloren?' dachte er erstaunt. Er schüttelte den Kopf. „Nein, kommt nicht in Frage."

„Warum nicht? Wär' mal was anderes. Groß und schlank, wie sie sind, dazu schwarze Hose, weißes Hemd mit Fliege, werden sie eine wahre Augenweide sein", schwärmte Alex.

„Und wenn man sie erkennt? Ich will sie nicht zum Gespött deiner Gäste machen. Wenn du solch eine Sehnsucht nach den Jungs hast, geh doch selber in die Coro, ich habe nichts dagegen.“

„Paß auf, was du sagst, ich könnte dich beim Wort nehmen“, zwinkerte Alex ihm zu. „Spaß beiseite, meine Gäste werden Kellner, Dienstboten, die man kaum beachtet, in ihnen sehen. Und sollten wirklich irgendwelche Kunden der Coro dabeisein, glaubst du, sie werden sich verraten, zugeben, daß sie dort ein und aus gehen? Frag doch die Jungs! Sie sollen selber entscheiden, ob und wer hier aushelfen will.“

Halb überzeugt gab Mirko nach.

„Ich werde mit den Jungs reden, mal sehen, was sie dazu sagen. Trotzdem … es ist eine verrückte Idee“, fügte er mit bedenklichem Gesicht hinzu.

Er stand auf, warf die Serviette auf den Tisch. „Tut mir leid, ich muß euch verlassen. Habe noch einiges zu erledigen, bevor ich zur Arbeit gehe.“

Alex packte ihn am Handgelenk, zog ihn zu sich hinunter. „Warum so eilig? Bleib doch noch 'ne Weile.“ Und fing an, Mirkos Ohrläppchen zu knabbern. „Kommst du heut nacht zu mir?“

Zärtlich küßte Mirko Alex' Hals und Schulter. „Vielleicht, wenn ich nicht zu müde bin.“

Frau Mohn war in Gedanken noch bei dem Salatbüfett. „Soll ich auch Fischsalate vorbereiten?“ Als sie keine Antwort erhielt, schaute sie auf, und schmunzelnd fing sie an abzuräumen. ‚Das schmeckt ihnen besser als mein Spargel‘, dachte sie.

Alle eingeladenen Gäste kamen, teils aus Solidarität und Freundschaft mit den Waletzkis, teils aus Neugierde. Sie gingen zu der langen Tafel, auf der das Büffet aufgebaut war, und bei dem Hummer, dem Huhn, den Krabben, dem Kartoffelsalat und einem Dutzend anderer Salate hatten sie die Qual der Wahl. Sie nahmen sich Gläser von den Tabletts, die drei junge Männer herumreichten. Alex stand an der Glastüre zur Terrasse und begrüßte seine Gäste. Pohl und Sander stellten ihm ihre Frauen vor. Frau Peritz kam mit ihrem Lebensgefährten, Fabius allein. Stimmengewirr, Lachen. Man sprach über den langsamen Aufschwung der Firma, Lokalereignisse, wohin sie in Urlaub fahren wollten. So mancher flüsterte hinter vorgehaltener Hand über Alex' Vergangenheit. Verstohlen beobachteten ihn die Frauen und versuchten sich vorzustellen, wie es hinter den Mauern der Coro wohl zugehen mochte. Der Bürgermeister begrüßte Alex herzlich und erkundigte sich nach seiner Mutter.

„Wir vermissen sie. Frau Waletzki hat mit ihrem charmanten Wesen so manchen Empfang oder Theaterabend bereichert."

„Soviel ich weiß, ist meine Mutter in Nordamerika. Wollte einfach mal raus, was anderes sehen. Gönnen wir ihr das. Bis zum Winter ist sie bestimmt wieder hier und wird das gesellschaftliche Leben der Stadt wieder in Schwung bringen", erwiderte Alex mokant.

Irritiert sah ihn der Bürgermeister an, verbeugte sich knapp und schritt zu einer anderen Gruppe. Herr Pohl wollte gerade ein Gespräch mit Alex anfangen, als ein korpulenter, gutaussehender Mann in den besten Jahren mit ausgestreckten Armen auf sie zukam.

„Alex, was für eine Freude, dich zu sehen. Wieso bist du hier? Kennst du den Sohn des alten Waletzki? Sein Vater war ein Geschäftsfreund von mir, und ich bin gekommen ..."

Alex war blaß geworden: „Ich ... tut mir leid, Sie müssen sich irren, ich kenne Sie nicht."

„Ich bin doch der Benno, aus der Coro, du mußt mich kennen!"

Hilfesuchend sah sich Alex um. Es war still im Raum geworden. Sander kam gerade von der Terrasse herein, erfaßte mit einem Blick die Situation. Er ging auf den Mann zu, nahm ihn am Arm und bugsierte ihn zum Ausgang.

„Sie haben doch gehört, was Herr Waletzki sagte. Er kennt Sie nicht."

„Das ist Herr Waletzki?" japste der Mann und sah Alex entgeistert an.

Unbemerkt hatte Mirko den Raum betreten. Mit einer leichten Kopfbewegung bestellte er einen der jungen Männer, die ein Tablett mit Gläsern trugen, zu sich und flüsterte mit ihm. Der Mann legte das Tablett auf einen Tisch und näherte sich dem korpulenten Mann. Mit einem Lächeln und einem unnachahmlichem Augenaufschlag nahm er ihn bei der Hand und ging mit ihm hinaus. Alex war leichenblaß geworden, er meinte zu ersticken, und seine Finger griffen immer wieder in den Hemdkragen. Die Gäste waren in ihren Bewegungen erstarrt. Mirko ging in die Mitte des Raumes, seine Stimme klang ruhig.

„Ein kleines Mißverständnis, das behoben wurde. Bitte bedienen Sie sich."

Eine leichte Handbewegung, und die anderen beiden Männern schritten mit ihren Tabletts zwischen den Gästen, die automatisch ein Glas nahmen. Zwei Gläser in der Hand, stellte sich Mirko neben Alex hin, gab ihm ein Glas.

„Reiß dich zusammen."

Sander gab Pohl ein Zeichen, zusammen mit ihren Frauen gingen sie zu Frau

Peritz und Fabius, flüsterten kurz miteinander, trennten sich, und ein jeder fing mit einer anderen Gruppe ein Gespräch an. Der Bürgermeister sah es und winkte einigen Bekannten zu, die sich ihrerseits zerstreuten. Stimmengewirr und Lachen erfüllten wieder Raum und Garten, und der Vorfall wurde vergessen.

„Wie konnte das passieren? Hast du ihn nicht gekannt?"

Mirko und Alex standen immer noch beieinander.

„Eben nicht. Oder nicht als den, der er ist. In der Coro hat er sich anders genannt."

„Wieso hast du ihn eingeladen?"

„Es war nur ein Name in den Akten meines Vaters. Er ist Porzellanfabrikant und hatte einen regen Geschäftsverkehr mit meinem Vater." Er stellte das Glas auf einem Tisch. „Und was machst du hier? Ich dachte, du wolltest dem Fest fernbleiben."

„Wollte nur nach meinen Jungs schauen, ob alles in Ordnung ist. Und komm' da rein und seh' den Mann auf dich zugehen. Ich dachte, mich trifft der Schlag. Ein Wunder, daß er meine Jungs nicht erkannt hat."

Immer wieder kam einer der Gäste vorbei, wechselte ein paar Worte mit Alex, bedauerte den Vorfall und sah Mirko neugierig an. Da näherte sich der Junge, der mit dem Mann hinausgegangen war.

„Der Herr wartet in Ihrem Arbeitszimmer. Er möchte sich persönlich bei Ihnen entschuldigen."

„Vertritt mich hier derweil, bitte. Guck mal, Sander hat dich gesehen. Er trauert heute noch der Zeit nach, in der du bei ihm gearbeitet hast."

Mirko drückte das leere Glas dem Jungen in die Hand, begrüßte Sander mit Handschlag, und gemeinsam gingen sie zu der Anrichte, in ein nichtssagendes Gespräch vertieft.

Unauffällig verließ Alex, mit einer Flasche und zwei Gläsern in der Hand, den Raum. Der Mann stand vor dem Porträt von Alex' Urgroßvater und drehte sich um, als er die Tür gehen hörte.

„Lohmeyer", stellte er sich vor. „Es ist mir wirklich peinlich, aber ich konnte nicht ahnen …"

„Ich auch nicht. Ihr Name war mir unbekannt, habe ihn in den Papieren meines Vater gefunden. Dachte, wenn der mit meinem Vater zusammengearbeitet hat, wird er es vielleicht auch mit mir."

„Das gleiche habe ich auch gedacht, als ich Ihre Einladung bekam."

Alex hatte die Gläser auf einen Beistelltisch gestellt, schenkte ein. Herr Lohmeyer sah die Bewegungen der schmalen Hände, und einen Augenblick lang fühlte er sich in die Coro versetzt.

„Entschuldigen Sie die impertinente Frage. Aber wie kamen Sie in einen so … fragwürdigen Club?"

„Familiäre Gründe", antwortete Alex lakonisch.

Er hatte sich auf einen der bequemen Ledersessel hingesetzt, und mit einer Handbewegung bat er Herrn Lohmeyer, Platz zu nehmen.

„Wie haben Sie meinen Vater kennengelernt, und wie war Ihre Zusammenarbeit?"

„Kennengelernt haben wir uns in einem Hotel in der Schweiz. Und zusammengearbeitet … nun, ich habe eine kleine Porzellanmanufaktur im Schwarzwald."

Herr Lohmeyer stellte drei, vier Mal im Jahr seine Produkte, vor allem Tafelgeschirr und Vasen, im Al-Wa-Haus aus, und als Gegenleistung konnte er seine Ausstellungsräume mit Tischen und Sideboards der Firma einrichten und warb darüber hinaus für das Al-Wa-Haus.

„Ich habe so manchen meiner Kunden nach S. ins Al-Wa-Haus geschickt. Öfters sah ich Besucher aus S. in meinen Ausstellungsräumen. Unsere Zusammenarbeit war fruchtbar, aber seitdem Ihr Vater nicht mehr da ist … Ich habe etliche Male an die Firma geschrieben, auch angerufen, habe nie eine Antwort bekommen."

Alex nickte. „Wir arbeiten uns gerade aus einem Tief hoch. Sobald es mit der Firma aufwärtsgeht, werde ich mich bei Ihnen melden. Wir könnten mit der Arbeit da weitermachen, wo Sie mit meinem Vater aufgehört haben."

Und die ganze Zeit dachte er, was für eine ausgezeichnete Werbung solch eine Ausstellung doch wäre. Was könnte man in Zusammenhang mit Möbeln alles ausstellen? Muß mal Frau Mohn und Frau Peritz fragen. Frauen sind ja mehr zu Hause als wir Männer.

Sie legten Einzelheiten ihrer Zusammenarbeit fest, unterhielten sich über belanglose Themen, vermieden es, die Coro zu erwähnen.

„Ich muß mich wieder um meine Gäste kümmern. Kommen Sie mit?" Alex stand auf.

„Nein danke. Ich möchte gehen."

Wenn er an die peinlichen Augenblicke im Eßzimmer dachte, verkrampfte sich jetzt noch sein Magen. Herzlich schüttelte er Alex die Hand.

„Sie Ärmster. Sie können nicht einfach verschwinden. Sie müssen da durch."

„Man gewöhnt sich an alles", erwiderte Alex gleichmütig. Es war aber schwerer, als er gedacht hatte. „Auf Wiedersehen. Ich werde mich so bald wie möglich melden."

Sie schritten zur Eingangstür. An der offenen Tür blieb Alex stehen, schaute Herrn Lohmeyer nach, der in seinen Wagen stieg und abfuhr. Auf dem freien Platz vor dem Haus standen etliche Gäste bereit, in ihre Wagen zu steigen.

Alex durchquerte die Halle. Kichernd und schwatzend standen drei, vier Frauen in der Küche, auf Sesseln lagen mehr als sie saßen Männer mit glasigem Blick. Angewidert verzog Alex den Mund, ging zur Terrasse hinaus. Das Salatbuffet sah aus wie ein Schlachtfeld. Gelangweilt standen einzelne Gäste im Garten herum. Mirko kam mit Frau Peritz die Stufen herauf.

„Was war hier los? Warum sieht es hier so chaotisch aus?"

„Bevor die meisten sang- und klanglos gingen, haben sie sich noch einmal bedient. Vergiß sie einfach."

Frau Peritz kramte in ihrer Tasche. „Ich habe einige vielversprechende Zusagen zu einer Zusammenarbeit bekommen. Auch von einem Mailänder, einem Herrn ... Herrn, ich kann mir den Namen einfach nicht merken. Er erzählte mir, daß er ein Möbelgeschäft in Mailand hat sowie gute Beziehungen zu Geschäftsleuten in der Lombardei."

„Ein Mailänder? Kann mich nicht erinnern, einen Italiener eingeladen zu haben."

„Herr Mayer brachte ihn mit. Stellte ihn mir vor. Sie waren gerade nicht da, so habe ich mit ihm verhandelt." Sie wühlte immer noch in ihrer Tasche. „Aha, da habe ich seine Visitenkarte. Girotti heißt er. Betonte, er sei nur noch bis Dienstag hier."

„Gut, geben Sie mir die Karte. Ich werde mich mit ihm in Verbindung setzten."

Pohl gesellte sich zu ihnen. „Ich möchte mich verabschieden. Wollen noch heute abend unsere Tochter besuchen." Er sah sich um. „Haben Sie meine Frau gesehen?"

„Meinen Freund vermisse ich auch seit geraumer Zeit", fügte Frau Peritz hinzu.

„In Halle und Küche steht und liegt der Rest vom Schützenfest", grinste Alex und gab ihnen die Hand. „Auf Wiedersehen. Schön daß Sie gekommen sind."

Er wollte sie hinausbegleiten.

„Ich bitte Sie, wir finden den Weg."

„Wieviel Blabla und nichts dahinter", gähnte Mirko, der unbeteiligt danebenstand.

Bevor er ging, sprach der Bürgermeister zwischen Tür und Angel noch ein paar Worte mit Alex.

„Hätten Sie nicht Lust, später einmal im Gemeinderat zu kandidieren?"

„Ich interessiere mich nicht für Politik."

„War nur ein Vorschlag. Die Waletzkis haben immer viel zum Wohle der Stadt beigetragen."

„Ich werde mich auch zum richtigen Zeitpunkt engagieren", erwiderte Alex und dachte an seine Jahre auf der Straße und an die Menschen, die er dort kennengelernt hatte.

Endlich waren die letzten Gäste gegangen. Die drei jungen Männer aus der Coro sammelten die Gläser und Flaschen ein und trugen sie in die Küche. Alex übergab ihnen das versprochene Geld.

„Nehmen Sie sich bitte von dem Salat mit nach Hause", forderte er sie auf.

„Danke, wir haben schon in der Küche gegessen", und sie verabschiedeten sich.

Frau Mohn kam mit drei Tassen herein, deckte den Tisch.

„Um Himmels willen! Schon wieder essen?"

„Nur eine heiße Bouillon, nach all dem Alkohol."

Gedankenverloren löffelten sie die Brühe. Für Alex war die Party erfolgreich gewesen. Er wußte jetzt, wer ihm wohl gesonnen war. Er hatte Geschäftsverbindungen geknüpft, die man aufbauen konnte. Er hatte das Gefühl, in der Gesellschaft Fuß zu fassen. Auch Frau Mohn war zufrieden. Endlich war das Haus, wie in alten Zeiten, wieder voller Gäste gewesen. Und als mehrere Frauen in ihre Küche kamen und nach dem einen oder anderen Rezept fragten, war sie selig. Mirko hatte lange mit Sander gesprochen, der ihm das Gefühl gegeben hatte, dazuzugehören. Er stellte ihm andere Gäste vor, die im Wirtschafts- und Geschäftsleben der Stadt das Sagen hatten. Jetzt noch mußte Mirko lachen, wenn er an ihre undurchdringlichen Mienen, an ihren krampfhaften Small talk dachte.

„Was machen wir mit dem restlichen Salat?" riß sie Frau Mohn aus ihren Gedanken hoch.

„Wieviel noch übrig ist", wunderte sich Mirko. „Wieso haben wir uns in der Menge so verschätzt? Oder sind weniger gekommen, als wir dachten?"

Sie gingen zur Anrichte. Der Kartoffelsalat sowie die Saubohnen standen unberührt da. Der grüne Salat und der Sellerie fingen an, matschig zu werden. Den

Hummer und die Krabben hatten die Gäste aufgegessen. Vom Huhn war auch noch übrig.

„Das Matschige können wir wegwerfen. Und das andere? Verschenken? Aufheben?“

„Und wenn wir Detlef oder Bernd anrufen? Für ihre Kinder? Sie können es bestimmt gebrauchen.“

Alex sah ihn skeptisch an. „Sind das nicht Almosen?“

„Nicht, wenn es von uns kommt. Wir sind doch Freunde.“

„Hast wie immer recht“, sagte er und griff nach seinem Handy. Als Bernd sich meldete, erklärte ihm Alex, worum es ging.

„Echt?“ staunte Bernd. „Kann ich gleich vorbeikommen? Zufällig haben Nicole und Benni heute Geburtstag. Das wird ein Fest.“

Zufrieden legte Alex das Handy beiseite.

„Haben wir noch Brot?“

„Jede Menge!“

„Packen Sie alles ein.“

Frau Mohn eilte in ihre Küche, durchstöberte Speisekammer und Kühlschrank. Mirko rannte in den Keller hinunter und holte die große Kühlbox herauf. Liebevoll packten sie die restlichen Salate ein. Da läutete es schon an der Tür. Mit einer großen Plastiktasche stand Bernd vor ihnen. Stürmisch umarmten sich die Freunde.

„Komm herein. Wie geht es dir? Was macht Detlef? Warum ist er nicht mitgekommen? Hat er keine Zeit?“

„Mir geht es gut. Und Detlef … Ich habe ihn schon längere Zeit nicht mehr gesehen.“ Er wurde ernst. „Er ist … Nun, ihr kennt ihn ja. Er hat sich nie an ein ordentliches Leben gewöhnen können. Er war schon immer ein Stromer. Die wenigen Jahre in der Coro waren wir es, die ihm Halt gegeben haben. Seitdem … ich kann ihn nicht halten.“ Verzweifelt sah er die Freunde an. „Ich weiß mir keinen Rat mehr. Vielleicht könnt ihr mir helfen?“

„Komm, setz dich. Willst was essen?“

„Nein, hab’ keinen Hunger.“

Sie saßen auf der Stufe der Terrasse. Zaghaft blinkten die ersten Sterne am Himmel, es wurde kühler.

„Detlef … er sackt wieder ab, lebt auf der Straße, obwohl er ein Dach über dem Kopf hat.“

„Und seine Arbeit?“

„Solange er nicht im Büro sitzen muß, arbeitet er gut, sehr gut sogar. Er stöbert Kinder aus den unmöglichsten Ecken auf. Bringt sie zum Sonnenwinkel, spricht mit ihnen, berät sie, gibt sich mit ihnen ab. So sehr, daß er bei ihnen im Bauwagen, in Parks und Gott weiß wo noch übernachtet, sich mit ihnen rumtreibt.“

„Und was können wir tun? Detlef ist erwachsen, kann tun und lassen, was er will.“

„Du bist sein Freund, Alex. Warst auf der Straße und in der Coro unser Boß, auf dich wird er hören.“

Alex blieb skeptisch. „Wenn du meinst, werd’ ich mit ihm reden. Weißt du, wo er sich aufhält?“

Niedergeschlagen schüttelte Bernd den Kopf.

„Hier hast du meine Telefonnummer. Ruf mich an, sobald du ihn irgendwo erwischst. Ich komm’ dann gleich zu euch.“

„Detlef bräuchte eine Freundin, die sich um ihn kümmert“, sinnierte Mirko.

„Er hat immer noch Angst vor Frauen“, verzweifelte Bernd.

„Und wenn er zu Frau Dr. Reb geht? Sie kann ihm bestimmt helfen.“

„Geht er schon lange nicht mehr hin.“

Bernd stand auf, ergriff die Kühlbox.

„Ich muß gehen. Nicole und Benni mit ihren Gästen warten auf mich. Ich danke euch in ihrem Namen.“

Von der Küche kam Frau Mohn mit einem großen Paket.

„Brot und Wurst. Brauchen Sie was zum Trinken?“

„Nein, danke. Wir haben Coke.“

Die Tasche in der einen Hand, die Box in der anderen, versuchte Bernd, das Gleichgewicht zu halten.

„Komm, ich fahr’ dich“, bot ihm Alex an.

„Nee, draußen wartet ein Junge auf mich. Traute sich nicht, mit hereinzukommen. Wir fahren mit der Straßenbahn. Und nochmals vielen Dank.“

Gemeinsam räumten sie auf, trugen die Teller in die Küche, stopften die Geschirrspülmaschine voll, klappten den geliehenen Tapetentisch zusammen und lehnten ihn an die Wand. Morgen würde er abgeholt werden.

Unschlüssig standen Alex und Mirko herum, wollten in den Garten gehen. Es war noch kühler geworden, sah nach Regen aus. So gingen sie ins Wohnzimmer.

„Kommen Sie mit, Frau Mohn? Oder wollen Sie allein in Ihrem Zimmer sitzen?“

Sie nahm die Handtücher ohne Aufhänger, die zerrissenen Socken, die Hemden ohne Knöpfe mit. Unter der Leselampe, leise Musik im Hintergrund, fing sie an zu nähen, schaute ab und zu auf, sah die beiden auf dem Sofa miteinander flüstern, und ihr Herz quoll über vor Glück.

Hedwig Mohn, genannt Hedda, war gerade 16 Jahre alt geworden, als sie ihren Dienst im Hause Waletzki angetreten hatte. Frau Waletzki, durch Heirat und den Fleiß ihres Mannes Adrian zu Geld gekommen, neureich geworden, hatte keinerlei Fingerspitzengefühl im Umgang mit Dienstboten. Hedda, aus einem armen, doch liebevollem Elternhaus in die rauhe Wirklichkeit des Lebens hinausgestoßen, litt unter der Fuchtel von Frau Waletzki, die obendrein nicht einmal imstande war, dem Mädchen die einfachsten Hausarbeiten beizubringen. Es war ihr Mann, der Hedda auf seine Kosten in eine Berufsschule schickte, in der sie nicht nur das kleine Einmaleins der Haushaltsführung, sondern auch Kochen und Backen lernte. Mit diesem Wissen wuchs ihr Selbstbewußtsein. Sie wurde mutiger, selbständiger, gab der Frau Waletzki Paroli. Sie hatte nie geheiratet, wollte auch nicht. Und als Gudrun Waletzki früh starb und Mann und Sohn Alexander zurückließ, übernahm Hedda den Haushalt, und die Waletzkis wurden ihre Familie.

Das änderte sich auch nicht, als der junge Alexander heiratete. Hedda, zu der Zeit schon respektvoll Frau Mohn gerufen, kam mit der jungen Frau Waletzki gut aus, da diese sich kaum um den Haushalt kümmerte und ihr weiterhin dessen Führung überließ.

Vier Jahre später, als Irene Waletzki mit dem neugeborenen Alex von der Klinik nach Hause kam, hatte sie das schreiende Kind in die Arme Frau Mohns gelegt. Das Baby hörte auf zu weinen, gähnte, nuckelte an seinem Däumchen. Es war Liebe auf den ersten Blick. Für Alex wurde Frau Mohn die Mutter, die sich um ihn sorgte, sich um ihn kümmerte, ihm ihre ganze Liebe schenkte. Jeder wußte: Wo Frau Mohn war, war Klein Alex nicht mehr weit.

Sie erinnerte sich an den Tag, an dem sie Mirko zum ersten Mal gesehen hatte, wie er so verloren neben der Treppe stand. Sie hatte geahnt, warum Alex ihn mit nach Hause gebracht hatte, und sie erinnerte sich an ihre widersprüchlichen Gedanken, das Befremden, die Schuldgefühle – hatte sie in ihrer Erziehung was falsch gemacht? –, die stummen Fragen. Bald aber merkte sie die positive Veränderung in Alex' Charakter, sah, daß er glücklich war, und mehr wollte sie nicht. Und je mehr sie Mirko kennenlernte, die Erzählungen aus seiner traurigen Kindheit hörte, die Suche nach seinem Ich, seine Fragen, ob er ihr helfen könne, desto mehr schloß auch sie ihn in ihr Herz. Wie oft hatte er ihr über die Schulter geschaut, wenn sie am Herd stand, kochte und backte. Die schönsten Tagesstunden für Frau Mohn waren die gewesen, in denen die zwei in ihrer Küche saßen, ihre Leckerbissen aßen, ihr die Ohren voll plapperten.

Um so abgrundtiefer war ihr Schock, ihr Schmerz, als die beiden das Haus verließen. Sie gab Frau Waletzki die Schuld, und den Haß, den sie bei Alex gespürt hatte, übertrug sie auf die Frau. Sie hatte nach Alex gesucht. Mit offenen Ohren trieb sie sich in den Verkaufsräumen der Firma herum, ging zur Bank. Hörte aber nur Gerüchte. Auch von der Coro hörte sie. Sie suchte die Straße, in der der Club stand, traute sich aber nicht in seine Nähe, geschweige denn zu läuten. Fünf Jahre lang hoffte und betete sie, daß die beiden zusammenbleiben und irgendwann zurückkommen würden. Jahre, in denen sich die zwei Frauen in dem großen Haus aus dem Wege gingen, eine jede in ihren Gefühlen gefangen.

Alex und Mirko wurden lauter, brachten Frau Mohn in die Gegenwart zurück. Sie legte das Handtuch, das sie in den Händen hielt, zusammen und sah sie über ihre Brille hinweg an.

„Kann ich erfahren, warum ihr streitet, oder ist es ein Geheimnis?“

„Es ist immer noch wegen Detlef. Wir können uns einfach nicht einigen, wie wir ihm helfen könnten.“

„Will er sich überhaupt helfen lassen?“

„Na, hören Sie mal, wenn einer sich so rumtreibt?“

„Seit wann habt ihr Vorurteile? Ihr wart ja auch lang genug auf der Straße, und so unglücklich seid ihr da nicht gewesen.“ Und bevor sie entrüstet protestieren konnten: „Wie wäre es, wenn ihr mit diesem Detlef mal reden würdet. Hören, was er zu sagen hat?“

„Das sag’ ich doch die ganze Zeit. Am besten, wir laden die Gruppe ein. Keine Angst, es wird keine Party geben. Wir werden uns oben in unseren privaten Räumen aufhalten. Unsere Freunde würden sich hier unten bestimmt nicht wohl fühlen.“

Sie riefen in der „Ente“ an. Mike nahm ab. Mirko erklärte ihm, um was es ging, hörte im Hintergrund Geschirr klappern.

„Wir kommen gern. Können aber nur samstags, wenn wir unseren Ruhetag haben, kommen.“

„O.K., dann nächsten Samstag um zwei. Ich will versuchen, die anderen zusammenzutrommeln.“

„Bernd kommt öfters vorbei. Wir sagen ihm Bescheid. Aber was ist, wenn er bis dahin Detlef nicht gefunden hat?" überlegte Mike.

„Er muß ihn finden. Sonst blasen wir das Ganze ab."

„Also abgemacht … Und wir bringen die Getränke mit, wenn es euch nichts ausmacht."

„Gern, aber nicht zu viele. Was Essen und Trinken anbelangt, sollen alle was dazu beitragen."

„Dann bis Samstag. Es tut mir leid, ich muß jetzt aufhören, man ruft nach mir."

Anschließend riefen sie Michael an.

„Was … zu euch?" wunderte er sich. „Am Samstag? Nun ja, wenn es um Detlef geht, komme ich. Kann aber nicht lange bleiben. Wir … äh, ich will übers Wochenende wegfahren. Wie bitte? Soll ich was mitbringen? Na gut, dann bring' ich einen Kuchen mit."

Mirko legte den Hörer weg, in den Augen ein verdächtiges Zwinkern.

„Sag mal, seit wann kann Michael Kuchen backen? Und im Hintergrund habe ich eine Frauenstimme gehört. Ist da was im Busch?"

Alex lachte. „Allerdings. Eine junge Frau, sie arbeitet in der Verwaltung. Haben sich vor einem halben Jahr in der Kantine kennengelernt, seitdem sind sie unzertrennlich. Würde mich nicht wundern, wenn wir bald zu einer Hochzeit eingeladen würden. Aber bitte, kein Wort zu der Gruppe. Michael will es zu gegebener Zeit selber sagen. Momentan ist ihm das noch zu peinlich."

„Aber warum? Meinst du wegen unserer Coro-Zeit? Weiß sie das schon?"

„Ich glaube eher, wegen unserer Männerfreundschaft. Hat Angst, uns zu verlieren. Und ob sie es weiß?" Alex zuckte mit den Schultern. „Auf jeden Fall weiß sie, daß Michael und ich Freunde sind, und meine Vergangenheit kennt mittlerweile jeder im Al-Wa-Haus. Da braucht sie nur zwei und zwei zusammenzuzählen."

„Liebe ist doch so was Schönes. Ich freue mich für Michael."

Frau Mohn war inzwischen mit ihrer Näharbeit fertig geworden, legte alles zusammen, stand auf.

„Ich zieh' mich zurück. Wollt ihr morgen was Besonders zum Frühstück?"

„Nein danke, wie immer."

„Dann gute Nacht."

„Gute Nacht, Frau Mohn. Wir gehen auch bald hoch. Oder muß du noch in die Coro?"

„Nein, hab' meinen freien Tag."

„Dann komm, gehen wir gleich ins Bett. Warum sollen wir noch mehr von unserer kostbaren Zeit vergeuden?“ Und er zog Mirko die Treppe hoch.

Am nächsten Morgen rief Alex Herrn Girotti an und lud ihn zum Mittagessen ein. Er holte ihn im Hotel ab. Auf seine Frage am Empfang zeigte ihm der Portier einen Herrn, der in einer Sitzgruppe saß.

„Herr Girotti?“

Dieser stand auf. Es war ein großer, schlanker, schwarzhaariger Mann, kaum älter als Alex. Dunkle, mandelförmige Augen lachten ihn an.

„Herr Waletzki? Ich freue mich, Sie kennenzulernen.“

Wie Alex erleichtert feststellte, sprach er deutsch, wenn auch mit starkem Akzent. Sie gingen zur Bar, tranken einen Aperitif, plauderten über belanglose Themen.

„Ich habe einen Tisch in der „Ente“ reserviert“, mahnte Alex zum Aufbruch. „Es ist eine urige Gaststätte in der Altstadt mit einer ausgezeichneten regionalen Küche.“

„Wunderbar“, freute sich Herr Girotti. „Gehen wir?“

Während des Essens sprachen sie über Geschäftliches.

„Wie sind Sie auf das Al-Wa-Haus gekommen? Warum wollen Sie mit uns zusammenarbeiten? Und wie haben Sie sich diese Zusammenarbeit vorgestellt?“

„Wir … mein Vater und ich, sind gerade dabei, unsere Firma zu vergrößern, und wollen unsere geschäftlichen Beziehungen innerhalb der EU erweitern. Wir haben uns umgehört, erfuhren so von dem, trotz momentaner Schwierigkeiten, guten Ruf Ihrer Firma. Und die Zusammenarbeit? Nun, vor allem Warenaustausch. Sie bekommen von uns Möbel in italienischem Stil, wir beziehen Wohneinrichtungen von Ihnen. Und dann vor allem Küchen.“

„Küchen?“ Vor lauter Staunen hörte Alex auf zu essen. „Wir führen keine Küchen.“

Herr Girotti ließ sich nicht beirren: „Vor Jahren bauten eine deutsche und eine italienische Firma Küchen mit deutscher Technik und italienischem Design. Ich habe so eine Kücheneinrichtung mal gesehen. Ich kann Ihnen sagen, es war ein Traum. Leider ist die italienische Firma bankrott gegangen, und die deutsche hat darauf ihren Vertrag gekündigt. Mein Vater und ich, wir dachten, das könnten wir fortsetzen.“

„Mit meiner Firma?“ staunte Alex.

„Genau.“

Herr Girotti füllte sich seinen Teller zum zweiten Mal.

„Ausgezeichnet, dieses Fleisch. Und die Kartoffeln schmecken wie bei uns die Gnocchi. Ob ich das Rezept für meine Frau bekommen könnte?“

Alex dachte über das Angebot nach, hörte ihn nicht.

„Wo sollen die Küchen gebaut werden, in Mailand oder hier?“

„In beiden Ländern. Wir schicken zwei, drei Fachleute für Ausstattung und Dekor hierher, und Sie schicken uns Elektrotechniker.“

„Das Angebot klingt verlockend. Möchte mich aber noch nicht festlegen. Vor allem will ich mich zuvor mit meinen Mitarbeitern beraten.“

„Lassen Sie sich Zeit. Überlegen Sie sich das Ganze in Ruhe.“

„Und haben Sie schon über die Kosten und Gewinnanteile nachgedacht?“ bohrte Alex weiter.

„Beides zu gleichen Teilen. Auch das damit verbundene Risiko.“

„Wir … ich nehme in den nächsten zwei, drei Wochen Urlaub, will verreisen. Da kann ich genausogut nach Mailand kommen. Bis dahin werde ich mich umsehen, umhören, mich über die Voraussetzungen einer Zusammenarbeit erkundigen.“

„Ich würde mich freuen, Sie bei uns zu sehen. Rufen Sie mich an, bevor Sie kommen.“

Sie waren mit dem Essen fertig. Alex winkte Jens zu, wollte zahlen.

„Und was ist mit dem Rezept?“

„Was für ein Rezept?“

Herr Girotti zeigte auf die leere Platte, die Teller.

„Ach so! Kein Problem. Gehen wir in die Küche. Der Koch ist ein Freund von mir.“

Vorsichtig öffneten sie die Tür. Es war eine alte Küche, hell und sauber, mit einem riesigen Herd in der Mitte. Es roch nach gedünsteten Zwiebeln, gebratenem Fleisch, Sauerkraut. Zusammen mit einem Lehrling rührte, wendete, schüttelte Frank Töpfe und Pfannen. An der Spüle stand eine Frau und putzte Gemüse.

„Alex! Fein, dich wieder mal zu sehen. Komm doch rein.“ Sie umarmten und küßten sich, wie Girotti irritiert bemerkte. „Wen hast du da mitgebracht?“

„Darf ich vorstellen? Herr Girotti, ein Geschäftsfreund aus Mailand, Frank Abel. Wir hatten eine Zeitlang … den gleichen Beruf.“

„Angenehm“, lächelte Frank, drehte sich blitzschnell um, nahm ein Stück Fleisch aus der Pfanne. Von der Durchreiche rief Jens: „Zweimal Linsen.“

„Mach du das“, befahl Frank dem Lehrling, der darauf zwei Teller mit Linsen, Spätzle und Saitenwürstchen sowie Rauchfleisch füllte.

„Und, was kann ich für Sie tun?“

„Das Essen hat mir so gut geschmeckt. Bitte, kann ich das Rezept dazu haben, wenn es Ihnen nichts ausmacht?“

„Was war es denn?“

„Lendchen nach Staufer Art mit Schupfnudeln“, erinnerte ihn Alex.

„Gerne.“ Frank rührte in der Suppe, wendete Fleisch. „Nur, momentan habe ich wenig Zeit. Kommen Sie doch morgen wieder und probieren Sie ein anderes Gericht.“

„Würde ich gerne, doch morgen um diese Zeit sitze ich im Flugzeug Richtung Heimat.“

„Ich bringe Ihnen das Rezept mit, wenn ich nach Mailand komme.“

Wieder rief Jens etwas durch die Durchreiche.

„Wir wollen nicht weiter stören. Tschüs.“ Alex umarmte Frank. „Bleibt es bei Samstag?“

„Klar. Grüß mir Mirko.“

Sie verließen das Gasthaus, gingen zum Parkplatz.

„Haben Sie heute nachmittag was vor? Kommen Sie doch mit ins Al-Wa-Haus.“

Alex zeigte Herrn Girotti die verschiedenen Abteilungen, stellte ihm Frau Peritz vor: „Meine rechte Hand.“ Sie sprachen mit den Abteilungsleitern über ihre Pläne, die von den meisten positiv aufgenommen wurden. Interessiert schaute sich Girotti um, wollte wissen, wie Alex es geschafft hatte, die Firma wieder in Schwung zu bringen. Zeigte sich begeistert von der selbständigen, mitverantwortlichen Teamarbeit, pfiff vor Bewunderung, als er hörte, daß die Angestellten mit gekürztem Lohn arbeiteten.

„Wenn ich das von meinen Leuten verlangen würde, nur der Vorschlag würde einen Streik vom Zaun brechen.“

„Hier haben etliche gekündigt.“

‚Vor allem die Günstlinge Schmittchens‘, dachte Alex erleichtert.

„Die meisten sind geblieben, wissen sie doch, daß es nur eine vorübergehende Durststrecke ist.“

Sie saßen noch in Alex’ Büro,unterhielten sich über Einzelheiten ihrer zukünftigen gemeinsamen Arbeit. Girotti erzählte von Mailand. Frau Peritz kam mit Kaffee und Gebäck herein. Es wurde schon dunkel, als Girotti endlich aufstand.

„Ich muß leider in mein Hotel zurück, mich umziehen. Freunde von mir haben mich zu einer Rundfahrt bei Nacht eingeladen. Habe gehört, hier soll es auch ein Haus geben, in dem nur Männer verkehren", lachte Girotti dreckig. „Haben Sie schon davon gehört?"

„Ja", antwortete Alex mit undurchdringlicher Miene.

„Hätten Sie nicht Lust mitzukommen? Meine Freunde hätten bestimmt …"

„Nein danke, ich muß noch arbeiten."

„Ist auch egal. Werde eh nicht dorthin gehen, da mich nur Frauen anmachen", lächelte Girotti und verabschiedete sich.

Sie kamen pünktlich, zuletzt Bernd, in seinem Schlepptau Detlef, ein jeder mit einer Flasche oder mit einem Paket in der Hand. Sie umarmten sich, küßten sich, breiteten sich in dem fast leeren Wohnzimmer aus. Frau Mohn kam mit einer Kanne Kaffee herauf. Jeder redete, wollte erzählen, fuchtelte mit den Armen. Sie verstanden ihre eigenen Worte nicht. Bis es Alex zu dumm wurde und er die Tür zuknallte. Alle zuckten zusammen, verstummten.

„Nach dem Stimmaufwand würde man meinen, wir haben uns jahrelang nicht mehr gesehen."

„Es ist die Freude. Es ist schon eine Ewigkeit her, daß wir alle sieben beisammen waren."

„Mindestens zwei Monate."

„Eben, und da haben wir uns eine Menge zu sagen."

„Das könnt ihr später. Ihr wißt, warum wir alle zusammengekommen sind. Es geht um Detlef und seine Probleme."

„Wieso um mich? Ich habe keine Probleme. Ich weiß auch nicht, worum es geht. Bernd hat mich heute morgen aus tiefstem Schlaf aufgerüttelt und ohne Kommentar hierher geschleppt."

„Morgen!" Bernd hob resigniert die Augen. „Es war Mittag. Und fragt mich nicht, wo ich ihn gefunden hab'."

„Na und?" Detlef hatte sich auf das Fensterbrett gesetzt, sah sich trotzig um.

„Mensch, Detlef, nimm endlich Vernunft an. Deine Straßen- und Coro-Zeiten sind vorbei. Hast ein Dach über dem Kopf, einen Beruf. Warum treibst du dich noch auf der Straße rum? Das ist doch nicht normal", mahnte ihn Mirko.

Mit finsterer Miene wandte sich Detlef an Bernd: „Was hast du ihnen erzählt?"

„Nicht viel. Nur, daß ich mir Sorgen mache, nicht weiß, wie ich dir helfen kann."

„Du gehörst doch auch zu uns."

„Ich weiß. Und ich weiß eure Freundschaft zu schätzen. Aber wo ich wohne und was ich mache, ist meine Privatangelegenheit. Und ich treibe mich nicht rum. Ich habe feste Plätze, an denen ich mich zusammen mit den Kindern aufhalte, denen ich Halt und Geborgenheit gebe."

„Das tu ich doch auch, alle Streetworker tun das. Deswegen brauchen sie nicht auf der Straße zu leben", motzte Bernd.

„Ich gehe meine eigenen Wege", erwiderte Detlef trotzig.

„Und wie lange willst du das noch machen? Wirst auch nicht jünger", fragte Mike.

Mit einer Tasse Kaffee und einem Teller mit Brötchen ging Alex zu ihm. Dankbar nahm Detlef die Tasse, durstig trank er.

„In den Jahren, in denen wir zusammen in der Coro gearbeitet haben, habe ich dich öfters beobachtet. Ich kenne dich nicht so gut wie die anderen, doch kommt es mir vor, als ob deine schnoddrige Art eine Maske ist, hinter der du deine wahren Gefühle verbirgst. Warum du dich so benimmst, weiß ich nicht. Aber es war bestimmt nicht dein Wille, dein Entschluß, daß du so geworden bist. Und ich habe mir überlegt, ob man dir vielleicht weh getan hat, dich verletzt hat. Und jetzt willst du nicht, daß andere Kinder das mitmachen müssen, was du durchgemacht hast. Bist du deswegen Sozialarbeiter geworden? Lebst du deswegen auf der Straße?"

„Ich kenne das Leben auf der Straße besser als ihr. Ihr wißt ja, sie ist voller Gefahren, und die Kinder sind so allein und schutzlos", flüsterte Detlef.

„Wie können wir dir helfen?"

„Weiß nicht. Es ist alles so schwierig."

Sie waren still geworden. Alex' Worte beschworen Bilder ihrer Straßen-, ihrer Coro-Zeit herauf. Auch für sie waren es schwierige, harte Jahre gewesen. Doch sie hatten es geschafft, da herauszukommen. Hatten einen bürgerlichen Beruf gelernt, Arbeit gefunden. Auch das waren harte Zeiten gewesen, die sie nie allein überwunden hätten. Nicht nur ihr eigener Wille, auch ihr Zusammenhalt, der moralische Beistand in der Coro hatten ihnen geholfen, das alles zu meistern. Noch heute erlebte Mirko, wie die Jungs aus der Coro, beileibe nicht alle, doch die meisten, sich hochstrampelten, einen Beruf erlernten, Arbeit bekamen. Schafften es auch nur, weil sie nicht allein waren.

„Das ist es", unterbrach Mike die Stille. „Die Kinder brauchen jemanden, der hinter ihnen steht, ihnen den Rücken stärkt."

„Du hast recht, doch momentan können wir nichts unternehmen, da wir selber noch dabei sind, uns eine Existenz aufzubauen.

Auf jeden Fall melde dich ab und zu bei Bernd oder bei einem von uns“, wandte sich Alex an Detlef. „Damit wir wissen, daß es dir gut geht.“

„Wenn der Winter kommt, werde ich nach Hause zurückgehen.“ Detlef seufzte. „Wenn ich das auch für die Kinder sagen könnte.“

Bernd nickte: „Es gibt Organisationen, die sich für Kinder einsetzen. Doch es ist nie genug.“

„Habt Geduld. Wir werden noch auf dieses Thema zurückkommen“, tröstete sie Alex.

„Wir sollten öfters zusammenkommen, miteinander reden. Muß ja nicht gleich in eine Party ausarten“, schlug Michael vor. „Vielleicht einmal im Monat?“

Alle waren damit einverstanden.

„Das nächste Mal bei uns in der ‚Ente‘.“

Michael nahm seinen ganzen Mut zusammen. „Und das nächste Mal bei mir. Ich hab’ euch was zu sagen.“

„Abgemacht“, grinste Alex heimlich. „Wie ist es mit euch?“

„Auch zu uns. Unsere Wohnung ist zwar klein, aber wenn wir zusammenrücken …“

Michael wurde nervös, verstohlen schaute er auf seine Armbanduhr.

Mirko bemerkte es. „Wenn du gehen willst, wir halten dich nicht auf.“

„Tut mir leid … wir, ich will übers Wochenende zum Bodensee hinunterfahren.“

Alex zwinkerte ihm zu: „Dann viel Vergnügen. Treib’s nicht zu toll.“

Michael winkte den anderen zu, schon war er weg.

„Sag mal, was ist mit dem los? Der ist ja rot geworden.“

Alex konnte sich kaum das Lachen verbeißen. „So langsam könnt ihr anfangen, über Hochzeitsgeschenke nachzudenken. Aber bitte“, beschwörend hob er die Hände, „ihr habt es nicht von mir, oder noch besser, ihr wißt überhaupt nichts.“

Verständnislos starrten sie ihn an, bis bei jedem der Groschen fiel. Staunen, Freude, Jubel.

„Nee, unser Mischa, wer hätte das gedacht!“

„Kennst du sie?“

„Wie ist sie denn?“

„Ist sie nett?“

„Tut mir leid, offiziell weiß ich gar nichts."

Immer noch lachend, verabschiedeten sich Bernd und Detlef: „Wir wollen unsere Abendtour machen. In Hinterhöfen, leerstehenden Häusern nach Kindern suchen."

„Tschüs, ihr beiden. Und denk daran, Detlef, melde dich ab und zu bei Bernd."

„In einem Monat sehen wir uns ja wieder bei uns", mischte sich Frank ein.

Mike und Frank blieben noch viele Stunden bei Alex und Mirko. Waren sie doch alle vier Nachtmenschen. Saßen einfach da, ohne zu reden, genossen die ruhigen Stunden, das Gefühl ihrer Zusammengehörigkeit.

Die Hitze, der Smog, die fremdartigen Geräusche hielten Mirko wach. Es war weit nach Mitternacht, und die Stadt brodelte immer noch vor Leben.

Vor einer Woche waren sie von zu Hause weggefahren. Auf Nebenstraßen durch Bayern, Tirol und Südtirol. Rasteten in kleinen Ortschaften und Weilern, schwammen in Seen auf ihrem Wege. Genossen die Sonne, die Landschaft, das fremdartige Essen, übernachteten jeden Tag in einer anderen Stadt, in einem anderen Hotel. Sie verlangten jedes Mal zwei Einzelzimmer. Wohlig streckte sich Mirko aus, schmiegte sich an Alex. Endlich Urlaub, richtiger Urlaub ohne Sorgen, ohne Gedanken an morgen. Für Mirko war es der erste wirkliche Urlaub in seinem Leben. In der Coro hatte er auch Ferien, freie Tage gehabt, doch benutzte er sie, um sich weiterzubilden, vorwärtszukommen. Wie oft hatte er neben Meindl an dessen Schreibtisch gesessen, hatte aufmerksam zugehört. Lernte eine Menge über Buchhaltung, Geschäftsführung, Organisation, Menschenkenntnis.

Hier in Mailand wollten sie eine Woche bleiben. Sie waren um die Mittagszeit gekommen, hatten in einem Restaurant gegessen. Fuhren danach zu einem Informationsbüro. Hinter dem Schalter lümmelte sich eine junge Frau.

„Sprechen Sie englisch?" fragte Alex. Sie nickte, setzte sich gerade hin.

„Wir suchen ein Hotel oder eine Pension, wo wir, ohne Aufsehen zu erregen, ein Doppelzimmer verlangen können."

Ohne eine Miene zu verziehen, bediente die junge Frau ihren Computer.

„Die Pension Modena, drei Straßen weiter. Es ist aber ein einfaches Hotel", fügte die Frau mit einem Blick auf die Markenkleider der beiden sowie den BMW, der vor der Tür stand, hinzu.

„Das macht uns nichts aus."

Die junge Frau telefonierte mit dem Wirt, erkundigte sich nach einem freien Doppelzimmer. Sie bekamen einen Stadtplan mit vorgezeichneter Wegstrecke. Es war ein kleines Haus mit einem Innenhof in einer belebten Straße. Der Besitzer war Deutscher, seine Gäste Handels- und Durchreisende.

Schemenhaft sah Mirko, wie Alex sich aufrichtete.

„Kannst du auch nicht schlafen?"

„Nein. Es muß die fremde Umgebung sein."

„Glaubst du? Ist es nicht eher die Besprechung morgen mit den Girottis?"

„Nein, unsere Abmachungen sind schon so weit gediehen, daß kaum was schiefgehen kann. Es ist nur, ich werde zwei, drei Tage beschäftigt sein, werde keine Zeit für dich haben. Die Girottis wollen mich einmal zum Essen einladen, ein anderes Mal in die Scala, in ‚Aida'. Für sie bin ich ein Single, da kann ich dich nicht mitnehmen."

Glücklich lachte Mirko. „Wenn es sonst nichts ist. Ich guck' mir derweil die Stadt an, da hab' ich genug zu tun … und", kicherte er, „gleich morgen will ich versuchen, für den gleichen Abend wie du 'ne Karte zu bekommen. Das ist dann genauso, als wenn wir gemeinsam gegangen wären."

Da mußte auch Alex kichern. Er legte sich wieder hin, sie umarmten sich, schmusten miteinander und schliefen bald ein.

Der junge Girotti kam ihm am Eingang des Verwaltungstraktes entgegen, führte Alex in das Büro seines Vaters. Girotti senior, groß und schlank wie sein Sohn, musterte ihn mit wachsamen, intelligenten Augen in einem schlaffen, genußsüchtigen Gesicht.

Nach einer förmlichen Begrüßung kamen sie gleich zur Sache. Alex hatte Pläne, Prospekte, Beurteilungen mitgebracht.

„Ich habe die Firma gefunden, die hier vor Jahren die Küchen baute. Eine Firma Bofinger." Er zeigte ihnen einen alten Brief in italienischer Sprache sowie ein Bestätigungsschreiben der Firma.

„Herr Bofinger ist bereit, mit uns zusammenzuarbeiten, will auch zwei Elektrotechniker im Austausch mit zwei Fachleuten für das Dekor zu Ihnen schicken. Zwei Italiener, in Deutschland geboren und aufgewachsen. Haben auch dort studiert. Vorausgesetzt, sie bekommen eine Wohnung für ihre Familie."

„Das dürfte kein Problem sein. Wir haben um 16 Uhr einen Termin bei der Firma Nardi, die hier für uns die Küchen bauen wird. Da können wir gleich mit Herrn Nardi über die Einzelheiten sprechen."

Die Vertragsfirma befand sich in einem kleinen Ort am Comersee. Sie führten Alex durch die Lagerhalle, zeigten ihm die fertigen Küchen in modischen Farben, mit einem Herd in der Mitte. Spülen aus Stahl oder hochwertigem Kunststoff. Aber auch Einrichtungen im Stil des vergangenen Jahrhunderts aus massivem Holz in gedeckten Farben. Alex zeigte ihnen Prospekte der Firma Bofinger mit technischen Details. Ferngesteuerte Herde, die sich nach Wunsch zu einer bestimmten Uhrzeit automatisch einschalteten und sich nach einer exakt vorher bestimmten Dauer wieder ausschalteten. Geschirrspül- und Waschmaschine mit Energieregler und Wasserstopp. Vollautomatische Küchengeräte. Alles garantiert deutsche Wertarbeit.

„Die elektrischen Einzelteile sollen laufend geliefert und hier eingebaut werden."

Die Girottis sowie Herr Nardi waren beeindruckt. Sahen immer wieder die Prospekte durch, temperamentvoll diskutierten sie. Girotti junior wandte sich an Alex.

„Nach allem, was wir gesehen und gehört haben, sind wir bereit, den Vertrag für unsere Zusammenarbeit aufzusetzen und zu unterschreiben."

„Und was ist mit den Fachleuten für das Dekor? Herr Bofinger ist, wie ich schon sagte, bereit, zwei Männer zu übernehmen. Hat auch schon eine Wohnung für sie in Aussicht."

Herr Nardi rief sogleich die zwei Facharbeiter, die gewillt waren, nach Deutschland zu gehen. Zwei Männer aus Bozen.

Sie fuhren nach Mailand zurück. In der Eingangshalle der Firma Girotti verabschiedete sich Alex, nachdem sie einen Termin für den nächsten Morgen für die Unterzeichnung des Vertrages vereinbart hatten. Alex wollte eine bestimmte Bar besuchen und fragte nach dem Weg. Als er ging, sahen sich die zwei Girottis an.

„Ist das nicht eine Schwulenabsteige?" fragte der Sohn.

Sein Vater nickte.

„Also hatte ich doch recht mit meiner Vermutung, nach dem, was ich in S. gesehen habe." Sie gingen in das Büro von Girotti senior. „Was sollen wir jetzt tun? Den Vertrag trotzdem abschließen?"

Im Büro zeigte Girotti senior seinem Sohn einen Brief.

„Heute morgen bekam ich ihn von dem Agenten, den ich nach S. geschickt habe. Er schreibt nur Positives. Somit werden wir den Vertrag unterschreiben und mit dem Al-Wa-Haus zusammenarbeiten. Die Firma ist einfach zu gut, und Herr Waletzki ist clever. Er wird die Firma wieder auf gleiche Höhe wie zu Zeiten seines Vaters bringen, auch sämtliche Mitarbeiter haben ihn als ihren Chef anerkannt. Sein Privatleben geht uns nichts an, da wir nur geschäftlich mit ihm zu tun haben werden. Merk dir das, auch wenn ich einmal nicht mehr dasein werde."

„Und morgen das Essen und am Abend die Aufführung in der Scala?“

„Es ändert sich nichts.“

Pünktlich kamen sie am nächsten Tag zusammen, sprachen über die letzten Einzelheiten des Vertrages.

„Wie sind die Bedingungen?“

„Jeder von uns muß die gleiche Anzahl Küchen beziehen, und der Verkauf soll nur über unsere Firmen stattfinden, zunächst mal für ein Jahr.“

„Wieso für ein Jahr?“

„Unser Ziel ist es, die deutsch-italienischen Küchen in ganz Italien bzw. Deutschland abzusetzen.“

Alex sah die zwei Girottis an, beide knallharte Geschäftsleute, die sich kein X für ein U vormachen lassen würden.

„Und das Risiko?“

„Für beide gleich, so wie die Kosten und der Gewinn. Doch ich möchte behaupten, daß wir eine reelle Chance für einen erfolgreichen Verkauf haben werden, allein durch die hohe Qualität und Schönheit der Küchen.“

Alex nickte. „In Ordnung. Packen wir es an.“

Sie setzten den Vertrag für ein Jahr auf, mit einer Klausel, die besagte, wenn sich nach Ablauf des Jahres der lohnende Erfolg einstellen würde, werde der Vertrag auf unbestimmte Zeit verlängert sowie mit dem wechselseitigen Verkauf italienischer bzw. deutscher Möbel begonnen.

Danach gingen sie in ein exklusives Restaurant, aßen zu Mittag, tranken auf ein gutes Gelingen ihrer Zusammenarbeit.

Am Abend holte der junge Girotti Alex in der Pension ab, wunderte sich über die bescheidene Unterkunft.

„Es ist sauber und ruhig, das genügt mir“, antwortete Alex. Hinter Alex kam Mirko im dunklen Anzug die Treppe hinunter. Girotti stutzte, als er ihn sah. Noch verwirrter war er, als Mirko in einen BMW mit deutschem Kennzeichen stieg und wegfuhr.

‚Mit dem Wagen ist doch Herr Waletzki zu uns in die Firma gekommen?‘ dachte er. Er sah Alex an, dieser hatte anscheinend nichts bemerkt, stieg ohne Kommentar in den Wagen Girottis ein.

Sie saßen in einer Loge, ließen sich von der dramatischen Musik Verdis mitreißen. In der Pause standen sie an der Balustrade des Wandelganges, ein Glas Sekt in der Hand. Alex schaute auf die Masse Mensch in der unteren Halle, versuchte

Mirko zu entdecken. Hatte er überhaupt eine Karte bekommen? Anschließend besuchten sie eine Trattoria, aßen eine Kleinigkeit, tranken Wein. Als Girotti Alex in sein Hotel zurückbrachte, stand der BMW wieder an seinem Platz.

Das Zimmer war dunkel, leise zog sich Alex aus, schlüpfte ins Bett. Mirko war noch wach, drehte sich um, umarmte ihn.

„Hat es dir gefallen? Ich habe dich oben an der Balustrade neben einer Frau gesehen."

„Das war die junge Frau Girotti, sie mußte sich um mich kümmern. Und die Aufführung? Doch, sie war ganz passabel."

Er hätte den Abend noch mehr genossen, hätte er sich wohler gefühlt. Der Kleiderzwang im Theater, die Hitze in der Loge, die krampfhafte Konversation während der Pause, der Wein in der Trattoria, all das war ihm auf den Magen geschlagen.

„Und wie war's bei dir? Hast du viel gesehen?"

„Hm, ja, doch", wich Mirko aus. „Willst du jetzt, da du mehr Zeit hast, die Stadt besichtigen?"

„Um ehrlich zu sein, viel Lust habe ich nicht."

Es war schwüler geworden. Sie waren so eine Hitze nicht gewöhnt, fühlten sich nervös, ausgelaugt.

Nach einer Weile zupfte ihn Mirko am Ärmel. „Du, Lex, was meinst du, wenn wir morgen heimfahren? Unseren Urlaub zu Hause beenden? Wir könnten Ausflüge in den Schwarzwald machen, zum Bodensee fahren. Oder einfach im Garten in der Sonne liegen."

Lautlos lachte Alex. „Wie du immer meine Gedanken errätst …"

Sie saßen beim Frühstück, die Koffer waren gepackt, der BMW stand vor dem Eingang, als die Tür aufging und der junge Girotti hereinkam, hinter ihm der Wirt, der mit Kopf und Händen entschuldigende Gesten machte.

„Guten Morgen. Ich komme, um Sie zu einem Ausflug in die Umgebung von Mailand einzuladen, und erfahre, daß Sie schon heute abreisen wollen. Wie kommt das?"

„Unsere geschäftlichen Verhandlungen sind abgeschlossen, sonst hält mich nichts hier", antwortete Alex ungeduldig. Beschwichtigend legte Mirko eine Hand auf Alex' Arm. „Tut mir leid, aber die Hitze, die hektische Stadt. Das macht mich nervös."

„Nun, wir werden ja noch öfters zusammenkommen", erwiderte Girotti leichthin. Er hatte sich hingesetzt, bestellte einen Espresso, sah Mirko neugierig an, erkannte in ihm den Mann vom vergangenen Abend.

„Wollen Sie mir nicht Ihren Freund vorstellen?" wandte er sich an Alex.

„Herr Bosch", erwiderte dieser, ohne aufzusehen, nahm sich ein Brötchen aus dem Brotkorb, schnitt es durch, bestrich es mit Butter.

„Bosch? Sind Sie Italiener?"

„Nein, wie kommen Sie darauf?"

„Gestern, als Sie hinter Herrn Waletzki die Treppe herunterkamen, kamen Sie mir irgendwie bekannt vor, ich wußte nicht, von wo. Heute nacht ist es mir wieder eingefallen. Vor ein paar Jahren kam in einer Mailänder Zeitung ein Bericht über einen Juwelier aus Südtirol. Er beging Selbstmord, weil er total verschuldet war. Auch ein Foto von ihm war dabei. Sie sind sein genaues, jüngeres Ebenbild."

„Und?" Mirko zuckte mit den Schultern. Unwillkürlich faßte er sich an den Hals, an dem, seit dem Tag, an dem er mit Alex in das Stammhaus der Waletzkis zurückgegangen war, das Medaillon hing. „Wird Zufall gewesen sein. Viele Menschen haben einen Doppelgänger."

„Trotzdem, diese Ähnlichkeit ist schon frappierend. Sind Sie wirklich nicht mit dieser Familie verwandt?"

„Nein, ganz bestimmt nicht", erwiderte Mirko irritiert, sah dabei Alex an. Dieser grinste.

„Warum nicht? Träumen kann man ja davon." Und zu Girotti gewandt: „Mein Freund ist ein Waisenkind, kennt seine Eltern nicht."

„Ach, wie interessant. Und arbeiten Sie auch in der Möbelbranche?"

Mirko blickte ihm offen ins Gesicht. „Nein, ich bin Teilhaber eines Nachtclubs."

Girottis Augenbrauen flogen in die Höhe. Er hatte seinen Kaffee ausgetrunken, stand auf und verabschiedete sich hastig.

„Ich wünsche Ihnen eine gute Heimfahrt."

„Danke, wir bleiben ja in Verbindung."

Alex und Mirko blieben sitzen, frühstückten gemütlich zu Ende.

Ohne Unterbrechung fuhren sie nach S., froh, wieder zu Hause zu sein. Glücklich öffnete Alex die Haustür, trat in die Diele ein. Frau Mohn hörte sie, kam ihnen tränenüberströmt entgegen.

„Frau Mohn, was haben Sie denn?"

„Sind Sie krank?"

„Sie weinen doch nicht, weil wir schon zurückgekommen sind?"

„Ist der Braten mißlungen oder der Kuchen zusammengefallen?“ scherzten sie, um ihr Befremden, ihr Unbehagen zu verbergen. Mit einem Koffer in der Hand ging Alex immer noch lachend in die Halle, und sein Blick fiel auf einen leichten Mantel, der über einem Stuhl hing. Er wurde ernst.

„Meine Mutter? Ist meine Mutter zurückgekommen?“ Die Verachtung in seiner Stimme war nicht zu überhören.

Frau Mohn weinte noch lauter, putzte sich die Nase. „Ja, Frau Waletzki ist nach Hause zurückgekommen, um hier zu sterben.“

8. Kapitel
Intermezzo

Es war Angst, pure Angst, die Frau Waletzki bewogen hatte, ihre Koffer zu pakken, damals vor vier Monaten, als Alex und Mirko nach Hause zurückgekommen waren. Sie war zum Flughafen gefahren, hatte noch einen Platz in einer Maschine nach Gran Canaria bekommen. In ihrem Hotel in Las Palmas, auf langen, ausgedehnten Spaziergängen durch die Stadt und am Strand entlang kam sie langsam zu sich, beruhigte sie sich, fing an über sich und ihr Leben nachzudenken. Versuchte ihre Angst, die Leere in ihrem Inneren, ihren Verdruß zu überwinden.

Von Kind auf in den traditionellen Aufgaben der Frau erzogen, wußte Irene Mack, daß sie einmal heiraten, Kinder bekommen würde. Sie würde ihrem Mann den Haushalt führen, an seiner Seite stehen, ihm die Kraft und die Ruhe geben, die er für seine Arbeit brauchte.

Mit 18 Jahren in die Gesellschaft eingeführt, bewegte sie sich nur in den gehobenen Kreisen, lernte nur Menschen aus ihrer Gesellschaftsschicht kennen. Auch ihren Mann Alexander Waletzki.

Nach ihrer Heirat stürzte sich Irene mit Elan und guten Vorsätzen in ihr neues Leben. Doch in ihrem neuen Zuhause fühlte sich Irene bald überflüssig. In dem Heim ohne Hausfrau hatte Frau Mohn den Haushalt fest im Griff. Ihr Schwiegervater befahl ihr, in der Firma mitzuarbeiten. Sie gab sich Mühe, lernte, versuchte mitzukommen. Es war umsonst. Sie konnte mit Zahlen, Dividenden, Produktions- und Steigerungsraten einfach nichts anfangen. So beschränkten sich ihre Pflichten auf das gesellschaftliche Leben. Sie besuchte Opern- und Theateraufführungen, zeigte sich auf Bällen und Empfängen, lud Gäste ein. Doch da machte ihr Mann nicht mit. Zu ihrer maßlosen Enttäuschung, zu der später Verachtung hinzukam, erkannte sie, daß ihr Mann ein Emporkömmling war. Sie hatte sich von seinem Charme und guten Aussehen einfangen lassen, ihre Eltern von dem guten Ruf des Al-Wa-Hauses. Alle drei hatten ihn kaum gekannt.

Alexander Waletzki fühlte sich auf Empfängen und Partys nicht wohl, wußte keine geistreiche, gepflegte Konversation zu machen, verstand nichts von Musik und Kunst. Er hatte nur die Firma im Kopf, für die er Tag und Nacht arbeitete. So ging Irene meist alleine aus, entschuldigte ihren Mann, verteidigte ihn, sprach von seinen Pflichten in der Firma, sprach vom Al-Wa-Haus selber, unbewußt warb sie so für das Möbelhaus. Für Irene war das zuwenig, sie fühlte sich nicht ausgelastet, war es nicht gewohnt, allein auszugehen, wurde unsicher, hatte Angst zu versagen, ihren Pflichten nicht pünktlich nachzukommen. Sie war gefangen in ihrer traditionellen Frauenrolle, gefesselt an einen Mann, den sie nicht liebte. Wenn Irene in ihrem Hotel in Las Palmas an die ersten Jahren ihrer Ehe dachte, kamen sie ihr wie eine Kette aus leeren, hohlen, nutzlosen Tagen vor, in denen sie ihre Kraft und ihren guten Willen für ein Trugbild vergeudet hatte.

Als nach vier Jahren ihr einziger Sohn Alex geboren wurde, war sie glücklich, und mit neuem Elan stürzte sie sich in ihre Mutterrolle. Ein Jahr lang, bis das Kind aus dem Gröbsten heraus war. Da verlangte ihr Mann, daß sie sich wieder ihren Pflichten gegenüber der Firma widmen solle.

„Der Junge ist in den Händen von Frau Mohn bestens aufgehoben. Dein Platz ist in der High-Society, in der du die Firma vertreten, für sie werben kannst."

‚Verdammte Firma. Warum konnte ich mich nie wehren? Warum habe ich immer nur ja und Amen gesagt?'

Noch jetzt, nach so vielen Jahren, kamen Wut und Haß auf ihren Mann auf, ein Haß, den sie bald auf ihren Sohn übertrug, den sie, wie sie meinte, verloren hatte. Denn er wurde von Frau Mohn verwöhnt und erzogen.

Sie stand am Strand, sah weiße Wolken über dem Himmel segeln, leise schwappten die Wellen über den Sand, und sie erinnerte sich an den Tag, an dem Alex seinen Freund mit nach Hause gebracht hatte, und an ihre Gefühle, als ihr bewußt wurde, daß ihr Sohn schwul war. Zu dem Haß kamen Verachtung, Schadenfreude hinzu. Und noch heute bereute sie es nicht, ihn aus dem Haus geworfen zu haben. Am liebsten wäre es ihr gewesen, wenn er nie wieder zurückgekommen wäre.

Ein einzelner Vogel flog über dem Meer, träumend sah sie ihm nach, meinte, über Berge und Meere zu fliegen. ‚Warum nur träumen?' lachte sie, und spontan kehrte sie in ihr Hotel zurück, rief die Bank ihres Vaters an, fragte nach ihrem privaten Kontostand. Noch am gleichen Tag buchte sie eine Weltreise. Flog über Afrika nach Indien. Voll Bewunderung schritt sie durch die Säulenhalle von Luxor, ergriffen stand sie am Fuße des Himalajas, seufzte beim Anblick des Taj Mahal. ‚Warum wurde ich nicht so geliebt?' Weiter flog sie nach Japan, Nordamerika. Immer auf der Suche nach einem neuen Sinn in ihrem Leben.

In den fünf Jahren, in denen sie nach dem Tod ihres Mannes seine Arbeit übernommen hatte, war sie glücklich gewesen, auch wenn sie ihre Arbeit nicht zu ihrer eigenen Zufriedenheit erfüllte, auch wenn sie spürte, daß sie nicht anerkannt, ja abgelehnt wurde. Doch sie hatte eine Arbeit, die ihr die Illusion gab, gebraucht zu werden.

Rastlos, ruhelos. In keinem Land, in keiner Stadt hielt sie es lange aus. Von Tokio flog sie über Hawaii nach San Francisco. Der Flug strengte sie an, und als das Flugzeug landete, war sie erschöpft. Sie nahm sich ein Taxi in die Stadt.

„Fahren Sie mich bitte zu einem ruhigen Hotel“, befahl sie dem Taxifahrer. Dieser fuhr sie zu einem kleinen Hotel in einer mit Bäumen gesäumten Nebenstraße. Irene nahm sich ein Zimmer mit Bad, wollte nicht gestört werden, legte sich ins Bett und schlief 24 Stunden lang. Als sie aufwachte, war sie so durcheinander, das sie im ersten Augenblick nicht wußte, wo sie war. Sie beschloß, einen Spaziergang zu machen, frische Luft würde ihr guttun. Müde kam sie in das Hotel zurück, aß eine Kleinigkeit, ging in den Aufenthaltsraum, setzte sich in einen der bequemen Sessel, schloß die Augen und schlief ein. Ein raschelndes Geräusch schreckte sie hoch. Eine ältere Dame kam gerade herein, setzte sich ihr gegenüber hin, sah den verwirrten Ausdruck in Irenes Gesicht.

„Tut mir leid, Sie geweckt zu haben. Von der Tür aus habe ich Sie nicht gesehen.“

Sie hatte lebhafte, klare Augen in einem runzligen Gesicht. Verlegen lächelnd strich sie sich über ihre schlohweißen, frisch ondulierten Haare. Auch Irene lächelte verlegen.

„Ist auch Zeit, daß ich aufwache. Aber in letzter Zeit fühle ich mich wie gerädert. Es muß die Zeitverschiebung oder der Klimawechsel sein.“

„Bleiben Sie lange in San Francisco?“

„Weiß nicht, weiß überhaupt nichts. Am liebsten würde ich nirgendwohin gehen, einfach hier sitzen bleiben“, seufzte Irene.

Verständnisvoll beobachtete sie die alte Frau.

„Ich habe hier meine Tochter besucht und bin auf dem Weg nach Hause. Eigentlich wollte mich mein Sohn hier abholen, aber eine wichtige Arbeit ist ihm dazwischengekommen.“

Irene nickte. „Das kenne ich. Mein Mann hatte auch nie Zeit für mich, seine Arbeit war ihm wichtiger.“

„Ihr Mann?“ Neugierig beugte sich die alte Frau vor.

„Ist vor fünf Jahren gestorben.“

Und ehe sie sich versah, erzählte Irene von ihrem Leben.

„Die fünf Jahre, in denen ich in der Firma gearbeitet habe, fühlte ich mich frei, unabhängig.“

Sie verstummte, wurde ruhiger. Der Druck, den sie in ihrer Brust gespürt hatte, hatte sich gelöst, ihr Haß hatte sich gemildert.

„Und warum haben Sie dann aufgehört?"

„Mein Sohn, mein Sohn hat mir alles genommen", erwiderte sie mit rauher Stimme. Verächtlich verzog sie den Mund. „Und jetzt weiß ich nicht, wohin ich gehen, was ich mit meinem Leben anfangen soll."

‚Weder mit Mann noch Sohn ist sie gut ausgekommen. Was ist sie für eine Frau?' fragte sich die alte Dame und dachte an ihre glückliche Ehe, an den unverkrampften, lockeren Umgang mit ihrem Sohn. Und spontan kam ihr ein Gedanke.

„Da mein Sohn nicht kommen kann und ich hier nicht untätig herumsitzen will, wollte ich morgen mit einem Wagen nach Hause, nach Texas fahren. Haben Sie nicht Lust mitzukommen? Zu zweit wird die Fahrt nicht so langweilig, wird unterhaltsamer werden. Wir könnten uns beim Fahren abwechseln, Sie könnten sich dazwischen immer wieder ausruhen. Mein Sohn hat eine Ranch. Das Haus ist groß, mit vielen Gästezimmern. Sie können sich dort aufhalten, solange Sie wollen. Es ist schön dort, die Luft gesund, das Essen gut. Sie werden sich auf der Ranch bestimmt erholen."

Irene hörte zu, der Vorschlag überraschte sie, und je mehr sie darüber nachdachte, desto mehr gefiel er ihr. Hier wollte sie nicht bleiben, sie spürte, wie Unruhe sie wieder erfaßte.

„Danke, Frau …"

„Johnson."

„Waletzki."

Herzlich gaben sie sich die Hand.

„Ich nehme Ihre Einladung an und komme gerne mit. Aber was wird Ihr Sohn dazu sagen?"

„Ach, kümmern Sie sich nicht um ihn!" Frau Johnson machte eine wegwerfende Handbewegung. „Donald ist die meiste Zeit draußen bei seinen Rinderherden. Sie werden ihn kaum zu Gesicht bekommen. Ich rufe ihn jetzt an, sage, daß ich mit einem Gast komme, und werde mich um den Wagen kümmern."

Früh am nächsten Morgen luden sie ihr Gepäck in den Landrover, fuhren die Küste entlang nach San Diego. Irene saß am Steuer, hörte das Rauschen des Meeres, spürte die Wärme der Sonne auf ihren Schultern, ein leichter Wind zerzauste ihre Haare. Sie fühlte sich gesund und munter wie schon lange nicht mehr. Ein

Gefühl, das in dem ariden, heißen Klima Arizonas und New Mexikos erstarb. Sie hatten die Plätze gewechselt. Frau Johnson saß am Steuer, und Irene döste die meiste Zeit im Fond des Wagens. Bei El Paso verließen sie den Highway und fuhren auf der Bundesstraße nach Texas hinein, in eine karge, schöne Landschaft. Es war ihr letzter Reisetag, und Irene saß wieder am Steuer. Mit weit geöffneten Augen sah sie sich um. Allmählich ging der braune, trockene Boden in ein saftiges Grün über. Irene glaubte das Scharren und Muhen der Rinder zu hören, meinte den salzigen, modrigen Geruch des Meeres zu riechen, das irgendwo hinter dem Horizont lag.

Das hölzerne Tor hatte die Form stilisierter Rinderhörner, und die Einzäunung verlor sich in der Ferne. Auf einem schmalen Feldweg fuhren sie der Ranch entgegen, die hufeisenförmig in strahlendem Weiß vor ihnen auftauchte, von schattenspendenden Bäumen umgeben. Hinter dem Haupthaus ahnte man, mehr als man sah, die Wirtschaftsgebäude. Vor der Eingangstür stand ein Mann, der behende zum Wagen kam, als dieser vorfuhr.

„Der Verwalter“, flüsterte Frau Johnson.

„Herzlich willkommen, Frau Johnson. Ihr Sohn ist draußen auf der Weide. Er hat mich gebeten, Sie zu empfangen.“

Er hievte die Koffer aus dem Wagen, trug sie ins Haus. Eine Halle, hell und freundlich, nahm sie auf. Bequeme Rattantische und Stühle mit Kissen standen wie hingeworfen herum, bunte Teppiche auf dem Boden, Bilder von nördlichen Seen und Bergen hingen an den Wänden.

Irene schritt hinter dem Verwalter die dunkle Holztreppe hoch. Ihr Zimmer lag am Ende des linken Flügels, auch dieses hell und luftig, einfach und praktisch eingerichtet, mit eigenem Bad. Eine Hausangestellte brachte Kaffee.

„Wünschen Sie noch etwas? Soll ich Ihnen die Koffer auspacken?“

„Nein danke, ich habe alles, was ich brauche.“

„Um 20 Uhr wird das Abendessen aufgetragen. Das Eßzimmer befindet sich rechts neben der Treppe“, informierte sie das Mädchen und ging zur Tür. An der Schwelle drehte sie sich noch einmal um. „Läuten Sie bitte, wenn Sie doch noch etwas brauchen sollten.“

Träumerisch stand Irene lange Zeit am Fenster, trank Kaffee, packte ihre Koffer aus, nahm ein Schaumbad. Wohlig rekelte sie sich im heißen Wasser.

In einem Kleid, grün wie ihre Augen, das tizianrote Haar wie eine Krone aufgesteckt, ging sie zum Abendessen hinunter. Scheu blieb sie vor der Türe stehen, atmete einmal tief durch, bevor sie eintrat. Donald Johnson saß am Kopfende des wuchtigen Tisches, an seiner Seite Frau Johnson. Er stutzte, als Irene eintrat, sah seine Mutter fragend an.

„Es ist unser Gast, Frau Waletzki." Verschmitzt lächelte Frau Johnson.

Herr Johnson stand auf, verbeugte sich knapp, stellte sich vor. Groß und breit wie ein Kleiderschrank, sprühend vor Leben stand er vor ihr. So hatte sich Irene Donald Johnson nicht vorgestellt. Sprachlos blickte sie in seine humorvollen, eisblauen Augen und verlor sich in ihnen.

Wochen vergingen. In einem kleinen Geländewagen begleitete Irene Donald Johnson auf die Weide, sah den Hirten bei der Arbeit zu. Lernte reiten. Sie war den ganzen Tag an der frischen Luft, immer tätig, immer in Bewegung, hatte einen unbändigen Appetit bekommen und fürchtete, dick und rund zu werden. Donald lachte dann nur und versicherte ihr, daß sie nie schöner ausgesehen hätte. Sie war rundlicher, fraulicher geworden, ihre Haut schimmerte rosig, die Augen glänzten, und das offene Haar wurde mit einem bunten Tuch zusammengehalten. Nächtelang saßen sie auf der Veranda, unter einem samtenen, sternenfunkelnden Himmel. Sie tranken Wein, sprachen stundenlang, und ihre Gespräche wurden vertraulicher, intimer. Sie luden Freunde und Nachbarn zu einem Barbecue ein, es wurde viel gelacht, gescherzt. Sie nahmen Irene in ihre Mitte, sie gehörte einfach dazu.

An einem heißen Nachmittag, sie war allein im Haus, setzte sie sich auf die Stufen der Veranda, ließ sich von der Sonne bräunen, träumte vor sich hin. Wie lange hatte sie nicht mehr an zu Hause, an das Al-Wa-Haus gedacht. Mit jeder Faser ihres Körpers fühlte sie, daß sie hierher gehörte, hier auf dieser Ranch hatte sie ihr Lebensziel, ihre neue Aufgabe gefunden. Langsam stand sie auf, ging ins Haus, schritt durch die Zimmer. Zärtlich streiften ihre Finger über Tische und Truhen, sie roch den spezifischen Geruch von frischer Wäsche, den Geruch von trockenem Gras, Hitze und Staub. Sehnsüchtig verweilte sie in Donalds Zimmer. Hier fand sie Frau Johnson, als sie vom Einkaufen nach Hause zurückkam. Sie ahnte die Gedanken Irenes und umarmte sie.

„Kind." Sie setzten sich auf das Bett.

„Die halbe Welt habe ich bereist, hastig, nervös, immer auf der Suche nach etwas, was ich nicht finden, nicht erkennen konnte. Jetzt weiß ich es. Hier habe ich gefunden, was ich suchte."

„Kind, Irene, ich freue mich für euch beide. Weiß es Donald schon?"

Irene schüttelte den Kopf. „Bis heute wußte ich es ja selber nicht."

Zärtlich streichelte Frau Johnson Irenes Gesicht.

„Donald sprach mit mir darüber. Er kann sich ein Leben ohne dich nicht mehr vorstellen. Und ich bin auch froh. An eurem Hochzeitstag werde ich dir die Führung des Hauses übergeben. Und ich kann endlich in die Stadt, in mein Haus zurückkehren, werde beruhigt meine Hände in den Schoß legen können, denn für dieses Haus kann ich mir keine geeignetere Frau vorstellen als dich."

Donald war seit Jahren geschieden, und vom ersten Tag an hatte seine Mutter, in der Hoffnung, er würde bald wieder heiraten, den Haushalt geführt.

Glücklich fing Irene an zu weinen. Entschlossen nahm Frau Johnson sie an der Hand.

„Komm, bis es soweit ist, mußt du noch viel lernen."

Und sie ging mit Irene in ihr Büro, zeigte ihr das Haushaltsbuch, erklärte ihr, wieviel Geld sie im Monat bekommen würde, wieviel sie einkaufen und was sie ausgeben dürfte. Zeigte ihr die Vorratskammern, den Wäscheschrank.

Sie wollten im Spätherbst heiraten, um im Winter, wenn die Arbeit nachlassen würde, nach Europa zu reisen. Irene fing an, an die Behörden in S. zu schreiben, um die Papiere, die sie brauchte, zusammenzubekommen. Ihren Sohn zu benachrichtigen, auf die Idee kam sie überhaupt nicht.

Wieder vergingen Tage, glückliche Tage, die ausgefüllt mit Plänen und Vorbereitungen waren. Sie ritten täglich aus. Auch an einem stürmischen Nachmittag. Das Wetter änderte sich, Gewitter lag in der Luft, die Pferde waren unruhig. Mit ihrer Stute wollte Irene im Galopp über einen Zaun springen. Donald warnte sie.

„Nein, Irene, bitte nicht. Du bist dazu noch zu unsicher."

Sie hatte ihn nicht gehört, und beim Sprung verlor sie die Kontrolle über das Pferd und stürzte. Sie hatte Glück gehabt. Außer Prellungen stellten die Ärzte nur einen glatten Schlüsselbeinbruch fest. Der Arm wurde ruhiggestellt, sie bekam Schmerzmittel und eine Spritze gegen den Schock und durfte wieder nach Hause gehen. Sie legte sich ins Bett. Donald blieb bei ihr, tröstete sie. Am nächsten Tag fühlte sich Irene immer noch benommen und schwindelig. So fuhr Donald mit ihr wieder in die Stadt zu seinem Arzt.

Die Labortests ergaben ein schlechtes Blutbild. Der Arzt sprach von zu vielen weißen Blutkörperchen, Anämie. In ihrem Unterbewußtsein hörte Irene auch das Wort „Leukämie".

„Ich empfehle Ihnen, sich im Krankenhaus gründlich untersuchen zu lassen. Es besteht aber kein Grund zur Panik, trotzdem ..."

Irene dachte an die Unruhe, die Müdigkeit, die sie seit Wochen heimsuchte, ahnte, wie es um sie stand, und eine Welt brach für sie zusammen. Ihr erster Impuls war, nach Hause zu fliegen. In ihrer seelischen Not bedeutete das Haus in S. Hort und Zuflucht für sie. Der erste Impuls verhärtete sich, und ihr Entschluß stand fest. Sie wollte mit der ersten Maschine nach Deutschland fliegen.

„Sobald ich gesund bin, komme ich wieder. Verlaß dich darauf, Donald."

„Aber Liebling, du kannst doch auch hier zu einem Arzt gehen, dich behandeln lassen. Hast du hier nicht alles, was du brauchst?" protestierte er.

„Bitte versteh mich. Ich bin auch in S. zu Hause."

„Auf einmal." Donald war verbittert, er konnte und wollte sie nicht verstehen.

Donald begleitete sie nach New York und blieb bei ihr, bis die Maschine nach Frankfurt aufgerufen wurde. Bis zur letzten Minute klammerte sie sich an ihn, Angst schnürte ihr die Kehle zu, sie schwankte in ihrem Entschluß, nach Hause zu fliegen, doch ein Gefühl, eine Kraft, die stärker war als sie, trieb sie vorwärts.

„Ruf mich an, sobald du in S. ankommst."

„Ja, mach dir keine Sorgen. Und vergiß nicht, ich komme wieder."

Mit hängenden Schultern sah er der Maschine nach, bis sie nicht mehr zu sehen war. Kaum war die Maschine in der Luft, nahm Irene ein leichtes Schlafmittel, die Stewardeß kippte ihren Sitz nach hinten, und den verletzten Arm fest an sich gedrückt, schlief sie ein. In Frankfurt erkundigte sie sich nach dem Weiterflug nach S. und erfuhr, daß sie vier Stunden warten mußte. Ihr erster Gedanke war, mit dem Zug weiterzufahren, ein Gedanke, den sie sogleich fallenließ. Sie wußte, die Bahnfahrt würde zu anstrengend für sie werden. So biß sie in den sauren Apfel und rief zu Hause an.

„Frau Waletzki", freute sich Frau Mohn. „Von wo rufen Sie an? Ist etwas geschehen?"

„Nein, ich komme nach Hause zurück. Bin am Frankfurter Flughafen, und meine Maschine fliegt erst in vier Stunden. Kann ich meinen Sohn sprechen, damit er mich abholt?"

„Oh, das tut mir leid, Frau Waletzki, aber die beiden sind in Mailand, kommen erst in zwei Wochen wieder."

„In Mailand? Was macht er denn dort?"

„Urlaub und auch Geschäftliches."

„Na gut, in Gottes Namen werde ich halt fliegen", und sie hängte den Hörer auf. Frau Mohn hatte die Enttäuschung, die Angst in Irenes Stimme gehört.

Mit dem Arm in der Schlinge, die Hängetasche und ein Köfferchen in der anderen Hand, konnte Irene nicht viel anfangen. So setzte sie sich im Warteraum nieder und schlief bald ein. Wirre Träume quälten sie, eine quakende Stimme dröhnte in ihren Ohren. Abrupt fuhr sie hoch, die Stimme dröhnte immer noch. Es war ein Lautsprecher: „Frau Waletzki, Sie werden in der Information im ersten Stock erwartet, Frau Waletzki ..." Immer wieder quakte der Lautsprecher.

„Das bin ja ich", wunderte sich Irene.

Erschrocken sprang sie auf, nahm Tasche und Koffer in die Hand, eilte zur Rolltreppe, fuhr in den ersten Stock hinunter. Schon von weitem sah sie das Schild des Informationsstandes. Erhitzt, mit Schweißperlen auf der Stirn, blieb sie vor ihm stehen.

„Ich bin Frau Waletzki."

„Die Dame hier will Sie sprechen", erwiderte das Fräulein hinter dem Pult und zeigte auf eine Frau, die etwas abseits stand. Irene drehte sich um, ihre Augen weiteten sich vor Überraschung, froh schluchzte sie auf.

„Frau Peritz?"

Die Frau lachte, nickte. „Ja, ich bin es. Ich bin gekommen, um Sie heimzufahren."

„Aber wie ...?"

„Frau Mohn rief mich an. Ihr Telefonanruf hat sie sehr beunruhigt."

Frau Peritz' Blick blieb an der Armbinde haften, sie bemerkte Frau Waletzkis schlechten Zustand.

„Nicht der Rede wert", beruhigte sie Irene. „Aber mit nur einer Hand ist alles so schwierig", lächelte sie.

„Dann kommen Sie, verlieren wir keine Zeit."

Frau Peritz nahm den kleinen Koffer in die Hand, wollte zum Ausgang gehen.

„Halt, warten Sie, meine Koffer. Sie wurden schon eingecheckt", erinnerte sich Irene.

„Ist alles in Ordnung. Ich habe mich am Schalter der Lufthansa erkundigt. Wir brauchen sie nur abzuholen."

„Frau Peritz, Sie sind unbezahlbar."

Frau Peritz lachte: „Ja, das sagt Herr Waletzki auch immer."

Irene machte eine Schnute, als sie Alex' Namen hörte. Erst jetzt kamen ihr Frau Mohns Worte voll ins Bewußtsein: „geschäftlich in Mailand". ‚Was hatte der Besitzer eines Möbelhauses in Mailand für Geschäfte zu erledigen? Wie kam Alex ausgerechnet dorthin? Hatte er sich so schnell eingelebt, war er so schnell anerkannt worden?‘ schwirrten ihr die Gedanken durch den Kopf. Nun ja, er hatte den Charme seines Vaters geerbt, das war gewiß. Und beim Gedanken, daß sie in den fünf Jahren, in denen sie im Al-Wa-Haus gearbeitet hatte, nie ein Dankeschön, nie ein nettes Wort zu Frau Peritz noch irgendeinem anderen Abteilungsleiter, geschweige denn einem Angestellten gesagt hatte, schoß ihr noch nachträglich die Schamröte ins Gesicht.

Sie waren am Parkplatz angelangt, Frau Peritz öffnete die Wagentür.

„Frau Mohn hat mir Kaffee und belegte Brötchen mitgegeben, oder wollen Sie lieber, daß wir unterwegs anhalten?"

„Nein, fahren Sie mich bitte so schnell wie möglich nach Hause. Und Kaffee? Ja, jetzt könnte ich eine Tasse heißen Kaffee vertragen."

Bequem in ihren Sitz zurückgelehnt, eine Tasse in der Hand, fuhren sie nach S. Der Sommer war mit aller Macht gekommen. Unter einem milchigblauen Himmel blinkten saubere, kleine Ortschaften, wogten Getreidefelder in sattem Gelb, huschten Sonnenstrahlen durch dichte Laubwälder.

Herzlich begrüßte Frau Mohn Frau Waletzki, als sie zu Hause ankamen. Frau Peritz wollte zum Flughafen weiterfahren, die Koffer abholen. Langsam ging Irene durch das Haus, bestürzt sah sie dessen Veränderung. In der Halle, im Eß- und Wohnzimmer stand kein ihr vertrautes Möbelstück, kein ihr bekannter Gegenstand mehr. War Alex' Haß so tief, daß er sogar im eigenen Haus alles, was ihn an seine Eltern erinnerte, ausmerzen mußte? Fragend sah sie Frau Mohn an.

„In Ihrem Zimmer ist noch alles so, wie Sie es verlassen haben, Frau Waletzki."

So verkroch sich Irene in ihren Räumen, fremd in ihrem eigenen Haus. Sie wurde wieder Frau Waletzki, wurde kühl und distanziert behandelt, und Donald, Frau Johnson und die Ranch in Texas versanken am Horizont wie eine Fata Morgana.

9. Kapitel
Hoffnungen

Faul lagen Mirko und Alex im Garten, ließen sich von der Sonne rösten. Frau Mohn brachte ihnen eine Kanne eisgekühlten Tee, und Alex bat sie, sich zu ihnen zu setzen.

„Wir sind jetzt schon drei Tage zu Hause, und meine Mutter hat sich noch immer nicht blicken lassen", bemerkte er.

Daß er in diesen drei Tagen kein einziges Mal ihr Zimmer betreten hatte, verschwieg er wohlweislich. Frau Mohn setzte sich in einen Gartenstuhl, die Hände im Schoß gefaltet.

„Wird sie auch nicht. Seitdem sie vor elf Tagen zurückgekommen ist, hat sie sich nicht mehr aus ihrem Zimmer gerührt."

„Erzählen Sie uns bitte alles, von Anfang an", bat Mirko, rekelte sich in der Sonne und goß sich Tee in ein Glas ein.

Nachdem Frau Waletzki fassungslos durch das Haus gegangen war, verkroch sie sich in ihrem Zimmer. Ihre Ausweglosigkeit, ihr Verlust kamen ihr voll zu Bewußtsein, und sie fing an zu weinen, konnte nicht mehr aufhören. Frau Mohn kam immer wieder zu ihr, versuchte sie zu trösten, zu helfen. Sie brachte die Koffer hoch, fing an auszupacken, die Kleider in den Schrank zu hängen. Da fiel aus einer Tasche ein Bild auf den Boden. Es zeigte eine Ranch und davor Frau Waletzki mit einem gutaussehenden Mann, der sie glücklich anlachte. Frau Mohn verstand.

„Wollen Sie nicht Ihren Freund anrufen? Ihm sagen, daß Sie gut angekommen sind?"

„Wozu? Ich kann ja doch nie wieder zu ihm zurückkehren."

„Geben Sie nicht so schnell auf, sagen Sie niemals nie."

Frau Waletzki sank wieder in sich zusammen.

„Mit Ihrem Arm müssen Sie zum Arzt gehen", mahnte sie Frau Mohn.

„Nicht nur wegen dem Arm", flüsterte Frau Waletzki.

Frau Mohn lief in das Arbeitszimmer hinunter und rief Dr. Fischer an, ließ sich für den gleichen Tag einen Termin geben und zwang Frau Waletzki, sich umzuziehen.

„Ich habe ein Taxi bestellt."

Als das Taxi außer Sichtweite war, durchsuchte Frau Mohn die Handtasche, die Frau Waletzki auf ihrer Reise mitgehabt hatte. Bald fand sie, was sie gesucht hatte.

Eine Visitenkarte mit einer Adresse und einer Telefonnummer aus Texas. Spontan wollte sie anrufen, da fiel ihr lachend ein, daß sie ja kein Englisch konnte.

„Eine Stunde später hat mich Dr. Fischer angerufen, er hatte Frau Waletzki zur Untersuchung in ein Krankenhaus einweisen lassen.“

Teilnahmslos ließ Frau Waletzki sämtliche Tests über sich ergehen, der Verdacht auf Leukämie bestätigte sich. Da bäumte sie sich ein einziges Mal auf. Sie weinte, schrie, fluchte. Schlagartig sackte sie zusammen, ihr Lebenswille brach.

Betroffen hatten die beiden zugehört.

„Leukämie, wie furchtbar. Muß sie da nicht im Krankenhaus bleiben? Dort wäre sie bestimmt besser aufgehoben als hier. Und was für eine Therapie soll angewendet werden?“ murmelte Alex teilnahmslos.

„Das übliche Chemotherapie und Bluttransfusionen müssen stationär behandelt werden. Doch sie werden nicht viel nützen, die Krankheit ist schon zu weit fortgeschritten. Dr. Fischer hat versprochen, so bald wie möglich eine Pflegerin kommen zu lassen, damit Frau Waletzki zu Hause bleiben kann. Sie ... sie will hier sterben“, schluchzte Frau Mohn.

Mirko stand auf, zog sich ein T-Shirt über.

„Ich geh' rauf und hol' sie. Es bringt nichts, wenn sie den ganzen Tag in ihrem Zimmer sitzt. Bereiten Sie einen Liegestuhl vor, am besten in einem schattigen, windstillen Winkel.“

„Sie wird nicht kommen wollen“, rief ihm Frau Mohn nach.

Entgeistert sah Alex ihn im Haus verschwinden. ‚Was ist in den gefahren?‘ dachte er. Nachdenklich blieb er liegen.

„Wissen Sie, ob meine Mutter diesen Johnson angerufen hat?“

Frau Mohn schüttelte den Kopf.

„Ein- oder zweimal kam ein Anruf aus Amerika, eine Männerstimme. Er sprach aber englisch und ich nur deutsch“, lächelte sie achselzuckend.

„Haben Sie noch die Visitenkarte?“

„Ja.“

„Geben Sie sie mir bitte.“ Er schaute auf die Uhr. „Ich werde mal dort anrufen. Hören, was für ein Mann dieser Johnson ist. Vielleicht erfahre ich auch, warum meine Mutter sich dort aufgehalten hat.“

Alex mußte lange warten, bis auf der anderen Seite der Telefonhörer abgehoben wurde.

„Johnson“, meldete sich eine Frauenstimme.

„Waletzki. Kann ich bitte Herrn Johnson sprechen?"

„Tut mir leid, mein Sohn ist in die Stadt gefahren." Ein kaum merkliches zögern. „Waletzki? Sind Sie mit Irene verwandt?"

‚Hoppla, Irene?' dachte Alex. „Ja, ich bin der Sohn von Frau Waletzki."

„Wie geht es Irene? Was macht ihre gebrochene Schulter? Warum hat sie bis jetzt noch nicht angerufen? Sie hatte es so eilig, von hier wegzukommen, daß ich nicht mehr über die Untersuchungen beim Arzt mit ihr reden konnte. Mein Sohn hat auch ein paarmal angerufen, hat sie aber nicht ereicht."

„Gebrochene Schulter? Untersuchung beim Arzt? Ich weiß nichts davon. Ich rufe an, weil ich wissen möchte, wie das Verhältnis meiner Mutter zu Herrn Johnson war."

„Hat sie Ihnen nichts gesagt? Sie wollen im Herbst heiraten."

Alex glaubte sich verhört zu haben, blieb lange Zeit still.

„Hallo? Sind Sie noch dran?"

„Ja …" Alex mußte das Gehörte erst verdauen. „Meine Mutter hat mir überhaupt nichts erzählt … Sie … sie spricht nicht mehr mit mir. Wie und wo haben Sie meine Mutter kennengelernt? Wie kam sie zu Ihnen auf die Ranch?"

Frau Johnson wollte anfangen zu erzählen, überlegte es sich anders.

„Es ist eine lange, traurig schöne Geschichte, mit Höhen und Tiefen. Ich werde Ihnen schreiben, so können Sie das Ganze besser verstehen … Und wann kommt Irene zurück?"

„Es tut mir leid um Ihren Sohn, Frau Johnson … um beide. Aber meine Mutter wird nicht mehr nach Texas kommen, sie will auch nicht anrufen. Sie ist krank, wird nicht mehr lange leben. So wie ich Sie verstanden habe, hatte meine Mutter eine gute Zeit bei Ihnen. Ich danke Ihnen dafür. Sagen Sie auch Ihrem Sohn meinen besten Dank."

Bevor er auflegte, hörte er noch, wie Frau Johnson etwas sagte. ‚Hat ja doch keinen Zweck', dachte er. ‚Es war bestimmt ein wundervolles Erlebnis für meine Mutter, und ich gönne es ihr. Aber was vorbei ist, ist vorbei.' Und ging in den Garten zurück, begegnete Frau Mohn, die auf dem Weg zu ihrer Küche war.

„Was wollt ihr zum Abendessen?"

„Bei der Hitze nur Salat. Und wenn es geht, etwas früher als sonst. Wir wollen heute abend noch ausgehen", und ging weiter.

Ohne anzuklopfen, betrat Mirko das Zimmer. Frau Waletzki saß zusammengekauert in einem Sessel am Fenster, schaute hoch, als sie die Tür gehen hörte. Erkannte ihn im ersten Augenblick nicht und sah ihm mißtrauisch entgegen.

„Ich bin Mirko. Komme, um Sie in den Garten hinunterzubringen."

„Will nicht."

Ohne ein weiteres Wort zu verlieren, nahm er sie vorsichtig in die Arme, und trotz ihres Protestes trug er sie hinunter.

Frau Mohn hatte einen Liegestuhl unter den Tannenbäumen vorbereitet. Mirko deckte Frau Waletzki mit einer leichten Decke zu, schob ihr ein Kissen unter den Kopf.

„Ich mache Ihnen einen heißen Tee, der wird Ihnen bestimmt guttun. Sie haben doch immer gerne Tee getrunken, oder?"

Und ohne eine Antwort abzuwarten, entfernte er sich.

Sie sah, wie ihr Sohn die Terrasse betrat, stehenblieb, mit Mirko ein paar Worte wechselte. Sie konnte sie nicht verstehen, sah nur, wie Alex spöttisch den Mund verzog, hörte Mirko lachen, und beide sahen zu ihr hinüber. Alex kam quer über den Rasen auf sie zu, stellte sich vor ihr hin.

„Einen Gruß von Frau Johnson. Sie hat sich nach deinem Befinden erkundigt."

„Ach", flüsterte sie. „Hat sie angerufen?"

„Nein, ich war es. Wollte wissen, was du dort gemacht hast."

„Und, was hat sie gesagt?"

„Nichts, sie will schreiben."

Er setzte sich hin, berührte leicht den Streckverband.

„Was macht deine Schulter? Wie ist das überhaupt passiert?"

„So gut wie geheilt. Bin vom Pferd gestürzt."

Alex lachte. Er konnte sich seine ach so vornehme Mutter einfach nicht auf einem Pferd vorstellen.

Da kam Mirko mit dem Tee, stellte das Tablett auf einen kleinen Tisch neben dem Liegestuhl, schenkte ein, gab ihr die Tasse.

„Milch, Zucker?"

„Nein danke, weder noch." Zaghaft lächelte sie.

„Stell dir vor, meine Mutter hat in Texas reiten gelernt, was sagst du denn dazu?"

„Warum nicht? Ich finde, es ist ein schöner Zeitvertreib, obwohl es nichts für mich wäre", lachte Mirko. Er hatte sich auf der anderen Seite des Tisches hingesetzt. „Wollen Sie uns nicht etwas über Ihre Zeit in Texas erzählen? Wo waren Sie überhaupt in diesen vier Monaten?"

„Bin herumgereist. War überall und nirgends. Bei Donald dachte ich …"

Sie biß sich auf die Lippen, zwinkerte mit den Augen, um die Tränen zurückzuhalten. Nur nicht vor den beiden anfangen zu weinen, nur das nicht. Alex berührte sachte ihren Arm.

„Tut mir leid, Mutter, aber warum bist du nicht dortgeblieben? Nur weil du krank geworden bist? Das Glück in Texas hätte ich dir ehrlich gegönnt", lächelte er. ‚Und ich hätte dich ein für allemal los gehabt', dachte er wütend. ‚Wegen so einer Gefühlsdusselei alles aufzugeben.'

„Seit Monaten habe ich gespürt, daß bei mir irgend etwas nicht stimmte, habe es aber immer wieder vor mir hergeschoben. In den Wochen in Texas habe ich mich so gesund gefühlt wie schon lange nicht mehr. Als ich dann die Wahrheit erfuhr … Es war der Schock … ich dachte, ich könnte vor der Wahrheit fliehen. Eine Kurzschlußhandlung, die ich zu tief bereut habe."

Mitleidig sah Mirko sie an, schenkte ihr Tee nach. Alex dachte pragmatischer: ‚Die Zeit wird vergehen, so oder so hab' ich dich bald los.'

Mirko führte Frau Waletzki in das Eßzimmer. Erstaunt hob sie die Augenbrauen, als auch Frau Mohn sich zu ihnen setzte.

„Ich kann mich nicht erinnern, Sie zu Tisch gebeten zu haben", zischte sie.

„Frau Mohn gehört zur Familie, sie bleibt sitzen", entgegnete Alex lakonisch.

Frau Mohn schaute kurz auf und reichte die Salatschüssel, die sie in der Hand hatte, an Mirko weiter. Schweigend aßen sie. Frau Waletzki stocherte in ihrem Teller herum, verstohlen beobachtete sie ihren Sohn. Die lässige Haltung, die zu einem Pferdeschwanz zusammengebundenen Haare, die bei jeder Kopfbewegung über die Schulter fielen, das hagere Gesicht. Sie stellte sich ihn an seinem Schreibtisch sitzend vor und mußte schmunzeln. Er mußte ihren Blick gespürt haben, denn er hob den Kopf, blickte sie durchdringend an. Ein Blick, der sie schaudern ließ. Danach räumten sie, zum Erstaunen Frau Waletzkis, gemeinsam den Tisch ab, trugen das Geschirr in die Küche.

‚Ganz neue Sitten sind in der Zeit, in der ich nicht da war, hier eingeführt worden.' Und innerlich rebellierte sie dagegen. Wußte aber, daß sie nicht dagegen ankommen konnte. Zu deutlich hatte sie gespürt, Alex war der Herr im Hause.

Leise zwitscherten zwei Amseln auf der Birke neben dem Haus. Die Spitze des Stammes streckte sich über das Dach des Hauses hinweg. Durch das Spiel der Blätter verfingen sich die Strahlen der Sonne unregelmäßig in dem Raum unter dem Dach. Im Unterbewußtsein hörte Mirko die Amseln, spürte die Wärme der

Sonne auf seinem Gesicht und wachte auf. Er blieb minutenlang liegen, und sein Blick wanderte durch das Zimmer. Der große Kleiderschrank, die kleine Truhe neben der Tür, das breite Doppelbett mit den bunten Bettbezügen. Alles aus heller, naturbelassener Buche, von ihm selbst mit Liebe ausgesucht. Für Mirko war es ein Glücksfall gewesen, daß damals, als er und Alex nach Hause zurückgekommen waren, Frau Waletzki das Weite gesucht hatte. Unbefangen konnte er dadurch das Haus in Besitz nehmen, dessen Atmosphäre in sich aufnehmen, und er fühlte sich hier bald zu Hause. Das kleine Zimmer, in dem er die ersten zwei Jahre im Hause Waletzki geschlafen hatte, war jetzt sein eigener Arbeitsraum. Auf dem Schreibtisch stand ein Computer und ein Faxgerät, unter dem Fenster stand ein Gästebett. So brauchte er den Freund nicht zu wecken, wenn er spät in der Nacht nach Hause kam. Das Wohnzimmer ließen sie leer, in Erinnerung an ihre Straßenzeit. Und während unten im eleganten Erdgeschoß Alex Herr Waletzki wurde, seine Geschäftsfreunde und die Honoratioren der Stadt empfing, über Handel und Finanzen palaverte, den Finger am Puls der Börse, war er oben nur noch Alex, der zusammen mit Mirko die Freunde aus der Coro-Zeit einlud, die sich bei ihnen pudelwohl fühlten.

Das Zwitschern der Amseln hatte aufgehört. Die Sonne malte Kringel auf der Bettdecke. Mirko hörte Männerlachen und Schritte, die die Treppe hocheilten. ‚Oh, Detlef und Bernd sind schon da?‘ wunderte er sich und schaute auf die Uhr. Da kamen sie schon herein.

„Aufstehen, du Faulpelz. Die Sonne lacht, und der Schwarzwald wartet auf uns.“

Mit einem Satz war Mirko aus dem Bett, lachend winkte er den dreien zu und verschwand im Bad. Unten in der Küche trank er stehend eine Tasse Kaffee, und Frau Mohn drückte ihm die Frühstücksbrote in die Hand. Schon waren sie alle vier aus der Tür und in dem Wagen, brausten davon.

In ihrem Zimmer am anderen Ende des Flures hörte Frau Waletzki das Lachen der Männer, die eiligen Schritte auf der Treppe, das Zuschlagen der Haustüre. Neugierig lugte sie hinter dem Vorhang hervor. Die vier Männer hatten Jeans mit abgeschnittenen Hosenbeinen und verwaschene Pullis an. Alle waren gut gewachsen und braungebrannt, mit mehr oder weniger langen Haaren.

„Was für sonderbare Freunde Alex hat. Wie unpassend.“

Sie zog sich langsam an und ging hinunter. Hörte Frau Mohn in der Küche rumoren. Erstaunt schaute diese hoch, als Frau Waletzki vor ihr stand.

„Gnädige Frau? Ich wollte Ihnen gerade das Frühstück hochbringen."

„Ich fühle mich heute sehr wohl. Decken Sie den Tisch auf der Terrasse."

„Wie Sie wünschen."

Frau Mohn trug das voll beladene Tablett hinaus, deckte einen Tisch in der milden Morgensonne.

„Was waren das für zwei Männer, die mit Alex weggefahren sind?"

„Freunde aus der Coro-Zeit."

Frau Waletzki zuckte zusammen. „Wie meinen Sie das? Was soll das sein?"

„Ach, tun Sie doch nicht so, als wüßten Sie nicht, wo Alex über vier Jahre lang gearbeitet hat."

„Oh, das weiß ich ganz genau, eine Schande war das. Und trifft sich heute noch mit solch einem Gesindel."

„Detlef und Bernd sind zwei hochanständige, charmante Männer, kein Gesindel. Außerdem arbeiten sie auch nicht mehr dort. Sie sind Sozialarbeiter und kümmern sich um Straßenkinder."

Frau Waletzki wollte gerade ein Löffelchen in die Marmelade tunken, ließ es vor Überraschung fallen, als sie die ungestümen Worte Frau Mohns hörte. Voller Sarkasmus fing sie an zu lachen.

„Die armen Kinder. Von den beiden können sie wahrhaftig was lernen."

„Pfui!" Wutentbrannt knallte Frau Mohn die Kaffeekanne auf den Tisch, daß der Deckel auf den Boden schepperte, der heiße Trank überschwappte und Tischtuch, Brot und Teller schwarz färbte.

„Ihnen ist auch nicht mehr zu helfen, oder wollen Sie nichts verstehen?" Sie rauschte hinaus. „Wenn Sie was brauchen, müssen Sie es sich selber holen. Ich gehe jetzt einkaufen."

Erschrocken war Frau Waletzki aufgesprungen, entsetzt sah sie sich die Bescherung an. ‚Was habe ich jetzt wieder Falsches gesagt?' Wut stieg in ihr hoch, eiskalte Wut. ‚So lasse ich mich hier nicht behandeln!' Sie knüllte die Serviette zusammen, warf sie mitten in das Chaos und verließ die Terrasse. Als sie an der Tür zum Arbeitszimmer vorbeikam, ging sie, einer spontanen Eingebung folgend, hinein. Blieb freudig überrascht stehen, als sie sah, daß alles so gelassen wurde, wie es früher war. Ihr Blick fiel auf den unaufgeräumten Schreibtisch. Sie trat näher und nahm Alex' Terminkalender in die Hand. „Herr Lohmeyer besuchen", stand da mit Datum des heutigen Tages. Sie blätterte weiter. An seinem ersten Arbeitstag nach dem Urlaub war eine Betriebsversammlung anberaumt. „Girotti anrufen, Schwierigkeiten mit den Küchen.“ Sie runzelte die Stirn. ‚Was soll das denn heißen?‘ Und dann … rot unterstrichen: „Gerichtsverhandlung Schmittchen, mit Mutter darüber reden.“ ‚Aha, wenn du mich brauchst, läßt du dich herab, zu mir zu kommen‘, dachte Frau Waletzki. Sie schaute auf das Datum. In sechs Wochen. Da war sie ja gerade zur rechten Zeit zurückgekommen. Sie setzte sich hin, und ihre Gedanken verloren sich in die Vergangenheit.

Am Marktplatz von F. trennten sie sich. Alex wollte, wie versprochen, Herrn Lohmeyer besuchen, und Mirko hatte ihn gebeten, Bernd und Detlef mitzunehmen. Die beiden hatten anstrengende Wochen hinter sich, und ein Tag in frischer Luft, bar aller Sorgen, würde ihnen guttun. Da Alex nicht wußte, wie lange die Verhandlungen mit dem Porzellanfabrikanten dauern würde, hatten sie ausgemacht, ab 14 Uhr jede volle Stunde in einem bestimmten Café am Marktplatz vorbeizuschauen.

Im nächsten Ort hielt Alex vor einem Gasthaus an, bestellte einen Kaffee, nahm seinen Rucksack und verschwand in der Toilette. Kam mit langer, heller Hose und einem weißem Hemd wieder heraus, trank seinen Kaffee aus und fuhr weiter.

Der erste Eindruck des Gebäudes gefiel ihm. Am Ende eines Tales im Schwarzwaldstil gebaut, hatte man das Empfinden, der bewaldete Hügel würde die Halle zudecken. Alex steuerte den Wagen auf den Parkplatz, stieg aus und betrat durch eine wuchtige Tür einen kleinen Vorraum, der zu den Ausstellungsräumen führte. Herr Lohmeyer mußte auf ihn gewartet haben, wie aus dem Nichts tauchte er vor ihm auf.

„Ich freue mich, Sie zu sehen, Herr Waletzki. Kommen Sie bitte in mein Büro.“

Der Begegnung waren etliche Telefongespräche vorangegangen, so daß beide alles soweit vorbereitet hatten. Alex öffnete seine Aktentasche.

„Wir sind gerade dabei, ein Stockwerk des Al-Wa-Hauses zu renovieren. Dort sollen zwei Wohneinrichtungen ausgestellt werden, eine im modernen und eine im klassischen Stil. Ich habe mir gedacht, wenn Sie die Eßtische mit einem Tafelservice Ihres Hauses dekorieren? Und in den Wohnzimmerschränken vielleicht das dazu passende Kaffeeservice? Es braucht nicht vollständig zu sein. Zwei, drei Tassen mit Tellern genügen, und vielleicht noch die Kaffeekanne dazu.“

Herr Lohmeyer nahm sich die Blätter zur Hand und sah sich die Fotos an.

„Wunderbar. Sind das die Möbel, die ausgestellt werden? Da habe ich was für Sie. Gehen wir doch gleich in den Ausstellungsraum hinunter und schauen wir uns um.“

Alex blieb immer wieder stehen, nahm einen Teller, eine Tasse in die Hand. Erlesene, handgemalte Stücke sowie auch rustikales, schweres Geschirr. Herr Lohmeyer zeigte ihm das Service, das er ausgesucht hatte. Ein schwarzweiß geriffeltes Eßgeschirr mit dem dazu passenden Kaffeeservice für alle Tage. Und ein weißes, blau umrandetes aus hauchdünnem Porzellan für den exklusiven Geschmack. Dazu ein zartblau schimmerndes Teeservice. Zufrieden gingen sie wieder in das Büro, um über die Details zu sprechen.

„Und haben Sie sich schon Gedanken darüber gemacht, was für Möbel Sie hier gebrauchen könnten?“ fragte Alex, während er sich Notizen machte.

„Hat Ihre Firma auch Schwarzwaldmöbel? Ich denke da vor allem an Eckbänke und Tische.“

„Schwarzwaldmöbel in den Schwarzwald?“ Verwundert hob Alex den Kopf.

„Bei den Touristen sind sie zur Zeit der große Renner. Und meine Ausstellungsräume werden überwiegend von Feriengästen besucht.“

„O.K., ich werde sehen, was ich tun kann.“ Und räumte seine Skizzen weg. „Und wann soll ich Ihnen das Porzellan zusenden?“

„Gleich Anfang nächsten Monat. Schicken Sie es bitte zur Versandabteilung, zu Händen Herrn Sanders. Er weiß Bescheid ...“ Herr Lohmeyer war aufgestanden. „Oder noch besser, kommen Sie doch selber vorbei und dekorieren Sie die Tische nach Ihrem Geschmack.“

„Das wäre mir auch lieber, so brauche ich meine Ware nicht aus der Hand zu geben.“

Er kam ganz nah an Alex heran, wie zufällig streifte er dessen Gesicht.

„Bleiben Sie doch zum Mittagessen hier. Meine Frau würde sich freuen.“

Auch Alex stand auf, da spürte er die Hand Lohmeyers an der Innenseite seiner Oberschenkel. ‚O nein, wird das nie ein Ende haben?‘ dachte er. Ruhig schloß er seine Aktentasche.

„Tut mir leid, Herr Lohmeyer, unter diesen Umständen muß ich mich nach einem anderen Geschäftspartner umsehen.“

„Entschuldigen Sie, aber ich vermisse meine Aufenthalte in der Coro.“

„Und warum gehen Sie nicht weiterhin vorbei?“

„Seit Sie nicht mehr dort sind ...“

„Jeder Mensch ist ersetzbar. Lassen Sie sich von Herrn Bosch oder Herrn Meindl beraten. Sie werden Ihnen garantiert helfen.“

Da läutete sein Handy. Mirko war am anderen Ende der Leitung.

„Was ist …? Ich hab' jetzt keine Zeit", meldete sich Alex ungeduldig.
„Wir wollten dir nur sagen, daß wir am Mummelsee gelandet sind."
„Wie? Wie kommt …? Und wie soll ich euch finden?"
„Jede volle Stunde in der St.-Michaels-Kapelle."
„In Ordnung, bis später dann." Er wandte sich an Herrn Lohmeyer. „Also, gehen wir essen? Auch ich freue mich, Ihre Frau kennenzulernen", fügte er ohne Begeisterung hinzu.

Nachdem Alex seine Freunde gefunden hatte, wollten sie noch zur Hornisgrinde hinauf wandern.
„Wie seid ihr überhaupt hierher gekommen?"
„Mit Autostopp."
„Ja, in F. ist es uns zu langweilig geworden. Da sind wir einfach zu einer Tankstelle gegangen und haben uns etwas umgehört."
„Und trotz eures Räuberzivils habt ihr jemanden gefunden, der euch mitgenommen hat? Der hat aber Mut gehabt."
„Sie, es war eine Sie. Wir haben viel Spaß miteinander gehabt."
„Und hat sie sich nicht gewundert, so wie ihr ausseht?"
„Nee, wir haben ihr gesagt, wir sind drei Bettelstudenten auf Wanderschaft."
Alex lachte. „Und hat sie das geglaubt?" zwinkerte er.
„O ja. Sie sagte, sie wäre die Christl von der Post."
Alex hielt sich den Bauch vor Lachen. „Dann bin ich der Vetter von Dingsda."
Faul lagen und saßen sie im Gras und ließen sich von der Sonne bescheinen. Alex packte die Picknicktasche aus, die er im Kofferraum des Wagens gefunden hatte.
„Jetzt schaut euch mal an, was Frau Mohn uns wieder alles mitgegeben hat. Als ob es hier weit und breit keine Gaststätte oder Cafés geben würde."
„Das weiß Frau Mohn auch. Sie weiß aber auch, daß wir ihre Brote viel lieber essen als das beste Menü in einem Restaurant."
Alex stellte die Tasche in ihre Mitte und legte sich hin.
„Greift zu, ich habe bei Lohmeyers zu Mittag gegessen."
„War eure Unterredung erfolgreich? Hast du was erreicht?"
„Doch, ja, natürlich … aber …"
Mirko verteilte die Brote an Detlef und Bernd, hörte den Unterton in Alex' Stimme und schaute ihn genauer an, sah dessen verschlossenes Gesicht und erriet, was vorgefallen war.

„Sag bloß, er hat wieder an dir herumgegrapscht!"

„O je." Bernd sah Alex mitleidig an. „Ist das womöglich einer von der Coro? Kennen wir ihn?"

„Bestimmt. Unter einem anderen Namen." Und Mirko erzählte den beiden von dem unangenehmen Vorfall bei der Gartenparty in Alex' Haus. Bernd und Detlef blieben ernst.

„Wenn es dir ein Trost ist, uns kann das auch jederzeit passieren."

Unwillig sprang Alex auf. „Nichts mehr davon, ich brauche euer Mitleid nicht. Werde mit solchen Leute ganz gut allein fertig."

„Ja, aber wenn man mit denen zusammenarbeiten muß …"

„Erzähl uns lieber von deinen Plänen, Detlef." Alex nahm sich eine Coke aus der Tasche und trank durstig. „Hast du dir schon Gedanken gemacht, wie wir den Kinder helfen könnten?"

„Ja, auf der Basis von Patenschaften."

„Wieso? Das gibt's doch schon, oder?"

„Sicher, aber nicht so, wie ich mir das vorstelle. Der Pate finanziert die Lehre oder Ausbildung des Jugendlichen, und sobald dieser eine Arbeit gefunden hat und selber verdient, verpflichtet er sich, seinerseits eine Patenschaft zu übernehmen. Es ist wie eine Kette, die immer länger wird, deren Glieder immer weiter auseinandergreifen. Und sollte ein Jugendlicher sich selbständig machen und Startkapital brauchen, muß er dieses bis zu einem bestimmten Prozentsatz zurückzahlen. So lernt er, Verantwortung zu tragen, und gerät in keinerlei wie auch immer geartete Abhängigkeit."

Alex und Mirko nickten zustimmend: ‚Wenn wir uns das nächste Mal treffen, erörtern wir die Details und wie wir das Ganze in die Praxis umsetzen können. Sucht uns derweil einen Jugendlichen, für dem wir die Patenschaft übernehmen können."

Sie saßen und lagen noch lange in dem versteckten Winkel hoch oben in der Hornisgrinde. Dankbar für ihre Freundschaft, ihre gemeinsame Erlebnisse, ihre gemeinsamen Erinnerungen. Die Sonne verschwand schon am Horizont, als Alex zum Aufbruch mahnte.

Zusammen mit seinen Mitarbeitern, fast unerkannt, betrat Alex wie jeden Morgen das Al-Wa-Haus. Zufrieden sah er sich um, hörte das emsige Gesumme. Es bestand kein Zweifel mehr. Mit der Firma ging es wieder aufwärts. Alle älteren Mitarbeiter waren in den Vorruhestand entlassen worden, soweit sie nicht von selber gekündigt hatten. Die anderen Angestellten wurden geprüft, getestet, so mancher sah sich auf Kosten der Firma zur Weiterbildung in einer Abendschule wieder, fast alle wechselten innerhalb des Hauses ihren Arbeitsplatz. Maßnahmen, die vorerst noch mehr Schulden verursacht hatten. Jedoch hatte es sich gelohnt. Es wurde nur noch in Teams gearbeitet. Jeder Angestellte hatte innerhalb seiner Gruppe das volle Mitspracherecht. Er konnte selbständig handeln und mußte die Verantwortung für seine Arbeit mittragen. Eine Maßnahme, die nur ein positives Echo hervorgerufen hatte. Jeder, aber auch jeder arbeitete jetzt effizienter, kreativer, war glücklicher. Der Krankenstand ging merklich zurück, das Betriebsklima wurde immer besser. Die Kunden spürten das, faßten wieder Vertrauen in die Firma, kamen und kauften wieder. Die Gläubiger warteten geduldig. Sie wußten, früher oder später würden sie ihr Geld bekommen. Immer mehr Familienbetriebe, wie die des Herrn Lohmeyer, fragten nach, ob sie mit der Firma zusammenarbeiten, ihre Ware im Al-Wa-Haus ausstellen könnten.

Alex verließ den Aufzug, und traf Herrn Pohl, der in die Kantine gehen wollte. Kurz entschlossen gesellte sich Alex zu ihm. In der Kantine trafen sie Herrn Sander. Bei einer Tasse Kaffee kam das Gespräch auf die Gerichtsverhandlung, die vor vier Wochen stattgefunden hatte, und den glimpflichen Verlauf für Schmittchen.

Es war eine geschlossene Verhandlung, ohne Zuschauer, ohne Journalisten. Mirko hatte Frau Waletzki zu dem Gerichtsgebäude gefahren. Blaß, am Ende ihrer Kräfte, saß sie in der ersten Reihe. Neben ihr Pohl, Frau Peritz und Michael Lechner als Zeugen der Anklage. Auf einer Bank unterhalb des Richterstuhles Alex als Kläger neben dem Rechtsanwalt der Firma, Herrn Lorenz. Fahl, bis auf die Knochen abgemagert saß Schmittchen auf der Anklagebank. Sein Anwalt legte dem Richter ein ärztliches Attest vor.

„Aus gesundheitlichen Gründen dürfte mein Mandant nicht einmal hiersein."

„Sie brauchen nicht anwesend zu sein", wandte sich der Richter Schmittchen zu. „Eine Vollmacht Ihres Anwaltes genügt vollkommen."

„Danke, Euer Ehren, aber ich bleibe hier. Ich werde zu Unrecht beschuldigt und will wissen, warum man mich hierher bestellt hat."

„Die Sitzung ist hiermit eröffnet."

Alle standen auf. Der Richter las die Anklageschrift vor: „Unterschlagung fremder Gelder in mehreren Fällen." Die Zeugen verließen danach den Saal.

„Ich bitte den Herrn Richter, die Zeugin Irene Waletzki zuerst zu befragen. Frau Waletzki ist krank und möchte sobald wie möglich wieder nach Hause zurückkehren."

Noch jetzt, vier Wochen später, empfand Alex Hochachtung für seine Mutter, wenn er daran dachte, mit was für einer Bravour sie ihre Aussage gemacht hatte.

„Herr Schmittchen war jahrelang der beste Mitarbeiter meines Mannes, der ihm voll vertraute. So habe auch ich ihm mein Vertrauen geschenkt und habe, ohne viel darüber nachzudenken, seine Anweisungen befolgt. Kannte er sich doch wie kein zweiter in der Firma aus. So wurde ich auch nicht stutzig, als er meinen Computer, mit der fadenscheinigen Ausrede, mir helfen zu wollen, benutzte. Nur einmal, auf meine Frage, warum er bestimmte Aufzeichnungen unbedingt in dem Computer des Chefbüros speichern müßte, sagte er etwas von Geheimhaltung, da es Aufträge wären, von denen nicht jeder wissen sollte."

„Das ist eine interessante Aussage. Wissen Sie noch den genauen Wortlaut?"

„Ja, Euer Ehren, ich habe damals Tagebuch geführt und noch am selben Abend den genauen Wortlaut aufgeschrieben."

Herr Lorenz zeigte dem Richter das Tagebuch.

„Wer wußte sonst noch von der Benutzung dieses Computers durch Herrn Schmittchen?"

„Ich habe mit meiner Sekretärin, Frau Peritz, darüber gesprochen. Sie konnte mir aber keine befriedigende Auskunft geben."

„Sind Ihnen sonst noch Unregelmäßigkeiten aufgefallen?"

„Ja, ich mußte mehr als einmal Papiere unterschreiben, ohne sie zuvor gelesen zu haben. Herr Schmittchen sagte, so wichtig wären sie nicht, um meine kostbare Zeit mit Lesen zu verschwenden. Wenn ich danach Frau Peritz fragte, wußte sie von keinerlei Unterlagen." Frau Waletzki lachte nervös: „Ich weiß, ich war furchtbar naiv damals, hatte ich doch keine Ahnung vom Geschäft."

„Danke, Frau Waletzki, das wäre alles."

„Kann ich dann gehen?"

„Wenn Sie es wünschen."

Schweigend fuhr Mirko sie nach Hause, um sogleich wieder in den Gerichtssaal zurückzufahren.

Die Aussagen Michael Lechners waren gravierender.

„Aus Gesprächen des Abteilungsleiters, Herrn Pohl und Frau Peritz' entnahm ich, daß höchstwahrscheinlich Firmengelder verschwunden waren. Ich arbeitete damals im Rechenzentrum und habe daraufhin sämtliche Aufstellungen, Ein- und Ausgänge überprüft. Im Rechenzentrum war alles in Ordnung. Daraufhin habe ich mit Alex, ich meine, Herrn Waletzki, gesprochen. Er befahl mir, die Computer in sämtlichen Abteilungen zu kontrollieren. Ich habe nachts gearbeitet und eine Woche gebraucht, bis ich endlich im Computer des Chefbüros Aufstellungen von Summen fand, die sonst nirgendwo aufgelistet waren."

Herr Lorenz zeigte dem Richter eine Kopie der Aufzeichnungen. Dieser blätterte in seinen Papieren.

„Nach meinen Unterlagen arbeitete Herr Waletzki zu dieser Zeit in einem Nachtclub. Wie kam er dazu, Ihnen diesen Auftrag zu erteilen, und warum haben Sie ihn durchgeführt?"

„Herr Waletzki ist mein Chef, dem ich Treue gelobt habe und dem ich immer folgen werde, egal was er mir befiehlt."

„Auch eine strafbare Handlung?"

„Ich habe die Kontrolle der Computer nie als strafbare Handlung angesehen. Immerhin ging es um die Existenz der Firma."

Der Richter wandte sich an Alex. „Herr Waletzki, stimmt es, daß Sie in der fraglichen Zeit in einem Nachtclub gearbeitet haben?"

„Ja, Euer Ehren."

„Und wie kamen Sie auf den Gedanken, sich in interne Firmenangelegenheiten einzumischen?"

„Euer Ehren, das Al-Wa-Haus ist ein Familienbetrieb, von meinem Urgroßvater gegründet. Und nach dem Tod meines Vater bin ich der rechtmäßige Nachfolger. Aus familiären Gründen, die ich hier nicht näher erörtern möchte, habe ich einige Jahre auf der Straße gelebt. Trotzdem habe ich die Firma immer als mein Erbe und Eigentum angesehen, fühlte mich für meine Angestellten verantwortlich. Und als Herr Lechner mit der Nachricht zu mir kam, es wären Firmengelder verschwunden, war es meine Pflicht, ihm zu befehlen, dem Gerücht nachzugehen."

„Haben Sie noch Fragen?" Der Richter schaute den Anwalt Schmittchens an.

„Ja, eine Frage an Herrn Waletzki. Als Herr Lechner zu Ihnen kam, Sie über die angeblich verschwundenen Gelder informierte, sagte er, es ‚wären' oder ‚sind' Firmengelder verschwunden?"

„Es wären. Die zuständigen Personen waren sich noch nicht sicher."

„Wie konnten Sie dann meinen Mandanten, Herrn Schmittchen, beschuldigen?"

„Herr Lechner hatte nur Order erhalten nachzuprüfen, was an dem Gerücht wahr ist. Und als er die fraglichen Summen im Computer des Chefbüros entdeckte, habe ich Anklage gegen Unbekannt erhoben. Erst später, nach weiteren Recherchen, wurde festgestellt, daß Herr Schmittchen den Computer benutzte, was ja auch von meiner Mutter und von ihm selbst bestätigt wurde."

„Und warum sollten diese Gelder unterschlagen worden sein? Es könnte sich doch um ganz normale Aufträge gehandelt haben."

„Dann soll uns Herr Schmittchen die Listen oder Aufzeichnungen der Waren zeigen, die mit diesem Geld bezahlt wurden."

„Danke, keine weiteren Fragen."

Schmittchen war noch blasser geworden. Herr Lorenz zeigte dem Richter einen richterlichen Hausdurchsuchungsbefehl.

„Wie Herr Waletzki richtig erklärt hat, hat Herr Schmittchen zugegeben, den Computer benutzt zu haben. Auf meine Frage, was für Summen das seien, konnte oder wollte er mir keine Auskunft geben. Darauf habe ich ein richterliches Gesuch für eine Hausdurchsuchung bei Herrn Schmittchen beantragt. Die Polizei fand in einem Geheimfach den Namen einer Schweizer Bank."

„Und was beweist das?"

„Nichts. Doch fragen Sie bitte Herrn Schmittchen, woher die Millionen gekommen sind, die auf einem bestimmten Nummernkonto dieser Bank liegen. Oder gehört Ihnen dieses Geld nicht?"

Schmittchens Lippen wurden bläulich, unstet irrte sein Blick durch den Saal. „Ich habe sie redlich verdient. Habe gespart."

„Ach, Millionen? Und warum liegen sie auf einem Nummernkonto in der Schweiz und nicht auf einer anständigen Bank in Deutschland?" Herr Lorenz wandte sich an Alex. „Wieviel verdient bei Ihnen ein Abteilungsleiter?"

„Einspruch, Euer Ehren. Was hat der Verdienst meines Mandanten mit dem Gerichtsverfahren hier zu tun?"

„Einspruch abgelehnt. Fahren sie fort, Herr Lorenz."

„Nun, wieviel hat Herr Schmittchen verdient?"

„4.000 Mark brutto. Ich kann meinen Abteilungsleitern nicht mehr bezahlen. So gut steht das Al-Wa-Haus nicht da."

„Danke. Wenn ich jetzt Euer Ehren bitten dürfte, Frau Peritz als Zeugin aufzurufen."

Frau Peritz' Aussage war kurz. Sie bestätigte nur, daß Frau Waletzki ihr die Benutzung des Computers durch Schmittchen mitgeteilt hatte sowie das Unterschreiben von Unterlagen, die sie, Frau Peritz, niemals gesehen hatte. – „Ich habe daraufhin mit Herrn Pohl darüber gesprochen, da ich befürchtete, einer krummen Sache auf die Spur gekommen zu sein.“

Dies bestätigte auch Herr Pohl, der sich wiederum über Herrn Lechner an Herrn Waletzki gewandt hatte, der daraufhin Anzeige gegen Unbekannt erhoben hatte.

Da brach Schmittchen zusammen und gab die Unterschlagung zu. Es war Haß, Neid dem Besitzer der Firma und dessen Sohn gegenüber. Er hatte sich hintergangen, benachteiligt gefühlt. Fassungslos hatte Alex ihm zugehört.

„Und wegen solch … solch persönlicher Gründe haben Sie den eventuellen Ruin der Firma sowie die Entlassung von 100 Menschen in Kauf genommen?“

Die Strafe wurde, aus gesundheitlichen Gründen, auf Bewährung ausgesetzt, das Konto auf der Bank beschlagnahmt, sein Haus sollte versteigert werden. Das Geld mußte der Firma zurückgeführt werden. Aus verwaltungstechnischen Gründen würde das noch ein oder zwei Monate dauern, doch dann würde das Al-Wa-Haus über den Berg sein und alle seine Schulden bezahlen können.

Als Pohl, Sander und Alex in ihren Erinnerungen an diesem Punkt angelangt waren, konnte Alex nicht anders. Trotz der frühen Morgenstunde kaufte er zwei Flaschen Sekt, und sie gingen in sein Büro hinunter. Im Vorzimmer winkte er Frau Peritz mitzukommen, rief Michael Lechner an und befahl ihm, unverzüglich in seinem Büro zu erscheinen.

„Ihrem Durchhaltevermögen haben wir es zu verdanken, daß wir die Durststrecke überwunden haben.“

„Vergessen Sie die Angestellten nicht.“

„Wenn die Firma schuldenfrei ist, bekommen sie wieder ihr volles Gehalt und zusätzlich einen freien Tag.“

„Das ist nicht genug, Alex. Deine Angestellten stehen voll hinter dir. Zeig dich dieses Vertrauens würdig“, beschwor Michael seinen Freund.

In Gedanken vertieft, spielte Alex mit dem Glas in seiner Hand. Seine Mundwinkel zuckten verdächtig.

„Bald ist Weihnachten, und da wird das Haus eine Feier erleben, an die alle Beteiligten noch lange zurückdenken werden.“ Alex wurde ernst. „Aber bitte kein Wort zu niemanden. Es soll eine Überraschung werden.“

Befreit lachten sie auf und hoben ihre Gläser.

Es war Oktober geworden, ein kühler, stürmischer Oktober. Der Wind fegte ausgetrocknete Blätter durch die Straßen, plötzliche Schauer vertrieben die Fußgänger. Berber und Obdachlose verkrochen sich in ihre Schlupfwinkel.

Der Junge stand auf der anderen Straßenseite und beobachtete die Leute, die in das Al-Wa-Haus hineingingen. Als sich eine Gruppe von sechs, sieben Leuten dem Hause näherte, schloß sich der Junge ihnen an und betrat unbemerkt die Firma. Hinter Säulen und Polstermöbeln versteckt, suchte er die Toilette auf, sperrte sich ein, wartete. Es wurde ruhiger, es wurde Nacht. Bald hörte er nichts mehr. Vorsichtig schlich er durch die verschiedenen Abteilungen, bis er die Schlafzimmer fand. Probierte etliche Betten aus. Auf einem lag eine kuschelige, weiche Kaschmirdecke. Er zog sich seine schweren Stiefel aus, stellte sie ordentlich neben das Bett, legte sich hinein, deckte sich zu und schlief bald ein.

Leise schob sich das Gitter des Personaleinganges nach oben, und die ersten Verkäufer strömten herein.

Der Junge schreckte hoch, in fliegender Eile legte er die Decke zusammen, griff nach seinen Stiefeln und rannte zu den WCs. Noch halb verschlafen, mit den Örtlichkeiten nicht vertraut, irrte er sich in der Richtung. Er floh wieder in die Abteilung der Schlafzimmer zurück, da sah ihn ein junger Schnösel von einem Verkäufer.

„Ja, wen haben wir denn da“, und packte ihn am Kragen.

Der Junge krümmte und wand sich. Immer mehr Verkäufer kamen hinzu, die ihn festhielten. Kommentare wie: „… die Polizei holen“, „Rausschmeißen“ bis: „Laßt ihn doch in Ruhe!“ flogen ihm um seine Ohren.

Als Michael Lechner aus dem Aufzug stieg, hörte er den Tumult. Neugierig näherte er sich der Gruppe.

„Was ist hier los?“

Der Junge war ungefähr 13 Jahre alt, hoch aufgeschossen und mager, mit blau schillernden Haaren und wachen, intelligenten Augen. Ängstlich kratzte er sich unter dem Arm. Als er ihn sah, zog sich Michaels Herz zusammen. Einen Augenblick lang glaubte er, selbst dort zu stehen.

„Der scheint hier geschlafen zu haben“, sagte ein Verkäufer. „Hat er was beschädigt?“

Eine Verkäuferin kam gerade um die Ecke.

„Nein, ich habe in der ganzen Abteilung nachgeschaut. Ist alles so, wie wir es gestern verlassen haben.“

„Komm.“ Sachte nahm Michael den Jungen bei den Schultern. „Ich bringe ihn zum Chef. Er wird am besten wissen, was wir mit ihm anfangen sollen.“

Alle waren einverstanden damit, gingen weiter zu ihren Arbeitsplätzen. Nur der Schnösel moserte: „Ich bin der Meinung, wir sollten die Polizei rufen. So was gehört eingesperrt.“

„Niemand hat Sie nach Ihrer Meinung gefragt.“

Michael ließ den Schnösel einfach stehen und ging mit dem Jungen in Alex' Büro.

„Guten Morgen, Frau Peritz, ist der Chef da?“

„Guten Morgen, Herr Lechner. Wenn Sie einen Augenblick warten wollen, er telefoniert gerade.“

Da sah sie den Jungen, der sich hinter Michaels Rücken versteckte.

„Nanu, wen haben Sie da?“

„Einen Straßenjungen, hat heute nacht hier geschlafen.“

Der Junge fing wieder an, sich unter dem Arm zu kratzen. Mißtrauisch irrte sein Blick von einem zum anderen. Wäre am liebsten abgehauen, doch er spürte, daß der Mann ihm wohl gesonnen war. Da klickte die Telefonanlage.

„Herr Waletzki hat das Gespräch beendet. Jetzt können Sie hineingehen, Herr Lechner.“

„Danke.“

Michael klopfte leise, betrat das Chefbüro. Hinter seinem wuchtigen Schreibtisch saß Alex, den Kopf über ein Schriftstück gebeugt. Er sah kaum hoch.

„Mischa?“ staunte er. „Was führt dich zu mir? Ich habe leider wenig Zeit.“

„Nur ganz kurz, Alex. Der Junge hier hat heute nacht im Hause geschlafen. Was sollen wir mit ihm anfangen?“

Der Junge hatte sich wieder hinter Michaels Rücken versteckt, unter halbgeschlossenen Augenlidern beobachtete er Alex. Geistesabwesend schaute dieser zum Fenster hinaus, den tiefliegenden Wolken nach.

„Wo hast du damals geschlafen, Mischa?“

„Du weißt es doch. Leere Häuser, Bauwagen, bei Freunden – überall, wo sich eine Gelegenheit bot.“

Verblüfft sah der Junge Michael an, sagte aber kein Wort. Alex stand auf, betrachtete den Jungen genauer. Mit dem alten, schwarzen, einigermaßen sauberen Pullover und den zerrissenen Jeans sah er nicht einmal so schlecht aus.

„Wie heißt du?“

„Felix“, flüsterte er.

„Felix der Glückliche. Ich nehme an, du bist von zu Hause abgehauen?“

„Aus dem Heim“, murmelte Felix und versuchte, die Tür zu erreichen. Da klopfte es, und Frau Peritz kam mit einem Tablett herein.

„Ich habe für den Jungen was zum Essen gebracht.“ Mit freundlichem Spott fügte sie hinzu: „Wenn wir schon Zimmer haben, dann bitte mit Frühstück.“

„Gute Idee, Frau Peritz. Stellen Sie das Tablett auf den Tisch.“

Nachdem er die beiden Männer, die zustimmend nickten, fragend angeschaut hatte, fing Felix an, hungrig zu essen.

„Ich rufe Bernd oder Detlef an. Sie sollen kommen, den Jungen abzuholen. Hier kann er nicht bleiben.“

„Und ich muß zu meinem Arbeitsplatz. Mein Gegenüber wird sich schon wundern, wo ich bleibe. Ruf mich bitte an, wenn einer von den beiden kommt. Aus einem bestimmten Grund möchte ich dabeisein, wenn er mit Felix spricht.“ Und eilte hinaus.

Eine Stunde später kam Detlef. Alex führte ihn in einen kleinen Raum, in dem der Junge wartete, und rief Michael an. Dieser kam mit einer jungen Frau.

„Mensch, Michael, daß man dich auch mal wieder sieht“, grüßte ihn Detlef. „Wie geht es dir? Ich habe gehört, du wirst Abteilungsleiter mit Prokura. Das finde ich geil. Da haben wir ja in unserer Gruppe zwei hohe Tiere, auf die wir stolz sein können.“

Neugierig schielte er zu der Frau. Klein und zierlich, mit schwarzen Haaren und dunklen Augen, stand sie neben Michael.

„Darf ich dir meine Verlobte Daniela vorstellen?“

Sie gab ihm die Hand: „Ich freue mich, Sie endlich kennenzulernen. Mischa hat mir viel von Ihnen erzählt. Auch von Ihrer Arbeit.“ Und lächelte den Jungen an.

„Ach ja, der Junge.“

Sie setzten sich an einen Tisch.

„Warum bis du in ein Heim gekommen?“

„Zoff mit meinem Stiefvater. Mußte immer fragen, wenn ich was wollte. Durfte abends nicht mehr raus. Machte ihm nichts richtig, und er hat mich verhauen. Nachbarn ham die Polizei gerufen. Die kamen mit einer vom Jugendamt. War vor zwei, drei Jahren. Seitdem bin ich im Heim. Aber ’s Heim ist Scheiße. Will nicht mehr zurück.“

„Wie alt bist du denn, Felix?“ fragte ihn Daniela.

„14."

„14. Da hast du dir doch bestimmt schon Gedanken gemacht, was aus dir werden soll?"

„Schule fertig machen, vielleicht mit Abi." Felix zuckte mit den Schultern. „Aber vom Heim aus in die Schule gehen ist schwer. Wirst gehänselt und ausgelacht."

Michael hatte ihnen zugehört, beobachtete aufmerksam den Jungen.

„Wir brauchen deinen Rat, Detlef. Du kennst meine Vergangenheit, weißt, daß auch ich Straßenkindern helfen will. Daniela weiß das auch. Wir sind in der letzten Stunde in der Kantine gesessen, haben diskutiert und sind zu einem Entschluß gekommen. Wenn wir in zwei Monaten heiraten, wollen wir Felix adoptieren. Wie müssen wir da vorgehen?"

Detlef stieß ein Pfiff der Bewunderung aus. Felix sah die Frau schüchtern an, senkte den Kopf, und eine nicht ganz saubere Hand schlüpfte in ihre Hand. Daniela ergriff sie und drückte sie sanft.

„Wird nicht so einfach sein. Bei einer Adoption haben die Eltern des Kindes auch was zu sagen, und wenn sie dagegen sind, kann man nichts machen. Ich würde euch empfehlen, seine Pflegeeltern zu werden. Da kann Felix auch bei euch wohnen." Detlef gab ihnen die Adresse des Jugendamtes und den Namen einer Sozialarbeiterin. „Ihr seid beide jung, berufstätig, habt ein Dach über dem Kopf. Da werden sie euch kaum Schwierigkeiten machen. Aber bis es soweit ist, muß Felix wieder ins Heim, so leid mir es tut."

Michael und Daniela standen auf.

„Und wir müssen wieder an unsere Arbeit zurück. Danke, Detlef, wir werden deinen Rat befolgen." Sie umarmten Felix. „In zwei Monaten gehörst du zu uns. Und dann kommst du in eine andere Schule, in der niemand deine Vergangenheit kennt. Derweil holen wir dich jedes Wochenende ab, unternehmen was, reden miteinander, damit wir uns besser kennenlernen können."

„Ist das wahr? Vergeßt ihr mich nicht?" Ängstlich blickte Felix die beiden an.

„So wahr wir hier stehen."

In der Mittagspause traf Alex Michael und Daniela in der Kantine.

„Und, wie war's?"

Sie erzählten ihm das Ergebnis der Besprechung mit Detlef, und bei dem Gedanken, daß sie heute kaum gearbeitet hatten, sahen sie ihren Chef schuldbewußt an.

„Wir wollen uns mit der Mutter von Felix in Verbindung setzen, vielleicht können wir ihn doch noch adoptieren."

„Das war aber ein schneller Entschluß. Hoffentlich bereut ihr ihn nicht. Ihr kennt den Jungen ja kaum."

„Das war keine unüberlegte Entscheidung. Monatelang haben wir über dieses Thema diskutiert … Und ich hatte ein gutes Feeling, als ich Felix sah."

„Und das Risiko?"

„Nun, wie viele Eltern kennen ihre eigenen Kinder so genau?"

„In den ersten Wochen wird er immer wieder versuchen auszubüchsen", dämpfte Alex ihre Begeisterung.

„Wir werden ihn nicht halten, aber mit ihm diskutieren. Wenn er das Abitur machen will, muß ihm klar sein, daß er die Schule durchziehen muß, und wo kann er am besten lernen, wenn nicht zu Hause?"

„In den Ferien kann er ruhig weiterhin Straßenluft schnuppern. Es wird ihn abhärten, aber auch sensibler, toleranter machen."

Die Worte flogen hin und her, sie machten sich gegenseitig Mut, besorgt und glücklich zugleich.

„Dann wünsche ich euch viel Glück mit Felix." Alex stand auf, nahm sein Tablett. „Ich kann eure zwiespältigen Gefühle nachempfinden, da kann man nicht so gut arbeiten. Nehmt euch den Rest des Tages frei. Ihr könnt die liegengebliebene Arbeit jederzeit nachholen."

Entgeistert sahen sie ihm nach.

„Sollen wir tatsächlich?"

„Er hat recht. Komm! Morgen haben wir nichts vor. Da können wir Überstunden machen, solange es nötig ist."

Nachdenklich, müde kam Alex an diesem Abend nach Hause. Frau Mohn, die ihn kommen hörte, nahm ihm Aktentasche und Anorak ab.

„„Mirko wartet in seinem Zimmer auf dich. Geh gleich hoch, er hat dir was Dringendes zu sagen."

Alex lief die Treppe hoch, fand Mirko im Bett, die Arme hinter dem Kopf verschränkt.

„Na, was träumst du denn Schönes? Oder bist du krank?"

Er setzte sich auf das Bett.

„Nee, ich ruh' mich nur etwas aus, bevor ich in die Coro gehe. Girotti hat angerufen, du sollst …"

Da merkte er, daß Alex mit seinen Gedanken ganz woanders war. „Hast du

Ärger im Geschäft gehabt? Doch nicht Schwierigkeiten mit deinem Magen?"

„Nein, nichts dergleichen … Ich habe heute Felix kennengelernt." Und er erzählte Mirko von den Ereignissen des Tages. „Mischa und Daniela würden ihn am liebsten adoptieren, und ich freue mich mit ihnen. Felix ist es wert, daß man sich um ihn kümmert." Er fing an, Mirko zu liebkosen. „Der Junge hat mich so an dich erinnert. Ich habe immer nur dich gesehen, wie du damals vor der Kneipe gesessen bist."

„Ich denke gerne an diesen Tag zurück und habe es nie bereut, mit dir gegangen zu sein." Zärtlich umarmte und küßte Mirko ihn, stand auf, fing an, sich umzuziehen. „Aber Mischa, der und einen Halbwüchsigen adoptieren wollen – wer hätte das gedacht. Kühl und zurückhaltend, wie er ist."

„Er kann seine Straßenjahre auch nicht vergessen, sie machen ihm heute noch zu schaffen."

Mirko hatte auf die Uhr geschaut. „O je, höchste Zeit, daß ich gehe."

Er packte seine Mappe, sauste hinaus, kam wieder zurück.

„Fast hätte ich es vergessen. Komm bitte in die Gegenwart zurück. Girotti hat nämlich angerufen. Hat anscheinend Ärger mit den Küchen."

„Diese verflixten Küchen. Hätte ich nur nicht zugesagt."

Alex rannte die Treppe hinunter. „Was ist mit Abendessen?" hielt ihn Frau Mohn auf. „Hab' keine Zeit. Später vielleicht", und stürmte in sein Arbeitszimmer. Fragend schaute Frau Mohn Mirko an, der hinter Alex die Treppe hinuntergekommen war.

„Dicke Luft in der EU", lachte er, und verließ das Haus.

Fieberhaft suchte Alex die Nummer Girottis, ärgerte sich zum x-ten Mal über seine eigene Unordnung. Endlich fand er sie am Rande seines Terminkalenders. Girotti mußte auf seinen Anruf gewartet habe, denn er hob sofort ab.

„Tut mir leid, ich bin gerade nach Hause gekommen", meldete sich Alex. „Was haben Sie für Probleme?"

Girotti druckste herum. „Eigentlich wollte ich Sie nur fragen, wie es bei Ihnen mit dem Verkauf der Küchen steht."

„Nicht schlecht. Und bei Ihnen?"

„Ein Flop. Hier kommen sie überhaupt nicht an. Kaum zwei oder drei haben wir bis jetzt verkauft."

„Das tut mir leid, Herr Girotti. Aber unter diesen Umstände müssen wir uns noch einmal zusammensetzen, den Vertrag ändern, denn hier könnten wir noch mehr Küchen verkaufen, und wir wollen unsere Kunden nicht verprellen. Sie würden es nie verstehen, daß wir lediglich eine bestimmte Anzahl von Küchen im Monat verkaufen können, nur weil ich an einen Vertrag gebunden bin."

Neidisch fragte Girotti: „Verraten Sie mir bitte, wie haben Sie das geschafft? Oder sind die Leute, die Bofinger zu uns geschickt hat, nichts wert?"

„Halt, keine falschen Vermutungen. Herr Bofinger hat die zwei Techniker sehr sorgfältig ausgesucht. Haben Sie es mal mit Werbung, mit Vorführungen versucht?"

„Werbung ja, aber Vorführungen? Können Sie mir bitte verraten, was Sie da alles gemacht haben?"

Alex lachte. „Gern. In einer Werbeaktion hatten wir unsere Kunden eingeladen, die Firma Bofinger zu besuchen, die eine Woche lang eine der Küchen vorstellte. Es wurde gekocht, gebacken, gegrillt. Sämtliche Geräte wurden vorgeführt. Auch auf die künstlerische Gestaltung der Möbel wurde hingewiesen. Es wurde ein Bombengeschäft. Im Dezember wollen wir eine Werbewoche mit Weihnachtsbäckerei starten und hoffen auf den gleichen Erfolg. Seitdem steht im Al-Wa-Haus eine komplett eingerichtete Küche, in der sich Frauen – aber auch Männer – über die Benutzung der verschiedenen Geräte informieren können."

Stille am anderen Ende der Leitung.

„Sind Sie noch da, Herr Girotti?"

„Ja, ich bin sprachlos. Am liebsten würde ich nach S. kommen, um mir das Ganze anzuschauen."

„Die Aktion ist schon längst zu Ende. Kommen Sie doch im Dezember vorbei. Derweil schicke ich Ihnen Fotos und Berichte über die Vorführungswoche, damit Sie sich ein Bild machen können. Es müßte doch mit dem Teufel zugehen, sollte es bei Ihnen nicht gelingen. Italiener kochen und essen doch auch gerne. Doch bitte, wenn Sie kommen, bringen Sie den Vertrag mit. Sagen Sie es auch Ihrem Vater. Wenn Sie weiter solch einen Mißerfolg mit dem Verkauf der Küchen haben, kann ich mich nicht mehr an ihn halten."

Zufrieden legte Alex den Hörer auf, gewillt, das Ganze durchzuziehen. Waren es nicht die Girottis gewesen, die mit dem Wunsch einer Zusammenarbeit zu ihm gekommen waren? Und jetzt Mätzchen machen, nur weil das Geschäft nicht so lief, wie sie sich das vorgestellt hatten? Kann er vielleicht was dafür? Nein, Alex wollte sich das Geschäft nicht vermasseln lassen. Und sollte er gerichtlich vorgehen müssen. Er reckte und streckte sich, gutgelaunt ging er in die Küche.

„Frau Mohn! Was gibt es zum Abendessen?"

Fünf Monate waren vergangen, seitdem Frau Waletzki krank nach Hause zurückgekehrt war. Sie hatte sich angewöhnt, von einem Tag zum anderen zu leben, ohne Gedanken an morgen. Während des Sommers hatte sie stundenlang im Garten oder auf der Terrasse gesessen. Beobachtete die Vögel, die in den Tannen zwitscherten, freute sich an den Blumen, wärmte sich in der Sonne, hatte sich von Frau Mohn oder Mirko verwöhnen lassen. Nach dem gemeinsamen Abendessen – meist stocherte sie in ihrem Teller herum – ging sie manchmal in das Arbeitszimmer ihres Sohnes, sah ihm bei seiner Beschäftigung zu. Am Anfang hatte er sie gelegentlich nach ihrer Meinung gefragt, oder: „Wie hätte Vater das gemacht?“ Sie lächelte schwach, schüttelte den Kopf. Es war ihr alles so gleichgültig geworden, auch Alex’ demütigende Behandlung.

Mit Mirko verstand sie sich besser, obwohl es am Anfang fast zum Eklat gekommen wäre. Frau Waletzki saß eines Abends in der Halle, als Mirko zur Arbeit gehen wollte. Um Zeit zu sparen, hatte er schon seine Berufskleidung angezogen, enganliegende schwarze Hosen und schwarzes Hemd mit Rüschen. Das schmale Gesicht von den schulterlangen Haare umrahmt. Freundlich grüßte er die Frau, die ihm einen giftigen Blick zuwarf und in das Arbeitszimmer ihres Sohnes stürmte.

„Alex, entweder dein Freund wechselt seinen Beruf, oder er muß aus dem Haus. Er ist kein Umgang für einen Waletzki.“

Alex blickte nur kurz auf und arbeitete weiter. Mirko hatte den Blick gesehen, und sein Herz hatte sich verkrampft.

Einige Tage später paßte er Frau Waletzki ab, und trotz ihrer abweisenden Miene setzte er sich zu ihr und fing an zu reden.

„Kann ich was dafür, daß ich in einem Waisenhaus aufgewachsen bin, daß man mich in der Lehre so gehänselt hat, daß mir nichts anderes übrigblieb, als abzuhauen? Als Alex mich fand und mir ohne Wenn und Aber seine Freundschaft anbot und ich unsere Seelenverwandschaft spürte, war es wie ein Aufatmen. Oder hassen Sie mich, weil ich mit Alex schlafe? Wissen Sie überhaupt, was Liebe ist? Haben Sie uns deswegen aus dem Haus geworfen? Auf der Straße verliert man schnell jeglichen Halt. Wissen Sie, wie es ist, den Boden unter den Füßen zu verlieren, liegenzubleiben, gekennzeichnet zu werden? Du versuchst, Arbeit zu finden, aber wenn du ganz unten bist, ist das fast unmöglich, da bleibst du liegen. Erst in der Coro, in diesem ach so verrufenen Haus, haben wir Menschen gefunden, die uns geholfen haben, die uns Mut gemacht haben, einen Weg in eine bessere Zukunft zu finden. Dort haben wir unser Selbstvertrauen wiedergefunden, die Kraft, aus dem Dreck herauszukommen, einen Beruf zu erlernen. Wissen Sie, wie das ist, tagsüber in die Berufsschule zu gehen, zu lernen, um danach abends bis in die Nacht hinein zu arbeiten? Ohne weiteres hätte auch ich eine Arbeit im Al-Wa-Haus bekommen können. Ich habe es vorgezogen, in der Coro zu bleiben, um anderen Jugendlichen zu helfen, so wie man mir geholfen hat. Auch Alex hat so manchem aus der Coro geholfen, indem er ihn im Al-Wa-Haus eingestellt oder mit den Chefs anderer Firmen und Betriebe gesprochen hat.“

Ohne ein Wort zu verlieren, hatte Frau Waletzki zugehört, stand danach auf und ging in ihr Zimmer. Verbrachte eine ruhelose Nacht, in der ihr immer wieder Mirkos Worte durch den Kopf gingen. Am nächsten Nachmittag, Frau Waletzki war alleine zu Hause, bestellte sie ein Taxi, ließ sich zum Bahnhof fahren. Irrte herum, sah sich die Kinder und Jugendlichen genau an. Bei zweien, die in einer Ecke eng zusammensaßen, glaubte sie, Alex und Mirko zu erblicken. Ihr wurde schlecht, sie suchte die Toilette auf, stolperte über eine blutige Spritze. Voller Entsetzen rannte sie nach Hause.

Sie erlitt einen Rückfall, lag eine Woche im Krankenhaus, erholte sich nur langsam. Wieder zu Hause, suchte sie Mirko auf, umarmte ihn. „Ich habe dich verstanden. Verzeih mir.“

Seit diesem Tag versuchten sie, miteinander auszukommen. Er fuhr sie zur Therapie ins Krankenhaus, holte sie danach wieder ab. An manch strahlendem Sommertag, an milden Herbsttagen äußerte sie den Wunsch, an einen See, auf die Alb oder einfach ins Blaue zu fahren. Mit viel Charme und Überredungskunst brachte Mirko Alex dazu, an den Wochenenden mitzufahren. Sie richteten sich nach den Wünschen der Frau, wie lange sie an einem Ufer, in einem Café bleiben wollte. Doch mit der Zeit wurden ihr die Fahrten immer beschwerlicher, mühsamer. Und als die ersten Vorboten des Winters kamen, zog sie es vor, zu Hause zu bleiben.

Nachts, wenn Mirko aus der Coro kam, schaute er nach ihr, ob sie schlief oder etwas brauchte. Meist brannte die kleine Lampe neben ihrem Bett, sie lag wach, unruhig, voller Ängste. Dann blieb er bei ihr, versuchte, sie zu beruhigen. Schlich leise in die Küche, brühte ihr einen Tee auf. So manchen Nachmittag saß er bei ihr und erzählte ihr von den Jahren auf der Straße und in der Coro. Und mit seiner frischen Natürlichkeit gelang es ihm, ihr einen Teil des Grauens und des Unverständnisses zu nehmen.

„Was arbeitest du eigentlich in der Coro?"

„Vor allem Büroarbeit. Im Grunde ist es ja ein Betrieb wie jeder andere auch. Wenn Not am Mann ist, stehe ich auch mal hinter dem Bartresen. Versuche, Streithähne zu beschwichtigen. Und die Jüngsten kommen mit ihren Probleme zu mir."

„Und gefällt es dir dort?" staunte Frau Waletzki immer wieder.

„Aber ja, was glauben Sie, wie viele interessante Menschen wir dort kennenlernen."

„Ja, welche?"

„Berufsgeheimnis", lachte er dann.

„Und Alex, hat es ihm auch gefallen?" fragte sie eines Tages skeptisch.

„Weniger, eigentlich kaum. Er ist von uns da hineingezogen worden. Vor allem in dem Jahr auf der Straße versuchte er immer wieder auszubrechen, kam aber immer wieder zurück. Der Halt in der Gruppe war stärker als sein Widerwille. Und in der Coro, nun, da war es anders. Dort kommen auch stadtbekannte, einflußreiche Männer hin, und Alex erkannte bald seine Chance. Er dachte an die Firma und fing an, seine Fühler auszustrecken, sich umzuhorchen, mitzumischen. Versuchte, das Beste für sich und das Al-Wa-Haus herauszuholen."

In sich versunken versuchte Frau Waletzki, sich ihren Sohn vorzustellen, wie er tagsüber die Universität besuchte und nachts … Ihre Lippen preßten sich zusammen. Nein, das nicht, nur nicht an das denken, zugeben müssen, daß es ihre Schuld war, daß es mit Alex so weit gekommen war.

Was wäre gewesen, wenn er nie das Haus verlassen hätte? Wenn man ihm alles vor die Füße gelegt hätte? Wie hätte er sich da verhalten? Und ihr wurde bewußt, daß er es dann womöglich nie so weit gebracht hätte. ‚Wie sein Großvater, der alte Waletzki', dachte sie. ‚Auch dieser hatte sich in seiner Armut Schritt für Schritt hochgearbeitet, zäh und selbstbewußt.'

Die Zeit verging im Gleichmaß der Tage. Der November brachte den ersten Schnee, und Frau Waletzki verbrachte ihre Tage vor dem Kamin im Wohnzimmer. Und eines Nachmittags, bei einer Tasse Tee, vertraute ihr Mirko dies an.

„Herr Meindl hat eine Filiale in einer anderen Stadt eröffnet, wollte, daß ich sie übernehme. Doch ich kann nicht."

„Und warum nicht?"

„Weil Alex hier ist, und wo er ist, bin auch ich. Er braucht mich. Mit seinem nervösen Magen leidet er öfters an Schlafstörungen. Ich bin der einzige, der ihn beruhigen kann."

„Und was gibt Alex dir?“

„Alles.“

Bei diesem Gespräch hörte Frau Waletzki zum ersten Mal von Frau Dr. Reb und dem positiven Einfluß, den sie noch heute auf Alex ausübte, und sie äußerte den Wunsch, diese Frau kennenzulernen.

Am nächsten Tag ging Mirko zu Frau Dr. Reb und lud sie ein, Frau Waletzki zu besuchen.

„Sie ist krank und braucht seelischen Beistand“, erläuterte er.

„Waletzki? Ist sie mit Alex verwandt?“

„Sie ist seine Mutter. Hat er Ihnen nie was von ihr erzählt?“ staunte er und berichtigte sich im gleichen Augenblick: „Nein, natürlich nicht. Sie können sich ja nicht ausstehen.“

„Sagen Sie ihr, daß ich am Samstag vorbeikommen werde.“

Leise klopfte es an die Tür. „Frau Dr. Reb“, meldete Frau Mohn den Besuch an. Neugierig beobachtete Frau Waletzki die Frau, die hereinkam. Hielt unwillkürlich den Atem an, als sie das unschöne Gesicht und die mollige Figur der Frau sah. Spürte aber gleichzeitig die positive Ausstrahlung der Ärztin, und sie konnte sich gut vorstellen, daß ihre Patienten alles für sie tun würden.

„Danke, daß Sie gekommen sind. Mirko hat mir so viel von Ihnen erzählt, daß ich Sie unbedingt kennenlernen wollte. Entschuldigen Sie, daß ich liegen bleibe, ich fühle mich nicht wohl. Wenn Sie etwas trinken möchten, die Getränke stehen dort auf dem Tisch in der Ecke.“

„Danke.“ Unschlüssig stand Frau Dr. Reb vor dem Sortiment an Flaschen und entschied sich für einen Pernod. Mit dem Glas in der Hand setzte sie sich auf das lindgrüne Sofa. „Auch Mirko hat mir von Ihnen erzählt. Auch Ihre verwandtschaftlichen Verhältnisse zu Alex. Trotz des gleichen Namens habe ich ihn nie mit dem Inhaber des Al-Wa-Hauses in Verbindung gebracht.“

Mit einem Blick nahm sie die weißen Tapeten mit den goldenen Mustern, die Vorhänge passend zu den Polstern, die Rosenholzmöbel in sich auf. ‚Hier also ist Alex aufgewachsen‘, dachte sie, ‚bevor er …‘

„Wie gut kennen Sie meinen Sohn und – seinen Freund?“

Der Nachsatz kam zögernd. Mitleidig schaute sie Frau Waletzki an. Sie mußte eine schöne Frau gewesen sein, von einer gewissen morbiden Schönheit, mit den tizianroten Haaren und dem blassen Teint. Jetzt war sie nur noch ein Schatten ihrer selbst.

„Sehr gut. In den ersten Jahren haben sie mich öfters besucht."

„Wieso, waren sie krank?" Gelangweilt schenkte sie sich eine Tasse Tee ein.

„Nein, sie kamen immer, wenn sie jemanden brauchten, mit dem sie reden konnten, der ihnen zuhörte, wenn sie über ihre Sorgen und Probleme, ihre Wünsche und Freuden sprechen wollten. Wie oft haben ich mit ihnen geweint und gelacht!"

Nachdenklich spielte sie mit dem Glas, stand auf und ging zur Bar.

„Erzählen Sie mir bitte mehr. Wie haben Sie die beiden kennengelernt?"

„Unter anderem kümmere ich mich auch um Drogenabhängige und …"

„Drogen? Alex hat Drogen genommen?" fuhr Frau Waletzki hoch, hektische Röte im Gesicht. „Das kann nicht sein – ein Waletzki nimmt keine Drogen."

„Im ersten Jahr, als er auf der Straße war, rauchte er Haschisch. Sie müssen bedenken, auf der Straße zu arbeiten, ist ein Leben voller Streß und Ängste. Erst als er und Mirko in die Coro kamen … kennen Sie die Coro?"

„Wer kennt ihn nicht, diesen Club in der Christophstraße. Ich war entsetzt, als ich erfuhr, daß Alex dort arbeitete. Seinen Körper zu verkaufen, wie kann man sich so erniedrigen. Bestimmt hat ihn Mirko verführt. Hat ja selber zugegeben, daß er ihn da hineingezogen hat", zischte Frau Waletzki.

„Schweigen Sie!" Empört stand Frau Dr. Reb auf. „Wie können Sie nur so etwas sagen! Auch Mirko hat darunter gelitten. Sie haben ja versucht, Arbeit zu finden. Umsonst. Und wenn man auf dem Bahnhof oder sonstwo herumlungert, ist die Gefahr groß, noch tiefer abzusinken. Übrigens, haben Sie nicht Ihren Sohn aus dem Haus geworfen, oder ist er freiwillig gegangen?"

„Ich habe Mirko hinausgeworfen, und Alex ist einfach mitgegangen." Resigniert sprach Frau Waletzki weiter. „Sie können das nicht verstehen. Wir – den Namen Waletzki kennt jeder in der Stadt, das verpflichtet. Alex wurde streng erzogen, in dem Bewußtsein, einmal zu heiraten, das Al-Wa-Haus zu übernehmen und an seine Kinder weiterzugeben. Statt dessen kam er eines Tages mit Mirko nach Hause. Es war, als hätte er uns geschlagen."

„Und ich kann Sie nicht verstehen." Erregt wanderte Frau Dr. Reb durch das Zimmer. „Wie konnten Sie es zulassen, daß sie beide aus dem Haus gingen? Kennen Sie nicht die Gefahren, die auf der Straße lauern? Erst in der Coro war Alex so gut aufgehoben, daß er mit eiserner Willensstärke von den Drogen abgekommen ist und angefangen hat zu studieren. Mirko gab ihm die seelische Kraft, die er dazu brauchte. Jetzt ist er wieder heimgekommen. Im Al-Wa-Haus wird er geachtet und respektiert. Was wollen Sie noch mehr?"

Frau Waletzki fing an zu weinen. „Sie lieben sich."

„Damit müssen Sie sich endlich abfinden. Sehen Sie nicht, wie gut die beiden miteinander auskommen? Warum reden …"

Sie hörten Stimmen.

„Alex ist nach Hause gekommen." Frau Waletzki stand langsam auf. „Es gibt gleich Abendbrot. Essen Sie mit uns?"

„Nein danke. Reden Sie mit Ihrem Sohn. Glauben Sie mir, er wartet darauf, sich mit Ihnen auszusprechen."

„Und Sie?"

„Ich komme wieder."

Seit diesem Tag kam Frau Dr. Reb öfters zu Besuch. Sie spürte die Ängste und die innere Einsamkeit Frau Waletzkis. Sie lehrte sie, mit ihrer Krankheit umzugehen und sich auf dem Tod vorzubereiten. Durch Frau Dr. Reb lernte sie auch, das Verhältnis der beiden Männer besser zu verstehen und es zu akzeptieren.

10. Kapitel

Perspektiven

Daniela Weimar und Michael Lechner heirateten an einem Samstag im Dezember, an einem für den Monat frühlingshaften Tag. Es war ein kleiner Kreis, der sich vor der Kirche am Rande der Altstadt versammelte. Danielas Eltern und Schwester mit ihrem Freund, Frau Peritz, Herr Pohl und die sechs Freunde waren da. Michael wollte, daß Alex sein Trauzeuge würde, doch dieser lehnte kategorisch ab.

„Tut mir leid, Mischa, du hast einen festen Posten in der Firma, wirst einmal mein Stellvertreter werden. Und jetzt noch Trauzeuge? In den Augen der anderen bevorzuge ich dich schon viel zuviel."

So bat Michael Frank Abel darum, der ohne weiteres zusagte.

In einem langen weißen Kleid schritt Daniela am Arm ihres Vaters in die Kirche. Felix saß in der vorderen Reihe neben Danielas Mutter in hellem Anzug und weißem Hemd mit Fliege. Voller Bewunderung strahlte er seine Pflegeeltern an, und wenn er an die letzten 14 Tage zurückdachte, konnte er sein Glück kaum fassen.

Michael und Daniela waren gerade dabei, in eine größere Wohnung umzuziehen, als sie die Nachricht erhielten, daß Felix ihnen zugesprochen wurde. Da sie momentan wenig Zeit für den Jungen hatten, nahmen ihn Danielas Eltern kurzerhand zu sich. Doch Felix hielt es bei ihnen nicht aus. Nach der Schule rannte er in die neue Wohnung, half seinen Pflegeeltern beim Umzug. Schleppte Kisten, Körbe voller Wäsche und Pakete die zwei Treppen hoch, begutachtete sein Zimmer, durfte bei dessen Einrichtung mitbestimmen, mit seiner neuen „Großmutter" ins Al-Wa-Haus gehen, um die Möbel dafür zu kaufen. Der „Großvater" begleitete ihn in die neue Schule, schrieb ihn dort ein, stellte ihn dem Direktor vor

Drei Tage vor der Hochzeit – Felix räumte gerade seine Habseligkeiten in den Schrank – kam Michael in das Zimmer, sah ihm eine Weile zu.

„Sobald wir uns hier eingelebt haben, werden wir dir neue Klamotten kaufen."

„Och, die sind noch gut genug", erwiderte Felix und hängte seine zerrissene Jeans ordentlich auf einen Bügel. „Nur … vielleicht für die Schule?" Er sah Michael bittend an.

„Mach dir keine Sorgen. Wegen deiner Kleidung sollst du nie mehr in einer Schule ausgelacht werden." Zärtlich strich er ihm über den Kopf. „Sag mal, Felix, für was protestierst du eigentlich?"

„Ich? Ich protestiere doch nicht!!"

„Nein? Warum färbst du dir dann deine Haare blau?"

Herausfordernd warf Felix den Kopf nach hinten, grinste frech. „Hast du was dagegen?"

„Nein, ganz und gar nicht. Ich muß ja nicht damit herumlaufen. Nur, ich finde, du hättest es nicht mehr nötig. Denk mal darüber nach."

Michael bekam eine trotzige Antwort. Er ertappte Felix viel später, wie er sich im Spiegel betrachtete. Der Junge ließ sich am nächsten Tag nicht blicken, tauchte erst kurz vor der Trauung an der Seite seiner Großeltern mit hellblonden, kurzgeschnittenen Haaren wieder auf.

Hupend schlängelte sich die Autokolonne durch die engen Straßen der Altstadt, dem Gasthaus zu. Das Hinterzimmer der „Ente" war hochzeitsmäßig geschmückt. Tischdecken aus Leinen, Blumenarrangements, Kerzen. Auf einem kleinen Tisch stand der Begrüßungssekt, nach Wunsch mit Orangensaft gemischt. Felix bekam Orangensaft pur, durfte an Danielas Glas nippen. Gerührt umarmte Frau Weimar ihre Tochter.

„Auch für uns ist heute ein glücklicher Tag, da du uns nicht nur einen Sohn, sondern auch einen Enkel geschenkt hast."

Auch Michael und Felix verschwanden in ihren weit ausgebreiteten Armen.

Mike kam herein und bat die Gäste zu Tisch. Zwei Aushilfskellnerinnen trugen das Essen auf. Flädlesuppe, Rind- und Schweinefleisch, Spätzle, Kroketten, Pommes frites. Zum Dessert eine Eisbombe, von Frank persönlich aufgeschnitten und verteilt. Danielas Vater – selbst jahrelang ein kleiner Verkäufer im Al-Wa-Haus – prostete immer wieder seinem Schwiegersohn zu, und der Gedanke, daß Michael ein guter Freund von Herrn Waletzki war und bald dessen Stellvertreter werden würde, erfüllte ihn mit Stolz.

Nach dem Essen stand Alex auf, klopfte an sein Glas und bat um Ruhe.

„Die hier Versammelten haben mich gebeten, eine Rede zu halten, aber keine Angst. Ihr wißt, ich bin kein großer Schwätzer." Verhaltenes Lachen. „Also werde ich mich kurz fassen. Michael, erinnerst du dich noch, wie wir uns kennengelernt haben? Was wir gemeinsam erlebt und erlitten haben? In unserer Not haben wir uns damals ewige Freundschaft gelobt, eine Freundschaft, die auch jetzt, da wir alle bessere Tage erleben, anhält. Liebe Daniela, dein bezauberndes Wesen hat unseren Mischa eingefangen, hat ihn glücklich gemacht. Wir danken dir dafür.

Erlaube uns, dir unsere Freundschaft anzubieten. Sei du die Achte in unserer Runde."

Mit einem leichtem Neigen des Kopfes bedankte sie sich. „Es ist mir eine Ehre, euch alle meine Freunde zu nennen."

„Da ihr beschlossen habt, zu dritt eure Zukunft aufzubauen ..." sprach Alex mit einem Blick auf Felix und gab den beiden einen Briefumschlag mit dem Stempel der Firma Bofinger. Neugierig öffnete Michael ihn, las die kurze Notiz, schmunzelte und reichte sie Daniela weiter.

Diese las laut vor: „Die zwölf Unterzeichneten haben bei mir eine Geschirrspülmaschine der Marke Miele für die Familie Lechner gekauft. Wir sind jederzeit bereit, bei Ihnen vorbeizukommen, um die Maschine anzuschließen." Unterschriften sämtlicher Hochzeitsgäste.

„Wir danken euch, vielen, vielen Dank. Wir können euer Geschenk sehr gut gebrauchen." Michael gab den Briefumschlag seinem Schwiegervater: „Erledige das bitte für uns, während wir in die Flitterwochen fahren."

„Wird gemacht, mein Junge."

„Und wenn wir zurück sind, laden wir euch zur Einweihung der Maschine ein."

„Abgemacht." Sie hoben ihre Gläser.

Da krähte Felix: „Hast du gelesen, Dani? Hier steht es, wir sind eine Familie."

Der Januar kam mit viel Schnee und klirrender Kälte. Frau Dr. Reb hielt beim Kofferpacken immer wieder inne, schaute aus dem Fenster und freute sich auf ihre wohlverdiente Kreuzfahrt im Mittelmeer. Ihr Sohn Oliver, der endlich sein Studium abgeschlossen und promoviert hatte, wollte derweil ihre Praxis übernehmen.

Leise summend stand sie vor dem Schrank, überlegte, was sie noch mitnehmen könnte, da läutete das Telefon.

„Frau Dr. Reb?" meldete sich eine Schwester des städtischen Krankenhauses. „Frau Waletzki hat mich gebeten, Sie anzurufen. Sie liegt bei uns in der inneren Abteilung und will Sie dringend sprechen."

„Danke, bin schon unterwegs."

Frau Dr. Reb warf einen Blick auf die offenen Koffer, die über Stühle und Sessel verstreuten Kleider, dachte an den Zug, der sie in der Frühe nach Venedig bringen würde. ‚Mach' ich halt heute abend weiter, wenn es sein muß, bin in die Nacht hinein', dachte sie und verließ das Haus.

Frau Waletzki ruhte sich nach einer Bluttransfusion aus. Sachte umfaßte Frau

Dr. Reb ihre Hand. Mit fiebernden Augen starrte die Kranke sie an, Augen des Todes.

„Ich freue mich, daß Sie gekommen sind. Mirko sagte mir, daß Sie in Urlaub fahren. Ich werde Sie danach nicht mehr sehen", flüsterte sie.

Die Ärztin lächelte zuversichtlich. „Wenn ich zurückkomme, unterhalten wir uns beide über meine Reise."

„Ich habe in meinem Testament an Sie gedacht. Mirko hat mir von Ihren Schwierigkeiten, eine Bleibe für Straßenkinder zu finden, erzählt. Mein Rechtsanwalt hat ein altes, etwas heruntergekommenes Haus ins Auge gefaßt, hat sich das Vorkaufsrecht gesichert."

„Aber ..."

Seit Wochen hatte Frau Dr. Reb zusammen mit Bernd und Detlef ein Haus, in dem Kinder und Jugendliche von der Straße, nur unter der Aufsicht eines Hausmeisterpaares, selbständig wohnen sollten, gesucht.

„Sie haben mir soviel gegeben." Erschöpft schloß Frau Waletzki die Augen. „Danke."

Die Ärztin beugte sich über die Kranke, sachte berührten ihre Lippen deren Stirn. Vor der Tür wartete eine Schwester auf sie.

„Liegt Frau Waletzki stationär hier?"

„Nein, ein Angehöriger holt sie noch heute ab."

„Wie leichtsinnig in diesem Stadium."

„Sie will zu Hause sterben."

Nachdenklich verließ sie das Krankenhaus, stieß an der Pforte mit Mirko zusammen, der sie freudig begrüßte.

„Mirko, was machen Sie denn hier?"

„Ich hole Frau Waletzki ab."

„Glauben Sie nicht, daß sie hier besser aufgehoben ist?"

Er schüttelte den Kopf. „Zu Hause hat sie alles, was sie braucht, ist nie allein. Zweimal am Tag kommt eine Schwester, sonst ist immer einer von uns bei ihr. Und falls sie in der Nacht etwas benötigt, hat Alex in den letzten Wochen einen Telefonanschluß von ihrem Zimmer zu unserem Schlafraum verlegen lassen. Nur essen will sie nichts mehr. Wir wissen schon gar nicht mehr, was wir noch kochen könnten."

„Lassen Sie sie in Ruhe. Ihre Seele bereitet sich darauf vor, den Körper zu verlassen."

Mirkos Augen füllten sich mit Tränen. „Wie meinen Sie das?“

„Wenn ich von meinem Urlaub zurückkomme, wird sie nicht mehr hiersein.“

„Wir haben es ja gewußt, die Zeitspanne. Trotzdem, sie wird mir fehlen.“

„Kümmern Sie sich lieber um Alex. Ihn wird es härter treffen.“

„Er hat sie ja nicht geliebt.“

„Das glaubt er … Ich mache Ihnen einen Vorschlag. Gehen Sie danach in Urlaub. Ich weiß, es hört sich grausam an, aber es wird das Beste für euch beide sein.“ Sie legte ihre Hände auf seine Schulter. „Auf Wiedersehen Mirko, machen Sie es gut.“

Geistesabwesend trennte er sich von ihr.

Etliche Tage später kam Sturm auf. Frau Waletzki, die seit Wochen ihr Zimmer nicht mehr verlassen hatte, dämmerte den ganzen Tag vor sich hin. Am Abend lösten Alex und Mirko Frau Mohn ab. Schweigend saßen sie da, hörten den Wind um das Haus heulen. Waren nervös, müde von der wochenlangen Anspannung, die die Arbeit am Tage und die Nachtwachen mit sich gebracht hatten.

Stunden später stand Alex auf. „Ich kann nicht mehr.“ Er blickte zu seiner Mutter hinunter, die ruhig schlief. „Komm mit, du hast ein Auge voll Schlaf auch bitter nötig.“

„Weiß nicht … Vielleicht sollte ich doch hierbleiben?“ Mirko gähnte herzhaft.

„Sie schläft, und wenn was ist, ruft sie bestimmt an.“

Trotz ihrer Müdigkeit konnten die Männer nicht einschlafen. Unruhig wälzte sich Alex hin und her. Mirko legte sich auf ihn, versuchte ihn zu beruhigen.

„Ist bestimmt das Wetter, es ändert sich.“

„Jetzt in Urlaub gehen zu können, an einem Wasser zu liegen“, seufzte Alex. „Dr. Reb hat’s gut. Ihr Schiff wird irgendwo im Mittelmeer schwimmen.“

„Werden wir nachholen, gewiß werden wir das.“

Und der Gedanke, drei oder vier Wochen an einem Strand zu liegen und nichts denken, nichts planen zu müssen, steigerte ihre Unruhe, ihre Nervosität.

Der Sturm hatte die Wolken auseinandergetrieben, ein gespenstischer Wintermond füllte den Raum mit kaltem Licht. Doch das sahen die Männer nicht mehr. Alex wälzte sich immer noch unruhig herum, wurde von Alpträumen geplagt.

„Hat da jemand gerufen?“ Er schreckte hoch, riß Mirko mit.

„Was ist jetzt los?“

„Mutter, Mutter hat gerufen!“

„Das Telefon hat nicht geläutet.“

Alex nahm den Hörer ab, es ertönte das Besetztzeichen. Schon war er aus dem Bett, zur Tür hinaus, über den Flur. Mirko hinterher. Der Lichtstreifen unter der Tür zeigte ihnen den Weg. Mirko öffnete die Tür, blieb stehen. Alex konnte hinter ihm nichts sehen.

„Was ist? Geh doch weiter."

Sie mußte den Tod gespürt haben. Mit letzter Kraft hatte sie versucht, den Hörer zu erreichen, und hatte ihn heruntergerissen. Ihr Körper lag halb aus dem Bett, die Hand auf dem Nachttisch.

Langsam kam Frau Mohn zu sich, blinzelte in das Licht der Lampe.

„Tut mir leid, Frau Mohn, daß ich Sie wecken mußte. Aber Frau Waletzki ist gerade gestorben, und Alex ist zusammengebrochen."

Vier Wochen später warteten Frau Mohn, Alex und Mirko im Vorzimmer der Kanzlei von Herrn Lorenz auf Frau Dr. Reb. Braungebrannt, um etliche Pfunde leichter, kam sie in letzter Minute und wurde von den dreien herzlich begrüßt.

„Na, wie war der Urlaub?"

„Da braucht man nicht viel zu fragen, man sieht es ja."

„Ich habe Ihnen eine Menge zu erzählen, Bilder habe ich auch schon." Sie wandte sich an Alex, bemerkte, wie schlecht er aussah. „Mein Beileid. Wie ist Ihre Mutter gestorben? Hat sie …"

„Morgen, morgen erfahren Sie alles."

Herr Lorenz war aus seinem Büro herausgekommen, bat sie einzutreten. Voller Spannung saßen sie dem Rechtsanwalt gegenüber. Bedächtig öffnete dieser einen großen Briefumschlag, legte einen Papierbogen auf den Tisch.

„Da Sie nun alle hier sind, werde ich mit der Testamentseröffnung beginnen."

„Ich, Irene Waletzki, schreibe dieses Testament im Oktober 19… im Vollbesitz meiner geistigen Kräfte.

Frau Mohn, ich danke Ihnen für die jahrelange Treue und Loyalität der Familie Waletzki gegenüber. Ich habe bei der Mack-Bank ein Konto über 10.000 DM auf Ihren Namen eröffnet.

Mirko, wie oft hast du mich mit deinen Gesprächen aufgeheitert. Hast mir die Augen für eine Welt, die ich nicht kannte, geöffnet. Habe dich besser kennengelernt. Ich danke dir dafür. In Absprache mit meinem Vater vermache ich dir mein elterliches Haus. Laß bitte den alten Mann in Ruhe und Frieden darin sterben.

Frau Dr. Reb, danke für alles, was Sie mir gegeben haben. Nehmen Sie meinen Nachlaß bitte an, nicht für Sie, sondern für die Kinder auf der Straße, damit Sie, gemeinsam mit Alex und seinen Freunden, Ihr Werk vollenden können. Herr Lorenz wird Ihnen die Einzelheiten mitteilen.

Alex, trotz allem, auf meine Weise habe ich dich geliebt. Verzeih mir, wenn ich dir meine Gefühle nicht besser zeigen konnte, so wie du dir das vielleicht gewünscht hättest. Ich habe dir nichts zu geben, denn du hast ja das Haus und die Firma, die du so wunderbar wieder auf die Höhe gebracht hast. Ich bin stolz auf dich. Dein Großvater hat mir verraten, daß du auch die Bank erben wirst. Also brauche ich mir um deine Zukunft keine Sorgen zu machen.

Auf Wiedersehen. Irgendwann in einer anderen Welt sehen wir uns wieder."

Betroffen hatten sie zugehört. Das war kein Testament, das war ein Brief, in dem sie ihre Seele offenbart hatte.

Herr Lorenz räusperte sich. „Hier habe ich die Aufstellung des privaten Vermögens von Frau Waletzki. Die Aktien, die Pfandbriefe, der Schmuck und das Bargeld ergeben zusammen eine Summe von über 500.000 DM, das Haus, das ich gefunden habe, nicht mit eingerechnet."

Frau Dr. Reb stockte der Atem. „500.000 DM. Soviel Geld. Mirko, nehmen Sie bitte einen Teil davon." Dieser fuhr hoch, wollte was erwidern. „Nein, ich will nichts hören. Die Coro nimmt ja auch Jugendliche von der Straße auf. Und die Häuser haben eine Renovierung bitter nötig."

„Danke! Wir können das Geld gut gebrauchen."

Impulsiv umarmte Mirko die Frau.

„In welcher Straße befindet sich das Haus, das Sie gekauft haben? Ich würde es gerne besichtigen."

Herr Lorenz gab ihr die Adresse. Fragend sah Frau Dr. Reb Alex und Mirko an. Sie verstanden ihren Blick. Alex schüttelte den Kopf.

„Nehmen Sie Bernd und Detlef mit. Mit ihrer Erfahrung werden sie bessere Ratgeber sein als wir."

„Werde ich machen. Und der Schmuck? Kann ich ihn sehen?"

Herr Lorenz händigte ihr einen Tresorschlüssel aus. „Er ist in der Mack-Bank deponiert. Gehen Sie zu Herrn Fabius. Er weiß Bescheid. Und sollten Sie die Wertpapiere verkaufen wollen, wird er Sie gut beraten."

„Danke. Ich würde nämlich gerne ein, zwei Schmuckstücke als Andenken behalten." Die Ärztin wandte sich an Frau Mohn. „Sie auch?"

Frau Mohn schreckte hoch. „Wie? Nein, nein, wirklich nicht.“

Unbeteiligt hatte Frau Mohn dagesessen. Die 10.000 DM gingen ihr nicht mehr aus dem Kopf, und sie hatte angefangen, Pläne für ihre Zukunft zu schmieden.

Herzlich drückte Herr Lorenz Mirko die Hand, als sie die Kanzlei verließen. „Wenn Sie jetzt nach Hause gehen, schauen Sie bitte im Sekretär von Frau Waletzki in der linken oberen Schublade nach. Dort liegt ein Geschenk für Sie.“

„Noch eins!“ japste Mirko. Noch immer war er wie benommen, konnte es kaum fassen, daß er eine Villa geerbt hatte.

„Es ist ein persönliches Geschenk.“

Vor dem Haus verabschiedeten sie sich von Frau Dr. Reb. Alex lud sie für den nächsten Tag zum Essen ein.

„So wie Sie aussehen, sollten Sie lieber zu mir kommen.“ Besorgt drückte die Ärztin Alex' Hand. Er schüttelte nur den Kopf, winkte zum Abschied und eilte den anderen nach.

Zu Hause angekommen, raste Mirko in Windeseile die Treppe hoch, in das Zimmer von Frau Waletzki, riß die Schublade auf. Nahm ein kleines Etui heraus. Minutenlang hielt er es in der Hand. Seine Gedanken verloren sich in die Vergangenheit, zu dem Tag, an dem Herr Waletzki ein ähnliches Etui aus dem Waisenhaus mitgebracht hatte. Er berührte die Feder, der Deckel schnappte auf. Auf blauem Samt schimmerte ihm eine goldene Uhr, schlicht und edel zugleich, entgegen. Fassungslos nahm er sie in die Hand, da sah er auf dem Deckel die Initialen M & B. Unwillkürlich griff er unter sein Hemd, zog das Medaillon hervor, verglich die Initialen. Kein Zweifel, sie waren identisch. ‚Was hat das zu bedeuten? Was …?‘ Da sah er den Brief, der noch in der Schublade lag. „Diese Uhr ist in der gleichen Werkstatt angefertigt worden wie dein Medaillon. Der Besitzer ist die Juweliersfamilie Behringer aus H.“

Mirko zeigte Alex Brief und Uhr.

„Nun kennst du deine Wurzeln. Und? Was ändert sich in deinem Leben?“

„Nichts, ich bleibe, wer ich bin. Trotzdem es ist ein schönes Gefühl zu wissen, wer man ist.“ Zögernd hielt er inne. „Du Alex, die Villa, die deine Mutter mir vermacht hat, ich weiß nicht, von Rechts wegen gehört sie dir.“

„Nein, du hast sie bekommen. Was hab' ich mit zwei Häusern?! Nur Ärger und Arbeit. Verkauf es, wenn du es nicht haben willst!“

„Nein, auf gar keinen Fall. Das Haus muß in der Familie bleiben.“ Empört wies Mirko dieses ungehörige Ansinnen zurück.

Zärtlich nahm ihn Alex in die Arme. „Da hast du recht. Es soll in der Familie bleiben, in unserer Familie."

Nach dem Abendessen verzog sich Alex in seinem Arbeitszimmer. Mirko war zur Coro gegangen, und Frau Mohn stand unentschlosen in ihrer Küche. Endlich gab sie sich einen Ruck und klopfte an die Tür des Arbeitszimmers. Alex sprang hoch. „Ist was passiert?" Zu ungewöhnlich war die Präsenz Frau Mohns in seinen Arbeitsraum.

„Nein, ich … ich muß mit dir reden."

„Aber bitte, nehmen Sie doch Platz." Ihm schwante nichts Gutes.

„Ich … ich bin nicht mehr die Jüngste, und seit einiger Zeit mache ich mir Gedanken über meinem Ruhestand. Die 10.000 DM brachten mich auf den Gedanken, in ein Altersheim zu gehen. Mit diesem Geld und meiner Rente werde ich ohne weiteres zurechtkommen." Atemlos hatte sie diese Worte hervorgebracht.

Bestürzt hatte Alex zugehört. Er konnte sich ein Leben ohne Frau Mohn einfach nicht vorstellen. Andererseits, wenn er sie so ansah … sie war alt geworden.

„Ich respektiere Ihren Wunsch. Aber so plötzlich! Meine Mutter ist auch nicht mehr da. Mirko und ich, was sollen wir hier ganz allein?"

„So schnell verlasse ich euch auch wieder nicht. Nicht bevor ihr eine geeignete Haushälterin gefunden habt, die ich zuvor anlernen werde. Also keine Angst, euer Leben wird weitergehen wie bisher."

Alex neigte den Kopf, ein Schluchzen schnürte seine Kehle zusammen. Nichts, aber auch gar nichts würde so weitergehen wie bisher.

„Und wohin wollen Sie dann gehen?"

„Ich sagte es schon, in ein Altersheim." Sie sah seine unglückliche Miene. „Ich bleibe in der Stadt. Ihr könnt mich jederzeit besuchen. Ich würde mich auch freuen, mit euch ab und zu ins Blaue zu fahren, wenn es euch nichts ausmacht, mit einer alten Frau gesehen zu werden."

„Wenn Sie schon in ein Altersheim gehen wollen, melden Sie sich bitte im besten Seniorenheim der Stadt an."

Erschrocken wehrte Frau Mohn ab. „Weißt du, wie teuer das ist? So hoch ist meine Rente nicht, daß ich …"

„Das überlassen Sie uns, bitte." Er hob die Hand, als sie protestieren wollte. „Ich habe Sie immer als meine Mutter angesehen, und Mirko denkt genauso. Solch eine Arbeit muß belohnt werden."

„Danke, Alex, für mich warst du immer mein Kind."

Er stand auf, ging zu ihr, umarmte sie. Der Kloß in seinem Hals wurde stärker, er fing zu weinen an, konnte nicht mehr aufhören. Der jahrelange Haß, der Schmerz, die Trauer der vergangenen Wochen kamen hoch, wurden von den Tränen hinweggeschwemmt.

Am nächsten Tag saßen sie nach dem Essen im Wohnzimmer. Dichter Regen prasselte ans Fenster. Frau Dr. Reb erzählte über ihren Ausflug ins Mittelmeer, Alex über den Tod seiner Mutter. Man spürte, er hatte ihn noch nicht überwunden. Unruhig schweiften seine Blicke durch den Raum, als suche er etwas.

„Wir haben nicht viel Zeit, denn wir fliegen noch heute nach Thailand und haben noch einiges mit Ihnen zu besprechen."

„Ja, was denn?" fragte Frau Dr. Reb erstaunt. Was war denn so wichtig, daß es nicht aufgeschoben werden konnte? Noch mehr befremdete sie das Verhalten der beiden anderen. Mirko sprühte vor guter Laune, und Frau Mohn lachte verschmitzt vor sich hin.

„Frau Dr. Reb, sind Sie gestern noch zu dem Haus gegangen, das meine Mutter Ihnen vermacht hat?"

„Ja, es sieht tatsächlich ziemlich verwahrlost aus. Aber wenn es hergerichtet ist, werde ich gut ein Dutzend Kinder und Jugendliche unterbringen können. Ein Hausmeisterpaar habe ich auch schon gefunden."

Mirko wurde ernst. „Sicherlich werden Sie das Haus zuerst renovieren lassen wollen. Machen Sie sich eine Liste der Handwerker, die Sie brauchen. Wir haben in der Coro eine Kartei sämtlicher Exmitglieder. Es kommen viele Berufssparten darin vor, auch handwerkliche. Sie stehen zu Ihrer Verfügung."

„Ja, aber …"

„Falls Sie Tapeten, Teppiche, Möbel brauchen, auch das Al-Wa-Haus steht Ihnen zur Verfügung", mischte sich Alex ein."

„Danke, aber das kann ich nicht annehmen. Das ist zuviel."

„Das ist unser Beitrag für das Haus. Unter einer Voraussetzung: Haben Sie schon über einen Namen für das Haus nachgedacht?"

Frau Dr. Reb schüttelte den Kopf.

„Nennen Sie es bitte ‚Haus Irene'."

„Irene?"

„So hat meine Mutter geheißen."

Sie lachte. „Ich verstehe. Ja, der Name gefällt mir. So soll es heißen."

„Ich glaube, das war's für heute. Wenden Sie sich bitte an Herrn Sander aus der Versandabteilung. Er weiß Bescheid."

„Und wegen der Handwerker: Meindl weiß auch Bescheid."

„Ja, aber … Ich will mit Ihnen verhandeln."

„Keine Zeit, auf Wiedersehen, Frau Dr. Reb. Machen Sie es sich bequem, und lassen Sie sich den Kaffee schmecken. Abendessen ist im Eisschrank."

„Ja, aber …"

Die beiden waren schon auf der Treppe. „Wir müssen gehen. Unser Flugzeug fliegt in zwei Stunden. Wie gesagt, fühlen Sie sich wie zu Hause."

Schon waren sie oben, man hörte sie kurz rumoren, dann eilten sie, Koffer in der Hand, wieder hinunter und zur Tür hinaus. Frau Mohn stand auch auf.

„Es tut mir leid, aber ich muß auch gehen. Mein Zug fährt in einer Stunde."

„Und das Haus, bleibt es leer?"

„Nein, Bernd und Detlef kommen in ein paar Stunden, werden es hüten. Auf Wiedersehen, Frau Dr. Reb."

Die Ärztin schritt durch das Zimmer, blieb an der Terrassentüre stehen. Der Regen hatte den letzten Schnee hinweggeschmolzen. Unter einem Baum lagen welke, modrige Blätter, die im ersten Frühjahrssturm auseinandergewirbelt, zerstreut werden würden. Sie dachte an Alex und Mirko, an all die anderen Kinder und Jugendlichen, die wie Blätter im Wind von überall hergekommen, aufgewirbelt, zerstreut worden waren, um danach fallengelassen zu werden. Wieviel Leid, Erniedrigung, Hoffnungslosigkeit. Was für ein weiter Weg bis zur Morgendämmerung eines neuen Frühlings.